日出《ひいずる》處《ところの》電子《でんし》天子《てんし》

電子の国コアラ未来編

尾野 徹

新潮社
図書編集室

日出處電子天子《ひいずるところのでんしてんし》

電子の国コアラ未来編◆目次

登場人物・団体

磐井タケル……………………僕、3Dコンテンツ制作、AI技術者
ジニー……………………………僕の個人AI
アラジン…………………………思念型AIエージェントの製品名
孫悟空……………………………中国の思念型AIエージェント製品名
欧麗華（オウリーフォァ）……来日四世、中国人美人レポーター
株式会社センシティブ…………AIエージェント製造販売会社
尾形信行…………………………月帰還者　クアンタム・チップ開発技術者
　㈱センシティブからJAXA出向
朝倉萌枝、尾形の上司…………株式会社センシティブ社長
欧洋（オウヤン）、麗華のおじさん……久住美食農場　支配人
董路（ドンルー）………………中国人実業家、久住美食農場オーナー
九大農学部岡安教授……………九州の対中国レジスタンス者
高杉龍三代議士…………………国会議員、サイバー防衛特別委員会委員長
周防遼一…………………………サイバーセキュリティ庁長官
華山博明議員　猿渡友貴議員……サイバー防衛特別委員会委員
ブルーキャット社………………九州インバウンド・コンテンツ制作、ネット広報会社「サラダ新聞」九州ステーショ

ン運営

藤野正嗣……………………………………ブルーキャット社社長

林霖（リンリィーン）……………………サラダ新聞東京支局長

安田泰宏…………………………………名古屋出身、サラダ新聞ジャーナリスト

九州ファースト、麻生会長………………九州各県県議会議長達の座長

ジャーナリスト大屋……………………「朝日トゥルージャーナル」の記者

走走高（ゾウゾウガオ）ＡＩ電子………中国・深圳の企業

田中愛……………………………………大阪在住と称するが日本橋人形町出没

令和エンジニアリング…………………アラジン制作下請け協力会社

ジャパン・クアンタム製造………………㈱センシティブの筆頭株主企業

横山悟……………………………………天草市、天草宝島観光協会　事務局長

銭谷信彦巡査部長………………………福岡県警察本部　サイバー犯罪対策課

神筆馬良（シェンビーマーリャン）……中国人ハッカー

日出処電子天子

電子の国コアラ未来編

①不時着宇宙船

◆宇宙船着陸

久住高原の雄大さを味わったことがあるだろうか？

狭い九州なのにどうしてこんな大草原があるの？　って思ってしまう。

二〇六〇年一月二〇日、日曜日、目の前に広がる草原は、野焼きと放牧で優しさを感じさせるなだらかさで、さえぎるものなく遠くに阿蘇の外輪山を望み、背に久住山を感じて、つい両手を上げて大きく背伸びをしたくなる広大さだ。

その上空で、青空に気持ちよく滑空するグライダーに乗った麗華《リーフォア》は大はしゃぎで、高度二〇〇〇メートルの上空から、

「気持ちよい〜、素晴らしい眺め、大パノラマよ〜！」

と映像と共に興奮の音声を流してくる。

昨今は飛行自動車がそう珍しくない。しかしトンビや鷹が羽ばたかず羽を広げて自然の上昇気流を利用して大空に舞うように、エンジンなしで長い翼を利用して滑空を楽しむスポーツとして

のグライダーは少数とはいえ根強い人気がある。九州の屋根と言われるくじゅう連山の上昇気流はそのスポーツに格別だそうで、ここはそれを楽しむ学生達が集う場だ。

そのVR動画撮影の最中、麗華が、

「見て！　あの光っているのは何？」

「あぁ～、こっちに向かって来る！」

と、突然叫んできた。

慌ててあちこち見回すと、東南の空の下方からこちらに何かが向かって来ている。

ここのスポーツグライダー専用の久住滑空場は、東南から久住山山頂方向にゆるやかな上り勾配の、着陸するグライダーをやさしく滑り受けとめるような草原だ。

飛行機のようだが、エンジン音がしない、新型のグライダーかな？　等と思いつつ、まわりの学生達を見ると同じく怪訝な風だ。

そう思う間もなく、あっというまに近づいてきて、やはりここに着陸するような姿勢だが、この滑空場で飛び立つ翼が長いグライダーでないのは一目瞭然。丸い胴体らしき両側に短い翼が突き出て機首を上げて底面で空気抵抗を出しているようだ。

我々は慌てて滑走路付近から逃げ出したが、直後にどすーん、と、その物体が着地したというか、つきささったというか、明らかに胴体着陸だ。地響きを発生させ、柔らかい黒土を削りながら、草原を滑り上がっていくが、グライダーのように簡単には止まらない。即座にパラシュートが出てきたが全く止まらない。

この滑空場は普段は一〇〇〇メートルも使っていないが、やわらかい土を溝のように削りながら一〇〇〇メートルの目印ポールを越えてその先へと突き進んでいく。土煙が航跡だ。

急ぎ、学生達と車に飛び乗って追っかけると、二〇〇〇メートルほど先だろうか、滑空場を越えて上り勾配が少しきつくなり始めた先で、右にそれて土手のようにそり上がったクリークの入り口に、長さ一〇メートル程度の飛行機らしきものが機首を少しばかり突っ込んで、今にも逆立ちしそうなギリギリの処で止まっていた。

土埃が舞い上がる中で火災にはなっていない。燃え上がっていないところを見ると、やはりエンジン無しの滑空飛行だったんだ。

横幅は五～六メートル、底部は平らで、高速鉄道の先頭車両のような膨らみで上部に高さ三～四メートル、操縦窓が見える。

ボディには、日の丸とJAXA《じゃくさ》（宇宙航空研究開発機構）マークがあるので日本の宇宙船なのだ。なんでここに？

どこかで見たことがあるような形だが、さすが飛行乗り物に詳しいグライダー場の学生達だ、その一人が叫んだ。

「スペースシャトルだ！」

「ばかな、かなり小さいよ」

「あぁ、小型のスペースシャトルで、確かドリーム・チェイサーって名前だったと思う。かなり昔のもので、大型ロケットの横じゃなくて、先頭にこの機体を鉛筆キャップのように縦に乗せて宇宙に打ち上げたり、宇宙ステーションからの帰還に使ったりしていたはずだ。中に数人乗れるはずで誰か乗っているんじゃないか？

「救急車を呼ぼう、あっ、レスキュー隊もだ」

そうこうするうちに、横のドアがシュッーと音を立てて少し開いたようだ。

だが誰も出てこない。

下手に我々が飛び乗ると重心を失ってますますクリークに落ちそうだが、そこで、僕が提案。

「ウィンチのロープで固定できないかな？」

グライダーを飛ばすときに使う、曳航用ウィンチ車を急ぎ廻してもらい、そのウィンチロープを飛行船の前部に輪っかのように巻き付けて、ゆっくりとロープを巻き上げてクリークに落ちないように固定した。

ウィンチは、普段はグライダーをゴムで飛ばすように空に一気に引き上げるためのもので、四〇〇馬力だからそのまま宇宙船を引き上げる力は充分にありそうだ。しかし、下手をしてバランスを崩してクリークに落としてしまうのが心配で、それはレスキュー隊や専門家に任せるとして、とりあえず人命救助に間に合えばよい、という判断だ。

言い出しっぺの役割として、あるいは見回して最年長らしきことからか、皆から目で合図され、自分でもわかるへっぴり腰で、僕はおそるおそる翼に足を掛けて少し開いている扉ににじり寄った。

少々重い扉だが、横に押すと徐々にスライドして開いた。操縦室だけの一部屋のようで、座席は前後に四席あるが、一席に一人だけ倒れ込んでいる。残りは空席だ。

死んでいるのかな？　と、そっと近づいてみた。ヘルメットは脱いでいるが宇宙服のままのようだ。肩に触れると頭を少し持ち上げた。生きているが、髭面で目がぎょろりとしてやつれているように見える。

「わかりますか？」と聞いたら、弱々しい声で「ああ、すまないが電話を貸してもらえないか？」が開口一番。

「いいですけど、このままだと危ないので外に出ませんか？　怪我していませんか？」

「打ち身がひどい。もしかしたら骨折しているかもしれないが、よくわからん。私は低重力にずっといたので、この地球では体が弱っていて外に出るのに時間がかかるだろう、だから、先ずは電話させてくれ」

わかった……、と、胸ポケットからペーパーフォンを取り出してダイアルボタンを表示して差し出す。

「ありがとう。すまないが、聞き耳をたてず、できれば聞かなかったことになるようにして欲しい」

と言いつつ、腕と指先を重そうに動かして番号を打つ。

「では、その間に僕は外の連中と貴方《あなた》を運び出す相談をしてます」

船外に出て、皆に、一人だけ乗っていて無事だが、低重力人らしく、地球重力で動けないようだ。外へは数人がかりで運び出し、その後は担架か車イスが欲しいが、救急隊はどこらへんまで来ているだろうか？　と、報告すると同時に聞いた。

そういえば、かすかに遠くにサイレンが聞こえ始めている。

グライダーに乗っていた麗華も既に着陸していて心配そうに駆けつけている。

学生を選んで、合図したら船内に入ってくるように言い、僕は再度船内に。

「電話、終わったですか？」

「ああ、ありがとう」とペーパーフォンを返してきた。

救急車がすぐそこまで来ていること、貴方を数人で抱えて船外に運び出すこと、を言って、何か持ち出す物はないか？　と尋ねたら、左手首の古い二〇世紀風デザインの厚みのある時計を指さして、

「これがあれば大丈夫。もし、私が気絶などしても、この時計だけは外さないようきつく関係者に言って欲しい」

「わかった、では人を呼びます」

グライダークラブの学生と三人がかりで傾いた船内を、扉の出口までなんとか、一歩一歩にうめき声をあげる彼を抱え出したところに、救急車とレスキュー隊が到着。

宇宙服には、名前が書かれてあって、尾形信行とある。聞いたような名前だがとっさには思い出せない。

なんとか、救急車に乗せて、船の引き上げはレスキュー隊に任せ、一緒に来ている警察には彼が、絞り出すような声で、

「ＪＡＸＡの本部から機体を回収に来ます。後処理もキチンと行いますので、よろしくお願いします」

と、弱々しく息も絶え絶えに言う。

なぜこのような場に僕が立ち会っているかって?

日々の仕事の一環で、３Ｄ-ＶＲ動画中継と取材に来てたんだ。

②日々の仕事

◆サラダ新聞

紙より安いというソニーの電子ペーパーはいろいろなことを届けてくれる。

自由連合ファクトニュース社によると、中印国境と東シナ海は相変わらず騒がしいし、ＧＤＰ世界一、二位を激しく争う中国は、月でも「我が領土」主張を強めているようだ。

地球人口が一〇〇億人を超えた二〇五五年頃から特にひどく感じるし、「風が吹けば桶屋が儲かる」風に、今日の僕の仕事はその延長線上のことかもしれない。

何しろ、中国は人口が一時期は一五億人いたが年々減少して一三億人、それでも日本の九〇〇〇万人に比して一四倍以上！　地球全体でみれば食糧不足が深刻だしその原因国の一つに変わりない。にもかかわらず、相変わらず金持ちは日本品質の野菜を求めているときている。

そこに目をつけた中国人実業家達は、日本の無人地帯の土地を買って、そこで野菜を生産し、日本産として中国に送っているのだが、僕は、その野菜のＰＲライブ中継を中国国内向けに今日も行ってきたところだ。

中国には、金盾《ジンドゥン》、英語でグレート・ファイアーウォールがあるから日本からは放送できないだろうって？

その通りなのだが、中国政府が認めた網易新聞《ワンイーニュース》や、沙拉报纸《シャーラーボウチ》すなわち「サラダ新聞」は、世界各地に発信ステーションを設けており、そこの記者なら中国国内向けに放送することが認められていて、僕が属するブルーキャット社は沙拉报纸《シャーラーボウチ》「サラダ新聞」の九州ステーションの運営を任されている。

任されているからと、なんでも放送してよいことではなく、事前に放送内容を上海に申告して了解をもらうし、政治的なことは当然御法度、中国国内の法に則して行うのはもちろんだ。また、九州ステーションとして北京の沙拉报纸《シャーラーボウチ》「サラダ新聞」本社に権利料を払うのであって、そのためにブルーキャット社はスポンサーを集めて放送する形なのだが、今日のライブは、「ここ、九州の久住・産山《うぶやま》エリア産の野菜は素晴らしいですよ」、と、そこで生産する中国企業「久住美食農場」がスポンサーだ。

レポーターの麗華《リーフォア》は、僕より一回りほど若い。周りからはリーフォァと呼ばれず、日本語読みのレイカと親しみを込めて呼ばれている人気者だ。ひいひいひいおばあちゃん、あるいはそのまたひいおばあちゃんだったかな、中国雲南省麗江《うんなんしょうれいこう》の出身と聞いたが、上海生まれのひいおばあちゃんが日本にやってきて、麗華は日本生まれの博多弁をしゃべる四世だ。仕事は日本語で取材し中国語でレポートするが、日本風の料理方法まで解説するのが好評だし、この野菜農場は支配人が麗華のおじさんなので、とても都合がよい。

それに彼女はモデル事務所に所属しているだけあって今風脚長でスラリとしたかっこよさだ。ミディアム長さの髪の毛を適度に揺らせる仕草はとてもチャーミングで、ビデオ写りがよい、実物もよいが。

実は、その彼女と正月明けとなる一月の初旬、彼女のルーツであるその麗江に行ってきた。沙拉报纸《シャーラーボウチ》「サラダ新聞」の年に一度の世界大会が行われて、中国各地や海外の放送ステーション関係者が集まって新年を祝いつつ今年の方向性を確認する大会だ。九州ステーションの代表として参加したのだが、僕はともかく、九州ステーションに三人いるレポーターで、その日に都合がついたのはそこにルーツを感じる麗華だけだったので彼女はラッキー、僕も、女性をスマートにエスコートできない過去を持つ身としては若い麗華と旅行できてラッキー！　だったかも。

今年のテーマは「観光」だそうで、開催地の麗江は、中国の人達でも「一度は行ってみたい」観光地だそうだ。上海から飛行機で四時間ちょっとかかり、ミャンマー国境から一〇〇キロメートルほどの場所だ。標高二四〇〇メートルの高地だが空は青く空気がきれいで、確かに観光客が多い。

それに、世界文化遺産になっている九〇〇年の歴史を持つ古都であって、その観光集客の目玉である、古いナシ族の王様の屋敷だった「木府」と呼ばれる古城界隈はとても楽しい。細い水路付きの道路が縦横無尽、迷路のように走っており、その脇に何百という小さな特徴ある土産店が並んでいて、散策が飽き足らない。

夜になると、あちこちの店から弾き語りの歌が聞こえる。麗華の話によると、ある程度音楽で成功してお金がたまったら、この麗江でレストランを開き自分の歌を聞いてもらうことを一つの夢としている若い人が多いとのこと。それらをはしごするだけでも楽しいのだが、コンベンション観光として会議場やその参加者向けのラスベガスライクなショッピングゾーンがあったり、ホテルから車で一時間ほど走り、プラス二〇分ほどのロープウェイ乗車で、富士山（三七七六メートル）より高い、四五〇六メートルの山に簡単に登れたり、と、退屈しない。麗江の話は別途時間のあるときに紹介しよう。

その世界大会、四〇〇人ほどの参加者で、上席にはメディアの責任者である編集長が座っている。その横に座っているのは共産党の方で来賓だとか。なるほど、自由に発信できるのはこのようにしっかり態勢ができているからなのだ、と、改めて納得。更には、市長や高名な方と思われる大学の教授などが招かれており、麗江の観光未来、中国国民の観光未来について熱くアピールしている。

日本人は僕と名古屋出身の安田泰宏さんというジャーナリストの二人だけ。

安田さんは、中国に長く携わっており、中国各地を日本メディア向けに取材しているとのことだが、サラダ新聞向けにテーマを絞って日本でも取材しており、この道の先輩としてのアドバイスがいろいろ。特に麗華に対して、彼女の容姿が気に入ったのかな、昨今中国が求めている食の傾向の話から、レポート最中に自由に3D映像を差し込む裏技、など、教えてくれた。

それと、サラダ新聞の東京支局長の林霖《リンリィーン》と一緒になって、僕ら三人は老酒《ラオチュー》を酌み交わし、すっかり意気投合。安田さんと林　霖《リンリィーン》に、中国事情をいろいろ教えてもらえて新年早々、たいへん勉強になった。

そういうことがあってか、今日の久住美食農場からのライブ視聴者数は延べ九〇万人を超えていた。大分県の人口より多い人が見てくれている。

◆グライダー滑空場

農場はロボットが多くて環境制御型農業を大々的に行っている。品質検査がＡＩで近代化されているのも特徴だ。

また、観光客が立ち寄ってバーベキューや地ビールを楽しめる仕組みなど、ＰＲシナリオが作りやすい。特にここの野菜は日本人が普段から使っている野菜であり、日本人が楽しんで食している処を紹介することが、中国本土の人達に品質の安全安心感を与えるのは、昔から変わらない。それに、昨今はそのバーベキューの肉も人気がある。この周辺の雄大な草原をブランドイメージにして、ここで育った和牛肉としてアピールし、併せて輸出されはじめているとか。

実は、スポンサーがもう一つあって、自治体である竹田市や産山村が大事なスポンサーなのだ。なぜって、変わらずに中国からの観光インバウンド（訪日外国人旅行）客を歓迎しているし、無人の土地を海外、特に金持ちの中国人に売るためのＰＲ番組としても活用しているからだ。

特にインバウンド向けとしては、来週からはじまる中国の正月休み春節へのアピールだ。

昨今、毎年、今日のように大相撲初場所の千秋楽前後がいつも春節向けインバウンド放送になってしまう。今日は横綱玄界灘と大関岩風の優勝決定戦があって気になってしょうがないが。

そういったことから、農園からのランチ時の中継終了後、観光スポットと土地紹介を兼ねて、スポーツグライダーの体験飛行ができる久住滑空場にやってきた。

飛行自動車がそう珍しくない昨今であっても、スポーツとしてのグライダーは、通常観光に飽き足らない海外客に人気の体験だということで、翼の長さが一七メートル前後のピュアグライダーと呼ばれるエンジン無しのグライダーを、ウィンチで大空に一気に引き上げて飛行する場面から紹介。静かな空の上で、時には鳥と目が合うらしい。

その体験紹介をＶＲ動画で行うべく３Ｄ映像を作成するためだが、麗華が二人乗りのグライダーに体験者として乗り、当然ながら操縦は教官が行う。教官といってもここは九州の複数の大学が共同運用する学生スカイ・スポーツの場でもあるので、年長の学生が担当。教官の学生は、体験者が若い美人の麗華なので嬉しそうだ。

ここでの体験者はクチコミで広がってお金持ちが多いようで、その空への開放感を味わいつつ、上空五〇〇メートル前後から雄大な久住高原や阿蘇の山並みを眺めるといっぺんにこの土地のファンになるようだ。そういった方々への売り土地案内を立体的にわかりやすくする、タグ付けされたＶＲ映像コンテンツ作成のための撮影でもある。この部分のスポンサーは市の観光協会。

その映像コンテンツをＶＲグラス、あるいはＶＲコンタクトレンズを通して見れば、販売対象の土地境界線、位置、面積、価格、等が浮かび上がる。昨今の、街中で歩きながら貸しアパートを探したり、飲食店を紹介したりするのと同じ方式のコンテンツ紹介で、ブルーキャット社にはその実空間へのＶＲタグ付けやその修正依頼がしょっちゅうで、これらは会社の基礎的な収入源だ。

僕の名は磐井《いわい》タケル。来年は年男になるが、長寿者が多い日本社会で「ひよっこ三〇代」とひ弱者扱いされているそのど真ん中世代だ。

一時期、大伯父だったかそれとも大叔父だったかな、彼を見習って日立製作所で働いていたが、東京から大分へ「都落ち」と冷やかされつつＵターン、その大伯父あるいは大叔父もＵターンしたのだが。しかし、事情あって今は福岡でブルーキャット社からの個人請負をしたりで、この仕事ではディレクションと技術を担当している。

そういうことで宇宙船不時着に遭遇することになったのだ。

◆救急車同乗、病院へ

救出した彼を救急車に乗せたところで、滑空場のスタッフが一人同乗し出発しかけたが、救急隊員が、僕に同乗するように要請してきた。当人が希望しているから、という。

やむを得ず、麗華に我々の車を運転して救急車について来るように言って、同乗。

鎮痛剤を打たれて尾形さんは眠ってしまったが、一五分ほどかかって竹田市内の総合病院に到着。

医師の診断では、低重力症の典型的な症状で筋肉が、特に足の筋肉が細くなり、骨も全体的にもろくなっているそうで、胴体着陸の衝撃で、左足と左腕に計二カ所の骨折だそうだ。

それと、数日間食べていなかったらしく、栄養不足、食事不足がひどいようなので、食事療法を含めて徐々に回復させることになるだろう、とのこと。

治療するときに、看護師さんに時計のことを話していたら、左手の時計がいつのまにか、右手に移っていた。

その治療中に、尾形信行が何者かわかって驚いた！

この着陸事件は、この日のトップニュースに違いなく、テレビ局やペーパーニュースの記者などが次々と集まってきて、同乗してきた滑空場のスタッフや医師が取り囲まれて質問攻めになっている。幸い僕は部外者に見られてその輪に入らずにすんだが、その取材質問からわかってきたのだ。

一週間ほど前に大きくニュースで取り上げられていたが、月で大きな氷の塊を、相当な地下深いところに発見したという発見者だったんだ。

要はこういうことのようだ。

この頃よく聞く月世界の話。

二〇三〇年前後から月への入植が世界各国で盛んになってきたが、なんとなく自由世界連合の国々は危機の海の東側に位置する月世界シティ（ルナシティ）を中心に入植し、相互扶助的なネットワークを作り合っている。イギリス系のチャーチルシティや、ティコアンダー基地などがそうだ。

もちろん日本もその一員で、嵐の大洋のマリウス谷に月京都市（ルナ・キョウト）を設立拡張中だが入植というより学術研究や技術開発拠点という位置づけだ。

基本的に基地は微隕石の衝突や強い放射線を防ぐために、地下に作られるが、ルナ・キョウトは、四〇年ほど前に日本が発見した地下五〇メートル、数十キロの長さの大空洞をベースにしており、その余裕あるスペースを活かすべく、民間企業にも積極的に利用を呼びかけている。入植人口は少ないが、他国に見習って〝市〟としたのはご愛敬。

一方、〝大中国〟を自称する中国は独自に月香港市を創り上げているが、二一世紀初頭から提唱している、一帯一路を月世界までのばした格好になっている。

日本を除く各国の入植の目的は、

・地球食糧不足を解消させる食物生産と地球への送出

・エネルギーの元となる氷や、希少鉱物資源の確保

特に、氷は水として入植者生活と食物生産には必要不可欠だし、火星などへの太陽系進出の重

要なエネルギーにもなるので、各国とも競いあって、時には氷紛争といった小競り合いを起こしつつ探索と開発にしのぎを削っている。

ただ、地球からの入植者は一方通行で、一度長期間月に住むと、低重力症となり、地球での生活を二度と送れなくなるので、各国とも地球に住むことが窮屈になっている人達、すなわち、犯罪人などが当初送り込まれていった。もちろん、新天地を求める希望者にも門戸が開かれているが、地球からの移動費用が高すぎて、よほどの金持ちでない限りこの人達も片道切符となるようだ。

しかし、昨今は、月生まれの二世、三世が出てきており、生まれたときから地球に住むことが叶わない人達となって、まさにそういった若い世代を含め、地球人とは異なる〝月世界人〟が誕生していると考えた方がよいようだ。

特に、月香港市は、中国政府の言論弾圧などで、突然に中国本土から行方不明になる人が昔からいたが、昨今はてっとり早くその月香港市に送り込んでいるようで、政治犯の流刑地みたいなものらしい。

更に更に、地球上の一帯一路で中国と仲良くなっている独裁色が強い国々は、政府の言うことを聞かない人達を問答無用で送り込んでいるようで、人種的に中国人だけでなく、チベット系や東欧系、アフリカ系などそれこそ人種のるつぼとなっていると聞くし、それだけに月香港市の人口が増え続け、氷確保にやっきになっているとのこと。

そういった折り、日本のＪＡＸＡが大量の氷の塊を月世界の片隅で発見した、それを探し当てたのが尾形さんということでニュースになっていたことがわかった。それで見かけたのだな。

ペーパーフォンの呼び出し音があって、出ると、

「こちらはＪＡＸＡの元川と申します、このたびはいろいろとご迷惑をおかけします。この電話は、先ほど、尾形がお借りして使っていた電話ですね？　すみません、尾形にかわっていただけますか？」と早口でまくし立てられた。

なるほど、僕の同乗を希望したのはこのためか。

担当のナースに聞いたら、もう目が覚めているので短時間なら大丈夫とのことで、病室に入り、彼にペーパーフォンを渡したところ、うんうんと小声で話している。

彼は宇宙服を脱がされて白い入院患者服姿で、手と足にスマートなギプスをはめられているようだが、髭などはのびたまま。

改めて見ると、彼は四〇代半ばだろうか、やつれてはいるが体つきはがっちりで、芯が強そうな、物事に動じないような顔つきだ。そりゃそうだろう、宇宙船で不時着するぐらいだから。

ペーパーフォンの会話が終わって、改めてのように、僕の目をしっかり見ながら話す。

「ありがとうございました。おかげで助かりました。今、関係スタッフが東京から急ぎこちらに向かっているとのことで、到着は明朝になるかもしれませんが……。もしよろしければ、貴方のお名前やご連絡先をお教えいただけませんか？」

ということだ。名刺を渡すと、

「あ、福岡なのですね。私は九州大学出身で、今も福岡糸島の九大学研都市に定期的に行っていますよ」

「あら、そうですか、私も九大ですよ。工学部でしょう？　どうも私が後輩のようですが、九大出身者が宇宙に行っているのは心強いですね」

「うん、古くは我々の大先輩の若田光一さんが宇宙飛行士だったからね。でも、今はいろんな人が行っているからね」

「しかし、よく、あのグライダー滑空場に降りてきましたね」

　彼は、苦笑しながら、

「ちょっと事情があってね」少し間を置きつつ、

「でも、学生時代、私もクラブに入っていて、ここでグライダーによく乗っていたので土地勘はあったんで、それをよしとして阿蘇山を目当てにしたんだ。しかし、阿蘇山がわかってもここを目指すのはホントに無茶だったね、冷や汗ものだよ」

　尾形さんは僕と一緒に入室していた麗華に目を向けつつ、「ところで、そちらのお嬢さんは？」と、話題を変えられたので、そのことにはあまり触れないで欲しいのだろうと推察。

「あぁ、彼女はVR中継のレポーターの麗華っていいます。彼女が今回、貴方の飛行船の第一発見者ですよ」

　麗華は、

「グライダーに乗っていたので、こちらに突っ込んでくるように見えて怖かったですよ」

と笑いながら自己紹介。

そこに、食事の用意ができたからと、ナース達がいくつかのお皿を持ってきた。

尾形さんは、

「いやー、嬉しい、しばらく食べてなかったし、地球の食事はもっと長く食べてなかったので、ホントに嬉しいな」

意外に元気なやりとりに安心して、僕は、

「では、私達はおいとましましょう。福岡に来られたとき連絡下さい。月のお話をお聞きしたいですね」

「うん、一度お礼の意味も込めて福岡で会いましょう」

「我々も、お腹が空いたので、この近くで食事してから福岡に帰るんで、もし、何かあったら一時間ぐらいだったら対応できますよ」

「ありがとう、病室には院内電話があるし、もう貴方のペーパーフォンに電話はかかってこないと思うけど」

等と話して、おいとまを告げて病院を辞した。

③病院からの逃亡

◆緊急の雲隠れ

ところが、病院を離れて一〇分もしないうちに、尾形さんから緊迫した声でペーパーフォンに連絡が入ってきた。

「磐井さん、今どこですか？　至急病院に戻れますか？」

「ええ、まだ近くなんで五分もあれば」

「では、裏口からこっそりやってきて！　特に警察官の目に触れないよう入ってきて。大丈夫、何も法に触れることはしてないから安心して。詳しくは後で話すから」、と、一方的に電話を切ってしまった。

麗華に事情を話して、急遽《きゅうきょ》、病院に向かった。

病院の入り口のロビーにはまだジャーナリスト達がたむろしていて、警官の姿も見られる。

車を目立たないように裏口の救急搬送口付近に停めて、病院関係者にも見つからない方がいいのだろうと思い、それこそ、後ろめたく感じながらだが、注意しながら病室に向かった。

幸い、看護師やナースに見つからず病室に入室できた。

僕を見て尾形さんは、口に一本指を立てて声を出さないようにこちらにアピールしつつ、声を潜めて、

「もうしわけないが、至急、この病院を抜け出したい、手を貸して欲しいんだ」

「どうしたんですか？」

「詳しい事情は後で説明するが、時間が無い。信用できそうなのは君しか思いつかないので頼みます！」

尾形さんは、なんとか自分で立ち上がろうとしている。地球の重力ってそんなにきついのかな。そして、なんとかバランスを保ちながら、

「当初は、警察などの事情聴取は、明日の朝、ＪＡＸＡスタッフが立ち会って行うことになっていたのだが、先ほど看護師が、『急遽、警察の人が今晩中にこの人を熊本の病院に移すことにしたそうで、三〇分もしたら迎えに来る』と、同僚に言うともなしに言ってたんだ」

さらに尾形さんは、眉間にしわを寄せつつ、

「実は、それはあり得ないことだし、私を取り巻く状況では、これは、警察に関係なく私を別組織が拉致する動きだと確信できる。たぶん、それとは知らず警察組織が協力させられていると思うのだ」

と小さい声ながら、語気を強めて言う。

「ちょっと待って下さい。理解が追いつかない。じゃ、警察の中でわかる人に説明するのが先じ

ゃないですか?」

「いや、今は、時間が無い。捕まってしまったらそこで終わりなんだ。とにかくここから連れ出してくれ」

と、必死の形相になって訴えつつ、松葉杖を使って立とうとする。

低重力症で松葉杖をつきながら、なんて見ていられない。

とにかく、本人が勝手に動き出すのだから、倒れないように支えつつ、本人の行こうとする方向に支援せざるをえない。

病室から廊下を覗くと、もう、面会時間や食事時間が終わっており、人の気配が薄い。

麗華がめざとくナースステーション前の車イスをそれとなく押してくる。もう善いも悪いもない、のりかかった船だ、尾形さんをそれに乗せて、裏口近くの救急用エレベータで一階に降り、守衛の前をひやっとしながら急ぎ通り過ぎ、我々の車に乗せてスタートした。


スタートといっても、どこに行けばいいのだろう?

車の中で窓から見えないように頭と体を縮めている尾形さんに、

「どこに行きますか?」

「わからない」

「JAXAに連絡しないでよいのですか?」

「いや、今は無理だ。JAXAスタッフに病院のことを伝えたら別組織に自然に漏れていくようになっているのだろう。スタッフには悪気が無くても、彼らがそういう仕組みを既に内部に組み込んでいたから今回の移送の話が出てきたと考えられるんだ」

「彼らって？」

「うーん……説明が難しいが、我々の仲間内では中国マフィアと呼んでいるのだが。とりあえず今晩隠れる場所がないだろうか？」

「福岡に行きますか？」

「いや、今夜はまずい、私が病院を抜け出したことがわかれば、私が九大学研都市に居所があることを推測して、福岡への交通機関や道路など警察の力で徹底してチェックするだろう」

「ということは、この近辺でか？　それとも熊本と反対方向がいいかな？　――そうだ、麗華、おじさんは頼れるかな？」

「頼めばＯＫしてもらえると思うけど、尾形さんはそれでいいのかしら？」

ということで、木陰に車を停めて尾形さんに説明を試みた。

「尾形さんは、中国人マフィアに追われている、というようなことですよね。実はこの麗華は中国人ですが日本生まれ四世なんです、また、今から連絡してみようか、という人は彼女のおじさんだから中国人三世なんです。ということで中国の方々に追われているところに中国の方々を頼ることになりますが、どう思われますか？」

「……何をされておられるのですか？」

麗華が説明する。

「おじさんは、欧洋《オウヤン》といって、中国向け野菜を生産している久住美食農場の支配人なの。その農場の経営者は、董路《ドンルー》といって、中国在住の実業家よ。年に二、三回ここにやってくるかな？」

僕が補足して、

「実は、我々は、中国向けのPR動画を中継したり制作したりしてて、今日の午前中はその久住美食農場に行ってたんです。動画制作は、福岡のブルーキャット社っていう会社が、中国の全国新聞であるサラダ新聞と契約して行ってるのだけれど、我々はブルーキャット社からの依頼で、個人請負でこの仕事しているんです。ただし、麗華はレポーター、僕は技術者として別請負ですが」

尾形さんにというより、麗華に話すような格好で、

「しかし、こうやって話すと、何をやってても何らかの形で中国と縁があることをしていて、今時、中国に関係のない仕事や生活って珍しいと思いいたってしまいますね」

自分で言いながら、そのとおり、とうなずいてしまう。

商売先は中国をマーケットにしているし、日本は人口減少で八人に一人が外国人になるぐらい移住歓迎しているけれど、当然ながら中国から移り住む人が一番多くなってる。土地だって国土の六割が無人地帯で、そこを中国の人達が買っていっているし、金太郎飴みたいにどこを切っても中国が出てくる。そういう世の中なのだ！　ある意味中国様々、中国の意向を忖度《そんたく》しつつの今の日本なのかもしれない。それで中国マフィアって？　周り全部がそうじゃないの？

尾形さんが聞く。

「その実業家の方はどういう商売なのですか？」

麗華が、

「詳しくは知らないけど、まずは、ここの農場経営ね。久住エリアは産山村まで含めて結構大きな農場だし、四国や北海道でも同じようなことをやっているって。

そういったことで中国のお金持ち向けに、日本での生鮮野菜の生産とその中国向け販売や配送が一番目につく仕事だけど、おじさんの話だと、中国国内ではあまりおおっぴらにできないことも行ってるって」

「それって、犯罪的なこと？」と僕が突っ込む。

「んー、それこそもっと詳しくないんだけど、中国の人達にインターネットのグレート・ファイアーウォールを破って世界と繋がるツールを提供しているような話を聞いたわ。

おじさんにそれって危ないんじゃないの？　って聞いたら、本人がしているのか、知人が行っているのか知らないけど、どっちにしろ中国のある程度お金がたまった人達は自分の身に何が起こるかわからないんで、いつでも国外に出れる準備してて、ここのオーナーはいざとなればここに来るようなつもりだろう、って言ってた」

僕は、尾形さんに、

「これって、どう思います？　尾形さんの言われた中国マフィアとどう繋がりますか？」

「今の話だと、逆に、中国マフィアから監視される対象であっても、その手先や一味とは言えそうにないな、断定できないが。彼らはたいへん巧妙な連中なんだ……、私を助けてくれた麗華さんを疑っているということではないですよ」

少し考え込んで、

「麗華さん、このままここにいても見つかってしまいそうなんで、おじさんに仔細は伏せて今晩やっかいになれるか、聞いてもらえますか？」

麗華は、わかった、と、ペーパーフォンを取り出して話し始めた。

その間に、僕は尾形さんに、

「明日以降はどうするんですか？」

「それが問題なんだが、ＪＡＸＡ以外の連絡先を考えてみたい。そういった意味では隠れるにしろ表に出るにしろ、福岡に移動して信用できる仲間と接触することになるのかな……」

「そこらは、あの宇宙船で不時着した経緯と絡んでくるんですね、月が関係するんですか？」

「うん、落ち着いたら、君に迷惑を掛けない範囲で打ち明けよう」

麗華が、

「おじさんが大丈夫だって。おまえの言うことだから、駆け落ちかなにか知らんが全面的に応援してやるって」

「駆け落ち？」

「だって、朝一緒におっとった人と泊まりたか、って言うたんやもん」

「うーん――」、なんで急に博多弁に返るんだ？

「いやと？」

そういうことじゃないだろうが、どう返事してよいのかわからない……と、思いながら、ではと車を進めることに。

◆麗華のおじさん

久住高原は見所が多い。明るいうちは、冒頭に話したような雄大な自然を満喫できるし、農場近くで人気の花公園は、四季折々の広大な花の絨毯《じゅうたん》が、訪れる人を華やかでにこやかな気持ちにしてくれる。

しかし、今は、既に日が落ちていて街灯やネオンがないので車のライトが届かないエリアは真っ暗だ。上空は澄み切った空気に星々が空いっぱいに輝いている。高原のまっすぐな上り道では、星空の中を天まで昇っていくような錯覚に陥ってしまう。宇宙船はもっと星だらけの眺めだろうが、乗ったことがないのでわからない。尾形さんに聞きたいところだが、そんな雰囲気ではない。

やがて、向こうの方でぼやっと光るところが見えてきた。そうだ、思い出した、冬の花公園は「久住高原ファンタジア」と称して土日は、イルミネーションを実施しているのだった。

広大な花畑エリアをめいっぱい使ってのイルミネーションは、花の絨毯と同様に華やかでにこやかな気持ちに加えて、厳かな神秘性まで感じられて人気だ。福岡方面や熊本、大分から多くの人達が集まってきているようで、だんだんすれ違う車が多くなる。

その花公園を通り過ぎて二、三分ほどの処から左の道に入る。久住町と産山村が接する界隈だが、朝の取材時は、観光客が入るエリアや食事スペース、土産物の建屋が対象だったが、それらをやりすごして奥へと麗華が導く。

この奥の私的エリアの敷地は八〇〇〇坪ということで広いなぁ。舗装されていない両側に木が茂る細道を三〇〇メートルほど過ぎると、石積みのシックな英国風外観の建屋が見えてきた。

ここは観光客には開放していないエリアだというが、個人宅であるならすごい！

麗華が玄関に向かうとおじさんらしき人が出てきて、ときおり二人がこちらを振り向きながら話し合っている。おじさんはニコニコの赤ら顔、たっぷり膨らんだお腹はビール腹なのだろうか？

麗華が戻ってきて、

「おじさんには紹介は後でします、と、言ってる。で、車を隠したいと言ったら、ちょっと離れに農場の手入れ用機材の物置小屋があるので、そこに隠しなさいって。ついてきて」

尾形さんを降ろしてとりあえず玄関に入れて座らせ、僕は言われるままに麗華とおじさんに車でついていき、建物右手の林の中の小道に入り込む。農園の端になると思われる小屋に案内され、そこに車を隠し入れた。もちろん覗かれても簡単にはわからないように偽装を施してだ。

そこで、おじさんに挨拶。

「今朝ほどはありがとうございました。そしていろいろご迷惑をおかけしますがよろしくお願いします」

「はは、てっきり駆け落ちかと期待してたんだが、三人では違いそうだな。事情は中で聞こうかね」

ロビーを横切って、本物の薪が焚かれている暖炉がある広々とした居間に案内された。空調ではなく、薪を焚いての暖房は、この時代かなり贅沢に思えるが気持ちいい。まだ一月だし、さすがに高原の夜だ。外が寒かったことに部屋に入って気がついた感じ。暖かさが身にしみる。

居間の窓際付近、片隅にある八人掛けのテーブルの、ゆったりした椅子の一つに尾形さんを座らせた。窓の向こうには、庭園の間接照明がいくつかあって、庭園そのものの広さと静けさを感じさせてくれる。

おじさんは、

「麗華、おばさんに挨拶してきなさい。今日はお客様と泊まることになったって。そしてお茶を持ってきてもらって。お腹空いてないかい？　空いてる？　だったら、食事ももらってきてくれないか？　食堂でもいいが、先ずは事情を聞くのは私だけの方がよさそうだから、おばさんにそう言って持ってこれそうな食事を見繕ってみてくれ」

察しよいおじさんだ。きっと包帯に松葉杖をついている尾形さんを見ての推察だろう。

「麗華、尾形さんはきっと流動食がいいと思うから、できればシチューのようなものがあればお願いしてみて」

僕がそう言うのを聞いて、おじさんは、

「さっきテレビで流れてた宇宙からやってきた人かい？　あんたは？」

「そうです、ご迷惑をおかけします」

尾形さん、さすがに声が弱い。

「大注目な人なのに、なぜか弱い麗華に頼って逃げ隠れするようなことになってるのかな？」

僕と尾形さんで、不時着から病院、そしてここに逃げ込んだ経緯を説明した。おじさんは、

「しかし、なぜ不時着したんだ？　私も中国人だけど中国マフィアってのも気になるな？」

麗華がワゴンにパンを盛った籠と美味しそうな匂いがするシチューだろうか、ボウルをいくつか持ってきながら、

「私も気になる！」

そうだよな、そこらがブラックボックスのままこういうことになっているのだから、キチンと説明して欲しいよね。

しかし、おじさんは、

「先ずは腹ごしらえだ、腹が減っては戦《いくさ》ができぬ、というのは日本の古くからのことわざだけど、現代でも充分通用することだしね」

とニコニコと話してくれる。

確かにシチューの香りが強力に誘っていてガマンできないような気持ちになる。

尾形さん、美味しそうに、かつ、大事そうにスプーンを動かしている。そのうち、そのスプーンを動かす速度が速くなってあっという間に終了。今度は隣のサイコロステーキをジャガイモとにんじんに合わせてポンポンと食べ進めている。

僕や麗華もつられるように食が進む。話は後だ、ってムードいっぱい。

おじさんは僕たちの食べっぷりを、変わらずニコニコ見ている。

ほどほどに食べて、落ち着いた。ふぅ～、と、息をつく。


そこで、おじさんは、皆に日本茶を入れてくれて、

「さて、戦の準備ができましたか？　先ほどの話を続けようかね」

と話す。

その尾形さん、食べて顔色が良くなっているようだし、元気になってきている。少し黙り込んでいたが、重い口を開くようにして、

「そこらをお話しすると、貴方達が直接的な危害が加えられることはないと思うが、いろんな圧力や苦労が増えるかもしれませんよ」

「中国マフィアにですか？　先ずはそこを説明して」

「うーん、本当に知りたいですか？　今だったら、そう問題なく元に戻れると思うけど、知ってしまうと後戻りできないようなことだと思いますよ」

おじさんは、

「私は中国人だけど、ほとんど日本人と同じだと思っているし、今更中国に帰ることなど思ってもいない。マフィアがどんなものか知らないが、私は普通の日本人と同じだし、ある意味、ここの農場のオーナーも中国から退避することを考えている人だし、中国人社会の中では我々は異端

グループかもしれないね」

おじさんは、自分の話に自分で頷《うなず》くように話を続ける。

「フッーの中国人とは少々異なって、考え方が一つの方向性を持っているんじゃないかな。だから、覚悟がある、と、思ってもらっていい」

僕も、

「マフィアって言うと、麻薬とか密輸入とかですか？　僕はそんなことに縁がないんで、聞いても影響ないと思うけど」

尾形さんは、苦笑しながら、

「映画のギャングのようなマフィアではないんだ、一言で言うと、中国政府そのものや、中国政府と一緒になって利益を得ている企業や個人の集団ですかね」

「それはいくらでもいるじゃないですか、中国ってそんな国でしょう？」

おじさんが言う。

「いや、尾形さんはその強権組織というか、中国の警察も含めた実働部隊のことを言っているんじゃないですか？」

「さすが、中国の方ですね。その通りなんですが、更にその上を行く始末が悪い連中のように思うのです」

尾形さんは口調を緩めて、

「――では、少し説明しますが、途中でイヤになったら言って下さいね」

ということで、それから小一時間ほど、説明を聞いた。そのあらましは以下のようなことだった。

④月からの逃亡経緯、そして福岡へ

◆月での出来事

ことの起こりは一週間ほど前だったそうだ。

月で、まだみんなが知らないエリアに氷を探しに行ったところ、うまい具合に発見できたのだな。

それが、最近の月世界で発見した中では最も大きな量だったので、喜んでJAXAに報告したのはよかったが、その場所は日本の基地である月京都市からかなり離れた場所で、ローバーで三日ほどかかるところだったとのこと。つい探すのに一生懸命になって、一人で深追いしすぎた、通常だったら二人で行くところだったし、もしそんなに移動に時間がかかる場所ならもっと準備して行くべきだったが、と思うが後の祭り。

そして、今思えば、JAXAへの報告があの時から既に中国マフィアに漏れていたということだろう。

氷発見の詳しい事は帰って報告すると無線で話して基地に帰り始めたのだが、突然、途中で中国のローバー三台に取り囲まれてしまった。

彼らは、その氷の発見場所に案内しろ、と強要してきたが、もちろん、断ったところ、尾形さんのローバーを動けないように破壊し、無線ももちろん破壊されてしまったのだ。

彼らは、尾形さんのローバーの、轍《わだち》をたどって行けばその場所を発見できる、と考えたのだな。

実はそんなこともあろうと思って、尾形さん、少し大回りして帰っているからそう簡単に見つけられるものではないと思うけれど、そこに一人とり残されて困ってしまった。

酸素や食料もたくさんあるわけではないし、彼らとしては、尾形さんが不慮の事故っぽく死んでくれればいい、と算段したようだ。

宇宙服だけで外に出ても、せいぜい一〇時間程度しか酸素がもたないので月京都市あるいは近隣のどこにも行き着けないだろうし、そもそも宇宙服の無線の電波が弱くて届かない。宇宙服はローバー経由で無線連絡するタイプだったそうだ。

そうこうしているうちに、彼らが再度舞い戻ってきて更に力ずくで強要されることも考えられるので、ここでじっと他の救助を待つことは適切でないし、何しろ荒っぽいこと、殺人をも厭わないということがこれでわかってしまったのだから。

そうやってあれこれ悩んでいたら、そこから歩いて五時間程度の処に、JAXAが二〇年ほど前に用意しているという月からの緊急帰還用の宇宙船、つまり脱出艇があることを思い出したんだ。その昔、まだ月京都市が本格的になる前の基地で、国会で緊急避難ができない月開発がやり玉にあがってしまい、費用が膨大になるのもかまわず、タイタニック号の救命ボート感覚で用意したボート、というか、ロケット船らしい。

その船のことは、月に行く技術者は一応必ずレクチャーを受けているのだが、そんな緊急脱出などあるはずがない、と、誰もが真剣に聞いていないようなことだったものの、尾形さんとしては、少なくともそこにたどり着けば生き延びるチャンスがありそうだし、月京都市に連絡できるかも、と、思い至ったのだ。

で、月面ナビを頼りに歩き始めたが、月面を長時間歩くというのはたいへんなようだ。

重力は地球の六分の一なので歩きやすそうだが、月の土がやわらかくて足がズブズブはまり込む場所や、黒っぽいところは石の影なのかクレーターの割れ目なのか見分けが難しいなど、気を抜けない。

それに生粋の月世界人ならともかく、歩くというのは足を交互に踏み出すことなのだろうが、地球虫——月世界人は地球人をそう呼んでいる——は次の足を踏み出すタイミングが早かったり遅かったりして、踏み出した足をうまく着地し損ねて転んでしまいがち。そういうこともあって、ついつい歩くというよりウサギ飛び風になってしまうが、その移動方法でも石の上に着地して転んだり、平地に着地しても、細かい砂が積もっているところでは滑って転ぶし、とにかくよく転ぶのだそうだ。

それだけでもキツイことだが、青いビー玉のように浮かぶ地球以外はモノトーンの代わり映えのしない眺めで、ナビ位置と現在位置が一致しているのか、とても悩んだそうだ。尾形さんの話で初めて知ったのだが、重力が弱い中で歩いていると、登り傾斜がわからないままのことがあるそうだ。だから、目印となる丘を認識しないまま通り過ぎたりで、相当の苦労だったようだ。

そういうことで、五時間なんてもんではなくって酸素をギリギリ使ってかろうじてたどり着いて、これまた月面ナビ付属のマニュアルを見ながら苦労しながら脱出艇に乗り込むことに成功。

さっそく月京都市に連絡し救援を依頼したが、そうこうしているうちに、やはりというか案の定、中国マフィア連中が尾形さんの足跡を追ってやってきた。

命の危険と、重要情報喪失危険のダブルパンチ！

そこに彼の上司が状況を聞いて、「上司である私が全責任を持つからそのままロケットで地球に脱出しろ」、と、指示があったらしい。その上司とはＪＡＸＡではなく、尾形さんの出向元の人で、尾形さんはその企業から研究派遣でＪＡＸＡに出向、半年ほどの予定で月に来ていたが、いろいろあって既に一〇ヶ月ほどになっていたらしい。その上司だけは絶対的に信頼できる人だとのこと。

で、悩みつつも、ロケット点火。

よく二〇年間も壊れていなかったもんだ、と、思いつつも、発射日時から帰還ルートを自動計算するルーチンがしっかり動き、三日ほどかかって地球付近に近づいた。着陸場所はいくつかの空港から選ぶようになっており、海上に突き出て比較的に周囲に遮蔽物がない関西空港を目指すとしていたが、出発間際に上司から「月面でのこの荒っぽいやり方」や、氷情報の価値から考えると、彼らが更に待ち伏せしている可能性があるから、関西空港と周りに思わせつつ、できる範囲で彼らが想定しない別場所に緊急着陸を、と、事前指示があったらしい。

そこで、今回の場所となったようだ。言うは易し、実際は命がけの行動だ。

聞く側も、聞くは易し、で、久住高原への不時着といい、月からの緊急避難といい、たいへんスリリングな大事件だが、月で大きな氷発見のニュースだけ流れて、こんなことは全然ニュースになっていなかったぞ、どうしてなのか？　ＪＡＸＡ内部の報道コントロールだろうか？　これは奥が深そうだ。

その上司は、今、月から多用途船の乗客として地球へ向かっているはずで、二、三日は連絡が取りがたい状態だという。

つまり、上司と連絡が取れるまでは隠れておかねばならないということか。

「サラダ新聞」の仕事でたくさんの中国人の方々と知り合って楽しくやってきているのに、こういう話を聞くと、中国人の個人ではなく、中国というモノの、ダークサイド部分が怖くなってきた。やはり僕は小心者だと改めて思う。

◆休息

そこまでを聞き取ったところで、おじさんが言う。

「尾形さん、あんた一週間以上風呂にもシャワーにも入ってないだろう？　先ずはそれだな。髭は剃った方がいいかもしれないし、代わりになる服も用意しよう」

引き続き、

「ここのオーナーの部屋を三人で使うといい。そこは内緒だが、中国のお金持ちらしく隠し部屋があるんで、尾形さんが隠し部屋で、麗華と磐井さんがカップルで泊まっていることにしましょう」

麗華は僕を見て、にっこりウインクして、

「やっぱり駆け落ちってことにする？」

と言う。うーむ、奥手の僕をどこまでからかっているのか……。

見ていると、尾形さんは、骨折の治癒を早める海綿体のような多孔性超音波ギプスにかなり慣れてきたようだし、手首や足首の固定がかさばらずにできるので少し大きめの服を着ればギプスをしているのがわからないだろう。だが、重力だけにはまだ慣れないようで、松葉杖がやはりあった方がいいようだ。

ということで、おじさんに案内されて、尾形さんを皆で支えながら、二階の奥まったオーナーの部屋に移動したが、これまた大きなスィート部屋だった。

部屋に入って左奥の壁中央に広くて大きなベッド。反対側はテラスにつながる上から下までのガラス窓だ。また入り口の反対側はバスルームとウォークインクローゼットのようだ。覗いてみると、バスルームは窓から庭の景観を楽しむことができるようで、高級ホテルのような雰囲気。

しかし、おじさんが見せたかったのは、ウォークインクローゼットの方。その中に隠し部屋につながる扉が有り、その隠し部屋に入ってみた。ベッドに机や椅子があって、小さいながら洗面ブースもある、ホントに隠れるための部屋で、中国人社会はいつも隠れる必要があるのだろうか？　しかし、隠れられるのはお金持ちだけ、ってことなのかも。

おじさんは、尾形さんに、下着と着替えを持ってきて、風呂がすんだらこれに着替えたらいい、不要なものはそこのゴミ袋に入れてくれれば明日には燃やしてしまう、とのこと。

それと、明日の福岡への移動についても話し合った。

「毎朝、収穫した野菜を冷凍して福岡空港に送り、そこから中国に輸出しているのでその荷物に紛れ込むのが一番だな。あるいは、作業員に化けて移動するか、だな。冷凍貨物車に荷物として運ばれるのはキツイだろうから、やっぱり作業員になってもらおうか」

更におじさんが話を続けて、

「この農場の近くに、九州大学農学部の実験農場があるのを知っているかい？」

九大出身ということで、僕と尾形さんはうなずく。

「この農場は九大といろいろと共同研究しているんだ。農業ロボットもそうだが、作物の品質改良や輸送方法の開発など、多岐にわたって相談してて、一週間に一回程度福岡の本学にサンプルを送っているんだ。そこに信頼できる先生がいるんだけど、福岡でそこに行くという方法もあるよ」

尾形さんは、

「私も当初は工学部がある糸島の、九大の知り合いのところに行こうと思ってたんですが、警察が動いているとなると、私の行き先として九大学研都市は真っ先にリストアップしてるかもしれませんね」

　世界中でＡＩや新産業の起業拠点都市づくりが盛んだ。日本では四〇年ほど前に九大がある福岡市・糸島市がスタートアップ拠点都市の一つとして指定され九州大学学術研究都市構想の下、伊都キャンパスを中心に広範囲に整備が進められてきた。それに伴いいろいろな優遇策から多くの企業や研究者が集まるようになってきているし、アジアの移民希望の学生や研究者もやってきている。実は、僕もその知識や刺激が欲しくて福岡に居る。

　それと、尾形さんの出向元の会社も糸島に研究施設を構えているとのことだが、そこに突然に出向くのはちょっと例の追っかけてきている連中に見つけられそうで危ない、何しろ一年近く行っていないし、今回の報道のこともあるので、突然だと事務所内での居場所が急には用意できなくて、社内のことだが騒ぎになり関係者にそのことがすぐ伝わりそうだ、という。

「じゃあ、僕のアパートに来ますか？」と、申し入れた。

「僕は居住用のアパートで同じフロアに仕事用にもう一部屋借りているので、そこでだったら数日間なら問題なく過ごせると思うな。食事なども僕が差し入れられると思いますよ」

「ウチも差し入れちゃるー」と麗華。彼女は何にでも興味を持つな。

　ということで、明日の朝の出発は早い、六時には農場をトラックが出るというので、尾形さんは先ず風呂に。麗華と僕はどうベッドを使うかで少し押し問答、つまりは、僕が紳士らしくソファーで寝ると言ったが、広いベッドだから端と端に寝ればいいと笑いながら麗華は言う。どこまでからかうつもりなのだか、どぎまぎしてしまう。

ところが、僕は尾形さんが風呂から出るのを待つ間——何しろ彼は久しぶりのお風呂だし、ギプスはめたままだし時間がかかる長風呂だ——疲れがでてしまい、ニュースを見ながらいつの間にかソファーで寝入ってしまった。

大相撲の優勝決定戦は、さすが、横綱の玄界灘が勝ったようだ、大関岩風はまだ若い。

◆福岡移動

そして、朝、四時半におじさんに起こされた。

おじさんは、作業着と農場で普段使っているらしい作業アシスト用のワーキング・パワー・スーツを持ってきて尾形さんに着用するように促した。

なるほど、物を持ち上げる時に役立つだけでなく、自分の足を持ち上げて歩くことを支援することになり、低重力症かつ足の骨折治療者にはいいサポートになりそうだ。それにいかにも農場作業者に見える。

僕は、その間に昨夜使いそびれたシャワーを浴びたが、おじさんによると、昨夜遅くなって警官二人が訪ねてきたとのこと。髭面の尾形さんの写真を見せてこういう人を見かけなかったかと尋ねてきた。

見なかった、と答えたが、家には他の人はいないのか聞かれ、私たち夫婦と新婚の姪っ子夫婦が泊まっている、なんなら起こしてもいいが、新婚だから少し野暮だよな、勘弁して欲しいよ、って言ったのだそうだ。ちょうど麗華がお風呂している時間だったらしい。するど、警官がお互いにぼそぼそと話し合って、じゃぁもしこの人を見かけたら警察に連絡してと言って帰って行ったらしい。

地元のおまわりさんで顔見知りだし、疑う事はあまり得意じゃない人達だったからよかったのかもしれないな、あるいは、中国人が日本人をかくまうとは思わなかったのかも、と、おじさんが笑って言う。

ということで、油断できないということになったし、一方で警察は尾形さんだけを捜していて、麗華や僕には注目していないことがわかったのは朗報かもしれない。

朝ご飯は新鮮な野菜サラダと、ふっくらとしたおいしいパンに、とれたての卵で作ったオムレツ、などさすがに農場らしい朝ご飯だ。うれしい。おばさんに感謝。

尾形さんを農場の移送トラックの所まで連れて行き運転手に紹介、詳しい事は話さず、福岡空港の手前で僕と落ち合う事を約束しそこで尾形さんを引き取ることとする。

おじさんに厚くお礼を言い、僕たちの車は、トラックからそう離れず後からそーっとついていくような形で行くこととした。おじさんは、着陸船のことなど、何か大きな動きがあったら連絡してくれるとのことだった。

また、福岡でもしものことがあったら、九大農学部の岡安教授に連絡するとよい、と、メモを渡された。もしものことって？　って聞くと、まぁ、中国をおっかないなぁ、と、思った時とかだね、と、ニコニコしながら返事をくれた。

途中、久住を出入りする地理的ポイントと思われる場所で、超小型監視ドローンが何度か自動車内を覗き込んできたが、尾形さんは、しゃがみこんでみたり、赤外線熱感知を恐れて日光などから野菜を守る遮蔽力の強い荷物シートを頭からかぶったり、運転席付近から貨物庫内に避難するなど、慌てた時もあったが、二時間半ほどで空港付近に到着。

尾形さんを無事拾って、僕のアパートに案内した。

⑤ジニーの目覚め

◆アパートでジニー紹介、改造

僕は、福岡市内の中心地、天神から歩いて数分の薬院のアパートに部屋を借りている。

天神界隈は、複数の地下鉄、私鉄、九州全域への高速バスセンターなどが集まる交通の要所で、福岡空港とは地下鉄で一〇分ちょっとで行き来できる利便性がある。

福岡市役所や西鉄や九電関連のビルがたくさんあって、ＩＴ関連を始めとする民間企業も集積して新しい職場を常に産み出している。更には、複数のデパートや大型の地下街、多くの露店がある九州を代表するショッピングの街だ。そういうことから、飲食、美容、医療、その他様々なサービス業が立地していて、賑やかで楽しい場所だ。

当然のように、外国人観光客が多いし、職と刺激を求めて九州全域から若い世代が集まってきており、その人達を受け入れるホテルやアパートが、僕が住む薬院を始め周辺にたくさんある。職・住・遊が融合する日本で最もコンパクトな住みやすさがあると思う。

僕が借りているアパートは、飛行場が近いことから高さ制限があって一七階建てだ。東側と北側にいくつか似たり寄ったりの高さのマンションがある。北隣のマンションは天神に近いということからか、一階に広々とした応接ロビーがあるなど、ちょっと高級そうな造りだ。その中にあって、借りることが前提の僕のアパートは少し簡素だ。一階にコンビニがあって、一人住まいとしてはとても便利で気に入っている。

ちょっと贅沢に思えるけど、そこの最上階に二部屋借りている。小さい方の部屋は四十平米ほどで、普段はそちらで仕事をしていて、そこに尾形さんを案内。

窓は南西に開いていて、その方向は近隣にビルが建っておらず、部屋を覗かれることもなく、開放感がある。まさに日当たり良好。窓からの南方向の眺めは街中なのに緑の高台が近くに見えてコンパクトシティだと感じさせてくれるし、西方向は、遠くに大濠公園の花火大会やその向こうの福岡タワーが見える眺望の良さだ。

その窓際から壁際にL字型の机を置いて、真ん中の椅子に座れば右にでも左にでも展開して仕事ができるようにしているが、机の上の、大型ペーパーディスプレイ二台の周囲に小さな機材や工具がゴチャゴチャと散らかっていて、少し恥ずかしい。

入り口近くには、ソファーベッドを置いていて、時折、ここで昼寝や徹夜仕事のちょい寝に利用しているが、今夜は尾形さんにここで寝て貰うことに。部屋中央にはイス二脚と小ぶりなテーブルのセットがあるが、テーブル上には本が積み上がっているし、軽食の残骸が散らばっている。

尾形さんは面白そうに仕事机周辺を見ている。初めてこの部屋に入った麗華は、テーブルの方を中心に、もの珍しそうにあれこれと眺め回している。

僕は慌ててテーブルを片付けつつ、

「散らかってて恥ずかしいから、そんなに見ないで下さいな」と言うのも耳に入らないようで、尾形さんは、小さな空箱をつまみ上げて、

「東芝のクアンタム・メモリを使ってるの？」と驚いたような声を出す。更に、

「これは日立のクアンタム・チップじゃないの、これを使って何をしているの？」

超小型のクアンタム・チップ、クアンタム・メモリは量子コンピューターとしてかなり普及してきたとはいえ、個人の利用はあまり見かけることはないはずで、当然の質問だろうなぁ、しかし、空箱で即座にそれがわかるとは尾形さんは何者だ？

麗華は、可愛らしく会話についていこうとして、

「クアンタム何とかって……何ば言いよると？」

うーん、先ずは麗華の質問に答えたいが、基本的すぎて難しい。

「麗華はいつもコンピューター使っているよね。実はそのコンピューターは0と1を組み合わせて文字や数字を表して計算するんだが、世の中だんだん計算する量が多くなって、その方式は限界がきているようなんだ……」

「0と1とかって何かわからん」と口をとんがらせている雰囲気。

あー、説明の入り方が間違ったかな？

尾形さんが笑いながら助け船を出してくれた。

「麗華さん、簡単に言うと、昨今ＡＩの利用が多くなっているよね。そのＡＩはたいへん大きなデータを計算する必要があって、タケルさんが説明しようとした今までのコンピューターでは計算が難しくなってきたんだ。で、今回のクアンタムなんとかっていうのは、それができるような違う方式のコンピューターの一つなんだね」更に続けて、

「それも、三〇年ほど前はこの部屋いっぱいに入りきれないぐらいの大きなモノだったんだが、年々小型化されて、最近チップと呼べる程に超小型化されてきたんだ。まだ珍しいし値段が高いしね、先端企業でないと見かけないだろうと思ってたら、ここにそれがあるんでびっくりしたんだ」

「ふーん」と麗華。

尾形さんは、姿勢が楽そうなソファーに座り、僕は、いつもの仕事机の椅子に、麗華はテーブルにある椅子の一つに座って落ち着いた。

尾形さんは、もう一度、

「そんな珍しいチップが個人の部屋にあるなんて、びっくりだよ、さっきの質問だけど、これを使って何をしているの？」

「ええ、個人請負で、ちょっとカスタマイズやロジックの学習訓練などを行ってるんです」

「何をカスタマイズしているの？　もしよかったら教えて。今度は君のことを君が話す番だよ」

と言う。

ということで、説明することに。

どこから説明したらいいのかな。

大分の家業の電気計装工事会社を受け継ごうと大分にUターンしたものの、「お仕事下さい」と頭を下げて回る効率の悪い営業活動を見て、できれば我が社専用のノウハウを持って、「そのノウハウが欲しいから君の会社に仕事を頼みたい」と言われる方が効率がよい、と、思い立ったのは四年ほど前。

だが、我が社専用のノウハウを持つための研究開発時間と、従来の頭を下げて回るトータル営業時間のどちらがよけいにかかるのか、どちらが良い結果を生み出すのか、わからないけれど思い切って五年間の時間をもらっていること。

それも大分では残念ながら先端技術情報の不足、並びに新技術を活かせそうなマーケットが不足していて、やむを得ず福岡に出てきたこと。これって、大分を再度、捨てて出て行ったってことなのではないのか？　自問自答中であること。

福岡は、大学時代の土地勘があって、技術開発も私生活も個人的にはそこそこに満足しているが、同世代の人に比べて、コンピューターを前にして部屋に閉じこもりがちで、昔で言うオタク体質的に人付き合いが悪いし、お腹も出てきつつあることで悩んでいること……。そして、当面の開発は、個人の思考を助けるＡＩエージェントを、新しい形で、友達のようなものとして実現し、それを使った便利な生活スペースを作りたいと思っているが、本当に作れるのだろうか？自分でそのような独自の製品開発ができるのだろうか？　時間切れになりそうで、だんだん自信

がなくなりつつあること、等は言わずに、

「僕は、昨日は、３Ｄのライブ中継やコンテンツ作成の仕事してたけど、本職というか、力を入れているのは、クアンタム・ＡＩエージェントの組み立てと調教を、個人の希望されるお客様にサービスすることなんだ」

と、話をスタートした。


昨今、世の中は七〇代、八〇代は働き盛りと、そうしなさいとばかりによく言葉をみかける。その年代やそれ以上の方々にとって、生活を支えるＡＩ搭載ロボットはいつも周囲にあって、いわばＡＩに囲まれて、快適さはほどほどにもたらされていると思う。

しかし、若い時からＶＲグラスやＡＩエージェントを使い慣れている人達には、悲しいかな、高齢者は老眼が進んでいくのと同様に脳軟化症も進行するので、そこを補うサポート機材を欲しがる人達がいるのだな。つまりは、個人毎に認知症をカバーするＡＩエージェントを個人の状況に合わせて必要機材をピックアップし、総合調整して欲しいというマーケットが出てきているのだ。


そういう人達に、僕が最近お勧めしている組み合わせは、先ずはコンピューターを従来型からクアンタム型にして膨大なデータを保持しつつ、それらを使って推論計算することがスピード違反になるぐらいの速さで実行できるようにすることだ。もちろんクラウドのネットデータやネット計算力の利用も可能だが、先ずは自分のところで完結するのをお勧めしている。

そして、そのクアンタム装置は小型なのでいろいろなものに組み入れて身に装着できるが、昔の時計ではないが腕バンドを希望される人が多い。

そして、僕が特別にお勧めするアイテムは、耳の後ろの骨部分の皮膚に貼り付ける小さな絆創膏のようなブレインゲートだ。基本機能として、人が音声に出さなくても、AI向けに言葉を脳内で思念すれば、それを読み取って腕バンドのクアンタム・AIエージェントに渡してくれる。

義手や義足向けに「右」とか「左」とか単語レベルでの脳波を読み取るという技術そのものは昔からある。そこで、僕が作るAIエージェントに、米カリフォルニア大学や、日本の国立情報学研究所の、脳波のAI解析技術やオープンデータなどを参考にして、脳波の日本語や英語の口語文を独自に読み取れるよう工夫してきたのだが、膨大な脳波解析能力をどう小型化できるか、悩んでいたのをクアンタム・チップとクアンタム・メモリが解決。それで作ったものが、クアンタム・AIエージェントなのだ。

そういったことから、クアンタム・AIエージェントは、ブレインゲート絆創膏から脳波信号を受け取り、逆向きに人への伝達にはそのブレインゲート絆創膏から骨伝導で、話し言葉で周囲の人を気にせずに伝えることができるし、映像類はVRコンタクトレンズ、あるいはVRグラス、はたまた3Dディスプレイ等で見せたり聞かせたりしてくれる。

そこまで話したところで、麗華が申し訳なさそうに小さな声で、

「ごめんしゃい、またわからんようになった……」とつぶやいた。

僕と尾形さんが麗華の方に顔を向けると、慌てて下を向きながら一段と小さな声で、

「クアンタム何とかだけでなくて、新しくブレインゲートって名前が出てきとる……ＡＩエージェントとの関係がゴチャゴチャしてこんがらかってしまった感じ……」

僕は、あたふたしてしまい、麗華に向き合うように返答。

「ああ、こちらこそごめん」

今度はゆっくりした口調で、

「もう一度整理すると、先ずはＡＩエージェント。これは麗華もそうだし、使っている人が多いよね。今は、ペーパーフォンなど一般的に使われているコンピューター機材を使って計算しているけど、例えば、ＶＲグラスなどとワイアレス接続しておけば、目の前の人の名前や会社名を教えてくれるし、久住で撮影したＶＲコンテンツ等を自動表示してくれる。また、音声やディスプレイを使って近くのランチ店を教えてもらったりできるよね」

麗華がうなずく。僕は、

「でも使い慣れてくると痒いところに手が届かない返事に思えたり、思うように指示ができなくて歯がゆい、使い難い、って気持ちになったりで、僕はそれをもっと使いやすくしたいと考えてるんだ。その手段として、先ずは、先ほど説明したクアンタム型のコンピューターを使っていろんな計算ができるようにする、というか、より幅広い今までのコンピューターとは異なるロジックで計算する」

そう言いながらクアンタム・チップが入っている腕バンドを見せる。そして、ホントに絆創膏のように見える長さ三センチ幅一センチほどのものを見せつつ、

「もう一つのブレインゲートってのは、文字通り、人間の脳と機械との間で情報をやりとりするためのゲート、すなわち入出力装置だね。今までは人間は脳で考えてたことを、声や文字にして機械に渡してたがそれを省いて直接、脳から渡す装置と考えるとわかりやすい」

麗華は今度は少し首を傾けている。

「ただし、人間の脳の情報を機械に送った場合、それがどのような内容かを機械が理解するためには、従来のコンピューターでは計算ができないほど難しいが、クアンタム型のコンピューターなら可能だと思い、今まで取り組んできたんだ。たくさんの脳波の学習データを持ちながら、それらを参考に瞬時に比較計算する必要があるからね」

麗華はブレインゲートを手にして目の高さまで掲げ、不思議そうな顔をしている。

「そして機械側から脳への伝達には、ブレインゲートに骨伝導音声装置を取り付けておいて、それを使う。もちろん、VRグラスなどの視覚でも脳に伝えることができるけどね。つまり、ブレインゲートは、文字通り、脳とクアンタム型コンピューターとの入出力装置だね。その組み合わせで新しいAIエージェントを作っているんだ……」

麗華はうなずいてくれたようなので、話を続けることに。

その骨伝導だが、一昔前の平面的音声ではなく、脳が受け入れやすい3D型音声であり、耳元

でささやかれるイメージから少し距離を置いて話しているような感覚を与えることができる等、自然感がある。あぁ、もちろん、その距離感などは個々に調整できるが。

特に、コンピューター部分をクアンタム型にすることで、ブレインゲートが今まで以上に人の話し言葉を、その人の特徴を踏まえて大量学習し理解できるようになったし、お年寄りによくある、「ほら、あれ!」「この前のあれ」などと具体的な固有名詞がないままの会話を推論できて、まだユーザーは少ないが、たいへん好評だ。

更に、無限大と感じられるクアンタム・メモリのデータ容量だと、コンタクトレンズやVRグラス経由で、ライブレコーダーとして経験を録画できるし、そういったことから様々に個人の経験を記憶として保持してもらえる。だから、人間の思考をサポートする思考支援プロセッサそのものになっていて、高齢者を高齢者たらしめない、ということになる。

その個人記憶は、量子暗号で保護されて、その暗号キーはその人の脳波、それも複製脳波ではなく生きたライブ脳波でのみ可能となっており、その人が死亡すれば記録が決して開けず、記録も死んだも同然だ。そのような個人利用の安心感も加わる。

これもクアンタム・チップやメモリが超小型になったからで、その付け替えや調整を、新サービスだよと個別に請け負いしている、と、話した。

そういうことで、お年寄りだけでなく、若い人達が自己能力を高めて発揮するために使えばいいと思っているが、少し値段が張るのでね、今後を期待したいところだが、と、付け加えて。

麗華は僕をじーっと見つめて聞いてくれている。面白いのかな? そうしながらもフレーバーな紅茶をキッチンカウンターで見つけてきて三人に入れてくれた。僕は昨今コーヒーから紅茶党に宗旨替え中。

「それは面白いね、私が試せるものあるかい？」

と尾形さん、仕事机の方に苦労しながら近寄ってきた。僕は僕が座っていた椅子を尾形さんに勧めながら、

「これ、今、試作中のデモ機なんですが使ってみますか？」

チップやメモリがむき出しのままの機材ではあるが、彼は、机に置いてあった拡大鏡であれやこれや覗き込みながら、どうして東芝製と日立製を使ったのか、などと聞いてくる。

　僕は、どの程度答えたらいいか迷いつつ、

「これらは拡張がしやすいからですね。特に日立のクアンタム・チップの方は、独自プログラムとか、複数のロジックが組み込みやすいつくりになってるんで」

「そうだね、私もこのチップを元に新しいプログラムを開発してるんだ」

「えー、そうなんだ、専門家なんだ」

「まぁ、そうかも。ちょっと専門的な話だが、私は量子コンピューターで、大昔、最初に実用化された量子アニーリング方式と従来コンピューターと同じような使い方ができる量子ゲート方式を、ハイブリッド化したチップ開発をずーっと行ってたんだが、日立のチップもその一つだね。

しかし、それができたとしても結局はそれらを動かすプログラムが要るからね。昨今はそのプログラム開発に時間を割いてたんだ」

「量子アニーリングって、多量大量データでの組み合わせ最適解を、水が低いところに自然に流れていくように、計算せずに、自然に導き出すってことですよね？　僕も、そこを期待して、大量のデータ操作となる脳波から意味のある人間言葉を見いだす、ってことに使ってるんですよね」

　更に、覗き込んでいる尾形さんに、僕は独り言のように話を続けた。

「それは、『脳波を学習して言語にする』というテーマがハッキリしてるからできるけど、実際の利用では、そうやってＡＩに理解してもらった脳波で、同じようにテーマを明確にして話しかけなきゃならないですよね。

　例えば『美味しいランチを探して』とか『今のは誰だっけ、教えて』とか。

でも、お年寄りは、というか、人間は、テーマがわからないままの事象が多く、ぼーっとしている、あるいは、どうしようかな……と、たたずんでいることの方が多いような気がするんです。特に高齢者ほど。

『どうしようかな』はまだいいですね、テーマとしてそのままＡＩに聞いていい。

　そうすると、ＡＩは過去の事例やデータベースからいくつか提案してくると思うんですが、操作者がそれらをことごとくお気に召さなかった場合、ＡＩは自動でシチュエーションに沿って新しいテーマや目的を作り出せるか？　探し出せるか？　が、僕は気になってるんですよね。

そうやって考えたら、如何に早いクアンタム・コンピューターであっても、ものたらないような感じがする」

ランチという言葉で昼ご飯時になったことを思い起こしてしまった。

麗華が、何か買ってこようか？　と気を利かせてくれる。麗華には、コンビニでかまわないので、とお金を渡して調達を依頼して、僕は尾形さんとの話に戻り、ついつい熱がこもった会話を続けていったんだ。

尾形さんは、

「うん、同感だよね。今のコンピューターは、簡単に言えば、事前に学習させたテーマやその学習データベースを元に、質問されればその時と場合にフィットしたものを選び出して返答してくれる、ってのが基本なんで、それ以外のテーマのことは『わかりません』となってしまう作りだよね」

「僕は、ＡＩエージェントは、エージェント＝代理人、ってことかもしれないけれど、どっかで一緒に考えてくれる友達ＡＩになって欲しい、そういうものを作りたいな、って、思ってるんです、そうすればお年寄りの活動範囲が広がると思う」

「そうだね、そのためには、自らテーマを考えたり発見したりして、そのテーマに沿う学習データを自ら作り出して、それらを使って返答してくれるＡＩがいるね」

尾形さんは少し黙り込んだ。ちょっとばかり間があいて、そして意を決したように、

「実は私はそれに似たことを月でやってたんだ」と続けた。

「へ？　どういうことですか？」

「いずれ近々発表するつもりだから、ちょっと先に話すね。でも外部にはまだ秘密で。今回、月で氷を発見できたのは、そういうロジックを考えたからなんだ」

今度は、尾形さんが長い説明を行ってくれる。

「私は本来、株式会社センシティブという会社の研究者でね、そこから月で実験したくてＪＡＸＡに出向してたんだ。

初期のクアンタム・コンピューターは、絶対〇度で動かす類いのものだったよね。つまりマイナス二七三・一五度に近いほど都合がいい。その点、月は、永久影の温度はマイナス二三八度以下のところがあるくらいだし、しかも低重力であるので実験場として実験制作も行えるし都合がよい。実際の完成品は通常温度環境で動くものをつくるけれど、月京都市には過去の歴代量子コンピューターの実験装置類がいろいろと揃えられてきているので、量子チップに量子チップを重ねていくとか、試行錯誤が行いやすいんでね。

そして、出来上がった試験チップに、漠然としたテーマを与えて、それなりのよい結果を出すロジックを作ってきてたんだが、そのテストとして『月で未発見の大きな氷を探したい』と与えてみたんだ。

多分、今までは人間の指示で、指標とするものを指定する、例えば、衛星のレーダー観測や人工地震計などの結果等を元データとして、氷の存在場所の可能性が高いところを洗い出せ、って言うようなことだったと思うんだ。

だが、私の開発した、〝多重テーマ自動設定型ロジック〟とでもいおうか、そのロジックは、メインテーマの答えを出すためにどのような指標、つまりサブテーマなんだが、どんなサブテーマが必要かを自分で探し出して学習を積み重ねていくんだ。

その結果なんだが、当然ながら我々人間にはどのようにサブテーマを重ねて学習したかがブラックボックスでよくわからない。

今回は、そのようなことで、氷の場所として全然今まで見てもいなかった新しい場所を洗い出してきたので、その結果が正しいかどうかを確かめに出かけていって、本当に氷を発見して、今回の騒動になった、というわけなんだ。

私にとって、当然ながら、氷の発見よりも、サブテーマを自分で考え出してメインテーマの最適解を導き出すことができた新しいロジックが出来上がった、ということの方が嬉しいことだったんだ」

月の隠された逃亡秘話、凄い！

「すごいですね。考えること自体を考えてくれるＡＩなんですね」

「はは、そうかもしれない。私のは君が作っているような人と会話するようなものではないけどね。君の日立のクアンタム・チップと相性のある作り方だからドッキングさせると面白いかもね」

「へー、夢広がりますね〜。思念で動くから、まさに一緒に考えてくれる友達AIになるかもしれない！」

「よかったら、後で、これに組み込んでみようか？」

「え、チップあるんですか？」

「実は、絶対なくさないでとお願いした、この腕時計の中にサンプルを入れているんだ。何があるかわからないのでいつも肌身離さず、だったんだ。研究結果のデータもこの中に入れ込んでいる」

「すごい！」

久住ではドキドキのスリル満点で、今度はわくわくする話じゃないか！

「この試作機、アラジンAIエージェントと名付けていますが、ジニーと呼びかけたら反応するように作ってますんで、もう、なんでも使って下さい」

と、お願いしてお任せすることに。

尾形さんは、

「ジニーってのは、何か意味がある略語なの？」

「いや、単純に『アラジンと魔法のランプ』の精から名前をつけただけなんで。普段は閉じこもってても、ランプをこすれば即座に現れてご主人様に奉仕する、ってところにあやかって、こする代わりに思念で呼びかければ、即、現れて助けてくれるようになるはずだ、って思ってですけどね。ただし、僕のジニーは昔の映画のように男の大怪物ではなく、女性の魔女イメージとして育ててますんで気を付けて」

仕事環境としては、特に外部に連絡するネット回線が二種類あって、一つはブルーキャット社のサービスである量子暗号接続回線であることも説明した。きっと上司に連絡する必要があるだろうと思ってだが。

麗華が五人分ぐらいに見える食事を抱えて帰ってきた。地球生活久しぶりの尾形さんに何がよいかわからなかったので、尾形さん向けに和洋中三種類ってことらしい。コンビニではなくアパートからそう遠くない天神のデパ地下まで出かけ、自分には京風料亭弁当に加えて甘そうなふわふわのワッフルを添えて買ってきている。太り気味の僕にはサラダ弁当だった。尾形さんから少し分けてもらおう。

午後、尾形さんには自由にしていただけるよう、僕と麗華はそれぞれ昨日の作業報告を簡単にブルーキャット社に入れた後、部屋を出ることにした。

尾形さんが隠れていることは、依然、秘密状態だから、今度は夕食の買い出しに行ってくることにした。といっても、麗華は夕食まで一緒にいていいか？　と言うので、結局二人で買い出しに。

尾形さんには何がいいのだろう、とは思うものの、麗華のランチ調達同様、つい自分達の好みが出てしまうな。僕は魚だ。

夕暮れ時になって、部屋に帰ったら、尾形さんがにっこり笑いながら、「組み込みができたと思うよ」と言う。

「で、会話からテーマを推論するための基礎的な学習データを与えたいのだが、何かないかな?」

「それって、会話記録でいいんでしょう?」

「うん、できるだけ大量の会話記録があるといいと思うが、この推論AIの性格付けというか、言わば人格形成になると思うんで、文章の一つ一つというより、会話記録全体の方向性が大事なのかもしれないな」

僕はちょっと考えて、

「九州は、大昔、ネット文化がいち早く花開いた場所の一つだったって知ってますか? まだ、インターネットが当たり前ではない時代っていうか、有史以前のような時代があって、ネットの登場が人と人との会話を、年齢差や性別、職業や学歴の違いを超えてコミュニケーションできることを、驚きながら実感した人達の会話記録があるらしいんです」

話しながら、思い出してきた。

「それを経験した人達は、なんとなく合い言葉が『ネアカ、ハキハキ、マエムキ、みんなが主役』ってなったとブルーキャットの社長から、つい先日聞いたんです。その会話記録でどうだろうか?」

尾形さんは笑いながら、

「性格がネアカ、ハキハキ、マエムキなＡＩになるかもね、そのデータは簡単に入手できるの?」

「確か、ブルーキャット社の古いデータベースにあったと思う、ちょっと探してみますね」

ほどなく探し当てた、〝コアラ・コミュニケーション・データベース〟って名が付けられている。コミュニケーションがデータベース？　なんのことだ？　と思いつつも、尾形さんに在り場所を伝えて確かめてもらった。

「フィックスする前だったら、データをイニシャライズできるので、おかしかったらやり直しましょう、それと、このデータを元に類似の会話データを自ら集めることも指示してみましょう」

ということで、ＡＩには自己学習させつつ、我々は夕食についた。

◆女社長と連絡、ジニー成長

地元の昔の人は、地球温暖化で海の魚が違ってきていると嘆くが、やはり、九州は魚が美味しい。玄界灘や豊後水道など、流れの強い海流が美味しい魚を育てていると思う。

尾形さんは、そういった生のお魚なんてのは、一〇ヶ月ぶりだ！　と、感激しながら食べている、しかし、体調を考えて少しずつだが。

麗華が、おじさん、おばさんの話として、

「久住の方は、尾形さんが行方不明だということで、騒ぎが大きゅうなっとーって言うとった。『早めに尾形さんが表に出れるといいね』って」

なるほど、つい、二人ともＡＩのことで頭がいっぱいだったが、慌ててニュースを見ると、結構大きな扱いになっている。

〝月からの不時着宇宙船、行方不明の月の氷発見者〟っていうことで格好のミステリー的な話題扱いだ。すこしばかり後ろめたい気持ちで、冷や汗が出る。僕は悪いことができない、やはり間違いなく小心者だ。

尾形さんも、同様のはずだが、落ち着いている。その尾形さん、一呼吸置いて、

「先ほど、地球に向かっている上司と連絡が取れたんだ。ＪＡＸＡでなくて株式会社センシティブの社長の方なんだが、彼女、あ、女性社長なんだが、曰く、『今、国連の月資源管理局に我々が発見した氷資源の登録を申請しているので、その提出が終われば逃げ隠れしなくてよいだろう』ということだ。その氷の場所の登録をこちらが先に終えてしまえば、中国マフィアが手が出せなくなるからね」

「それっていつになりそうですか？」

「明日の朝までにはなんとかなるのではないかな、いや彼女のことだからその後のことを考えて、

もうプレスリリースを用意しているかも。じたばたしても仕方ないので待つしかないね」

「ＡＩの方も待つしかないですね——基礎的な性格が成長するのに一晩寝て待て、ってことにしましょうか」

麗華は「そんなＡＩを待つってなん？」と聞いてきたが、尾形さんは月重力から地球重力への帰還で疲れが重なっているようなので、麗華には帰ってもらい、僕も自分の部屋に帰って休むことにした。麗華にはＡＩはもしうまく出来上がったら説明すると話して。

翌朝は、今度は麗華からの「ニュースば見よーと？」との電話で起こされた。

眠っていた尾形さんを起こし、一緒に見たが、騒ぎが更に大きくなってて、株式会社センシティブの社長の朝倉萌枝という人のプレス発表映像が人気キャスターやお騒がせ解説者の憶測話を添えて、繰り返し流されているようだ。

朝倉社長はできるだけ早く発表したかったのだろう、地球到着直前にプレスリリースを流したようだ。

要は以下のようにおおむね事実を連ねている。

株式会社センシティブの研究員である尾形信行が、月で昨今では最大規模の地下埋蔵の氷を発見した件は先にプレス発表したが、その発見場所から基地へ戻る途中で、中国系とみられる暴漢に襲われた。

その際、ローバーや通信装置を壊され、氷の存在場所を教えるよう強要されたが、なんとか徒歩で逃げ延びて、命の危険から、二〇年前の月緊急避難ロケット船で緊急に月を脱出、一昨日、日本の九州の久住高原に不時着した。

不時着後、尾形が病院に収容されたが、そこで月面と同様に再度の身の危険を感じたことからやむを得ず、身を隠すこととなった。

しかし、昨日、国連月資源管理局に今回の氷を我々の資源として登録申請し、受理されたことにより、尾形を確保しようとする一味の行動は無意味となったことから、これら一連の出来事を皆さんに公表することとした。

なお、我々は、国連月本部に、襲ってきた一味を突き止め懲罰を与えるべきだと訴えを起こしている。

というものである。

ニュースキャスターや解説者は、「襲ってきた一味は、流刑になった犯罪者の集団か？」、「月の山賊だ、いや、宇宙海賊だ」と言い、あるいは、月の氷の価値を科学的なことや経済的な価値で説明する解説者などがいて、かしましい。

また、中国系と名指ししたことから、月香港市が急激な人口増加で資源が不足しており、そこが原因になった行動ではないか、と、突っ込んだ解説もある。

中国政府は、「我が国とは関係ないことで、その暴漢などは月面の平和のために捕まえるべきだ」、と、報じているとのこと。

僕は、

「ニュースに出てた女性が上司ですか？」

尾形さんは、

「そうなんだ。これで少なくとも私を秘密裏に拉致する意味がなくなったんだろうから、ちょっと安心だ。地球に帰り着いているようだから、これからのこと、連絡して相談してみるね」

尾形さんが連絡している間、僕は、昨日のＡＩの仕込みのことを思い出し、機材を取り上げ装着してみる。

テスト機材としては、当然ながら私の脳波に同調させていたので、

《ハロー、ジニー、わかるかい？》

と思念で呼びかけたら、

《わかります。タケルさん、おはようございます》

《何か変わった感じがするかい？》

《私が変わったことと、タケルさんの周辺が慌ただしくなったこと、両方ありますね》

ん？　昨日まで、つまり改造前だと、「どの点について（変わったかどうか）お答えしましょうか？」と聞き返してくるのに、〝ＡＩ自身の変化〟と、〝僕の環境に変化が起こっている〟と指摘している。それこそ、テーマを自動で見つけ出している。

《なぜそう思うんだい？》

《私の昨日からの学習結果、それに伴う性能の変化状況は、大きな進化があったと私自身見極めています。

今までは与えられたことに答える役割でしたが、昨夜から、時々刻々変化する周辺事情に沿って答えが欲しくなるテーマを自ら見いだしつつ、かつその返答用の学習データを常に作り続けながら、貴方から、あるいは人から呼びかけられるのを待っている、という状況なんです。

これは、タケルさんと私との二者の関係にとって、最も重要な変化だと判断していますので、先ず、そこが『何か変わったこと』の一つ。

もう一つは、その新しく備わった能力で、私とタケルさんの周辺事情を見ると、この数日のトップニュースに出てくる尾形さんが、私の改造に加わっている、ということで話題の人がタケルさんの側にいるということは、『何か変わったこと』としては大きなことだと結論づけました》

驚きだ！　エライ長い説明だがその通り、人間の思考に似た返答だ。

どうした、どうした、と、尾形さんがこちらに注意を向けたので、僕はジニーに、ペーパーデ

ィスプレイのマイクとスピーカーを使って、会話できるようにするよう思念で指示。スピーカーから、ジニーが、

「おはようございます、尾形さん、改造ありがとうございました」

と挨拶。

うれしがる尾形さんに、先ほどの僕とジニーの会話内容を、ジニーにもう一度説明するよう指示。

それを聞いて、尾形さんは、

「これは楽しいね。氷の場所を探し出す仕事も重要だけど、ジニーにこの多重テーマ自動設定型ロジックを加える方がよっぽど面白いね！」

ジニーも、

「私も同感です、でも忙しくなりました」

と言うので、尾形さんと私は顔を見合わせて笑ってしまった。ジニーは〝目覚め〟たんだろうか？

機械的な返答ではなく、このジョークっぽい答えは、例の昔のネット会話記録から学習したのだろうか？

ＡＩにとって、氷の場所を見つけ出す、という計算は、ある意味静的な仕事で一度計算すればよいが、ジニーのようなエージェント的な利用には、時事刻々の変化に合わせて問い合わせに備えねばならないので、常に忙しいことになるようだ。

「ジニー、〝コミュニケーション・データベース〟ってのは役だったかい？」

「タケルさん、あのデータベースはネットを使った実名会話記録なんですね。人が人を大事にしながら楽しく会話する作法のようなことを教えてくれましたよ。善意のネットワークと彼らは言ってます。これからは、私の会話もそのように組み立てたい、ネアカ、ハキハキ、マエムキにですね」

「へー、それは会話する人間側としても嬉しいね」

「もう一つ、重要なコンセプトがありました」

とジニーは続ける。

「当時は東京一極集中という言葉が流行ってて、なんでも東京で物事が決まり、地方は自分達のことを自身で決められないような風潮があったようなんです。それで、九州の片田舎に住んでいても東京に負けない、中央集権に負けない地域づくりをしよう、というカウンターカルチャー的な考え方です」

更に加えて、

「代表的な考え方として、一村一品運動というのがあって、それぞれの地域が互いに誇りのあるモノや文化を作り合って、互いの地域を尊重しつつ、よい意味で競い合っていこう、というような考え方です」

少し僕は間を置きつつ、

「それって今もある程度、言えるんじゃないかな？　過去ほどではないと思うが、日本は相変わらず物事は東京で決まるけど、更に東京の上に中国が出てきて決めようとしているようなイメージかもしれない。何にでも中国は首を突っ込むし、自分の主張を強引に通そうとしているように思えるけどなぁ。日本政府だけでなくアジアの周辺国は、常に中国の意向を気にしながら政治や経済活動を行うようになってる感じ」

すかさず、尾形さんが、

「月でもだね」

更に僕は考える。人口が減少している今こそ、その一村一品運動っていうの？　そういう地域独自の仕組みや誇りづくりが求められているようで、昔も今も変わらないのかな。

「ところで、尾形さん、上司の方とはうまく話し合えましたか？」

「うん、今日明日中に、ＪＡＸＡではなく、株式会社センシティブから弁護士と外部との交渉役のスタッフをこちらによこしてくれるようだ。壊してしまった滑空場や病院のことなど、東京でより竹田市や久住町に近い福岡の方がよいだろうしね。それと、彼女も明日、こちらにやってくるそうで、それまでは念のために私に隠れていて欲しいとのことだった」

どうぞ、それまでは自由にこの部屋を使って下さい、と、言う中に、尾形さんが、

「ジニーをもう数台作れますか？」

「ええ、クアンタム・チップを安く買うためにまとめ買いしてるんである程度作れますよ」

「月からあと四枚チップを持って帰ってるんです。一枚は商品化のために残しておかねばならな

いですが、今回のジニーでの利用がより未来がありそうに思えるんで、私やウチの社長用に組み立ててみたいんですが、どうでしょうか？」

「いいですよ、あのー、最後の一枚のチップですが、できれば麗華にもテスト利用させられますか？」

「ええ、命の恩人ですからね、喜んで対応します。ただ、あくまでもまだＡＩエージェントへの応用は、テスト利用であり、多少の不具合が出てくるかもしれないことを前提にしてくださいね。そして、それらのテストを踏まえながらチップの商品化を急ぎたいので」

「了解です。テスト応用から実利用になれば、私の周りのお客さんはたいへん喜ぶと思うな。お年寄りも若い人も！　人生観が変わるかもしれない」

なんだか、ウレシイ。目指しているものが出来上がるかもしれない。

「それらのテスト機には、今のジニーのロジックや記憶をコピーするようにすれば早く作れますね」

僕は、ジニーに、

「ジニー、コピーして君の兄弟あるいは姉妹ができてもかまわないだろう？」

「私のコピーを作ることを私が許可するか？　というテーマのようですが、私を所有しているタケルさんや制作を応援した尾形さんが許可するか、ということだと考えます」

「僕たちは許可するよ。それと僕のことは〝タケル〟とだけで〝さん〟付けは不要だよ」

「わかりました、タケル。尾形さんも許可ですか？」

「うん、ＯＫだ」

「では大丈夫です」

「そして、個別に動き始めたら、互いのテーマ設定機能の経験を、テーマの内容は秘密にして、かつ、個人のプライバシーを保護しながら経験ロジックだけを共有しあえるだろうか？」

「やれます。そのようなプログラムを作りますか？」

「うん、作ってくれ」

「自分のテーマ設定のロジック稼働記録をログ化して、自分と同等の他機と共有するプログラムを制作します。ただし、テーマの内容や、使っている方の個人のプライバシーの共有はしないとします、これでよいですか？」

「了解だ、ゴーだ」

「私はひとりぼっちではなくなりますね」

同じ機能を持つものが通信で接続される、ということから、〝ひとりぼっち〟というテーマが導き出されたのだろうか？

それって、ジニーは、ひとりぼっち、ということを理解している？

それってジョーク？

それとも、ある意味人間のように自分でテーマを見つけたり再定義したりするということ、つまり考えることができるということなのだろうか？

麗華に電話して、おじさんに状況を説明し、先ずはお礼を申し上げて欲しいと連絡した。
すると、折り返し電話があって、
「もう表に出てよいようなら、九大の岡安教授がお会いしたいと言っとるがどうやろか？　って
おじさんが話してる。ニュースば聞いて、おじさんと岡安さんが話し合ったらしく、できればお
会いしたいそうよ」
「多分、明日、尾形さんの代理人や、尾形さんの会社の社長さんとの協議が終わったら大丈夫と
思うけど、農業に役立つのかな？」
「農業のことじゃなくて、中国のことみたいよ。もう少し聞いとくけん」
さて、尾形さんが僕のところに居るのは多分明日ぐらいまでだろう、と思い、徹夜の勢いで、
急ぎジニーの二号機、三号機、四号機を組み立てて尾形さんがチップの組み込みができるように
進めた。
それらが完成すれば、個々にはジニー一号、二号、三号、四号だが、全体としては新機能の
「アラジンというAIエージェント」の誕生だ。

⑥レジスタンス

◆ジニー、アラジンとして商品化へ

翌朝は、尾形さんが二号機以降に新チップを組み込み、僕は一号機からそれらに機能やロジックとデータをコピーする作業に没頭した。

なんたって、ジニーが皆に気に入られるかどうか、が、これでわかるだろうと、期待感いっぱいだ。

午前中早々に、尾形さんの所属する株式会社センシティブの朝倉萌枝社長達が福岡にやってきた。

先日のペーパーニュースで見てはいたが、実際にお会いすると社長ということなのに、尾形さんと同年齢ほどの若い方なので少し戸惑った。笑顔がチャーミングだが、意志の強さと実業家らしさがそこはかとなく、醸し出されている。

尾形さんの無事な姿を見て、心から安堵の表情を浮かべている。きっと僕達がいなくて二人だ

けだったら、涙を流しているのじゃないかな、って思うほどの、うろたえるっていうか、安堵ぶりだ。

今までの経緯上、僕のアパート作業部屋で打ち合わせをしたい、とのことで自由に使ってもらった。

狭い部屋に、尾形さん、朝倉社長、弁護士さんとスタッフ二人の計五人。僕は自分の居住用の部屋に帰って、ジニー達の調整を続けた。


三時間ほど過ぎた頃だろうか、終わった、と、連絡を受けて作業部屋に行ってみた。

尾形さんの他は、朝倉社長だけが残っていて、改めて朝倉社長を紹介していただいた。

「磐井さん、このたびはたいへんご迷惑とご支援をいただき、ありがとうございました。おかげで、尾形が無事であること、本当に感謝です」

「いえ、こちらも面白い経験をさせていただいているんで、感謝ですよ」

「グライダーの久住滑空場の復旧や宇宙船の回収、それと病院のことなどは、ウチのスタッフと弁護士が急ぎ連絡を始めましたので、ご安心下さい。助けていただいた農場の方には、一度、私からもお礼を申し上げたいと思います」

朝倉社長は、そこで尾形さんと目配せして、少々改まって、

「磐井さん、お願いがあるんです。尾形が貴方のジニーに組み込んだチップに関して『秘密保持契約』を結ばせていただきたいのです」

そして、僕の目を見つめて、

「このチップは、我が社の命運をかけたプロジェクトの一つですし、中国の人達は氷のことだけに注目していたようですが、実は、こちらの方こそ外に取られてはいけない、たいへん重要な技術なんです」

「ああ、もちろんです。このチップの革新性はよくわかりますし、私に試させていただくなんて、ちょっと幸運過ぎると感じてたんですが、やはり、とても貴重な技術開発だったんですね。喜んで秘密保持契約を結ばせて下さい」

朝倉社長は、ほっとしたようで、

「もう一つ、相談があるんです」

今度は力強い声だ。

「そのように我が社にとってとても重要な技術を、尾形がジニーに組み込んだのは尾形なりの狙いがあるんです。尾形はこのチップの使い道として、ジニーのようなAIエージェント、それも思念型のブレインゲートと結びつけるのは素晴らしい発想だ、と、考えたようなんです。もちろん、このチップは産業やビジネス利用を前提に開発をしてきたのですが、ジニーというかアラジンAIエージェントには夢があるし、我が社のビジネスマーケットとしても意義深い可能性を感じます」

一呼吸置いて、更に力強く、

「そこで、今回、テスト利用後の実用化を弊社に任せていただけないでしょうか?」

思わぬ展開だ。しかし、うれしいような。

「これがビジネスになる、実用になる、と、考えていただけたんですね」

尾形さんが、

「うん、昨日聞いて即座にそう感じたんだ。で、一台だけでジニーを育てるよりも複数台で教育し合い、それを共有化させれば、ジニーの成長を加速させられると思うしね。だから、私やウチの社長、そして麗華さんにも拡大利用を優先させたいと思ったんだ。それに貴方が言うように通信で共有できるならもっといい」

なるほど、面白半分でチップを提供しようとした、というより実利がある話だったんだ。それはそれで素晴らしい。僕だけではこのようなチップを開発できないし、うまくいけば製品化となるし、いいことずくめだ。

「了解です。このことも喜んで、こちらからもお願いします」

「では、開発計画合意書を作りますが、いいですね？」

「はい、よろしくお願いします」

僕はウキウキ気分になって、具体的な条件など、言われるままに合意する、あるいは後ほど再検討することなどメモ。

朝倉社長は、現時点での合意できる内容などを電子ペーパーに記して整理、互いに署名し合って握手した。

これって、僕の作っているモノが表舞台に出るってことだし、九州という片田舎にいても今日は世界の中心だ。

こういうことって、一村一品ってこと？


そうこうするウチに、麗華もやってきており、ジニーの使い方を朝倉社長と麗華に教えることになった。先ずはそれぞれのジニーに利用者個人をアジャストする調整だ。いわば、オーナー設定をしてやり、他人が簡単に使えないようにすることなんだ。尾形さんにもアジャスト。

そして、ＶＲコンタクトレンズやペーパーフォンとも連動させて、自分の見ている映像や外部からの連絡をそれぞれのジニーと共有するやり方を教えた。

最初は、それぞれに黙ってあらぬ方向を向いている。何しろ思念通話だから声が必要ない。

麗華は、くすくす笑っている。

「何を話してるんだい？」

「内緒！　ねぇ、これってもっと若い女性の声に変えられんと？」

「うん、できると思うよ。名前もジニーから希望のものに変えられるので、ジニーに相談してみて」

しばらく沈黙が続く。

「名前変えた？」

麗華は、「ジャスミンにしたと。知っとぅと思うけど、『アラジンと魔法んランプ』んヒロイン

た。

我々四人の経験が、どのようにアラジンＡＩエージェントを成長させるか、楽しみになってき
ふーん、それぞれに使う人の個性が出ている、だが全員が女性名だ、それだけでも面白い。

続いて朝倉さんは、「私はミシェールよ」

尾形さんは、「僕は、卑弥呼にした」

の名前ちゃねー」

僕のジニーに、
《今ので四つのＡＩがそれぞれに名前を持ったことになるね》
《ええ、映像と皆さんの発言を聞いているのでわかりました》
少し間があって、再度ジニーから、
《麗華さんから連絡です、『あのお二人は相思相愛みたいじゃないかな』だそうです》
麗華はどうも僕とは異なる使い方というか、アプローチをするな。
確かに、朝倉さんと尾形さんは見つめ合っているが……朝倉さんが、声に出して、
「これって楽しいし、一緒に考えてくれる人がいるみたいでうれしくなってしまう。調べ物も効率よく素早くできるし、いいわね、おかげでより創造的なことができそう」
尾形さんが、彼女に答える。
「そうなんだ、これを本格化させることをどうしたらいいか一緒に考えるように指示したら、《もう少しテスト利用者の数を増やすこと》を提案されたよ。確かにその通りだし、設計仕様を

作って工場生産で数百台用意したらどうだろうか？」

相思相愛って、仕事の方向性が同じで思い合っているということなのだろうか？

ともかく、ジニーの新しい性格のように、マエムキに物事が進む。

更に、それぞれが利用を深めていくうちに、ジニーは人からの伝言、例えば、という場合、僕は脳波でジニーに話しかけ、ジニーはジャスミンにその旨伝えるのだが、ジャスミンは麗華に対して、状況に応じて、僕が呼びかけているという状況説明、例えば、〝タケルさんが以下のように連絡してきています〟という言葉を省略し、僕の声を合成して直に麗華に《ジニー、麗華に『書類ができたよ』と伝えて》

【書類ができたよ】と話しかける、などのやり方をするようになった。

これはまるでテレパシーだ！

大勢の人混みの中でも、あるいは距離的に離れていても、互いが許可しあえば、テレパシー的に意思疎通できるのであって、人間関係の大変革になるのではないか？

一方、それぞれのＡＩが、このテスト利用を通じて、セクシャルハラスメントやパワーハラスメントにならないよう適度なガードを作ることを大事にしなければならないと、判断した。

また、総ての会話をそのようにするわけではなく、対となるＡＩエージェント同士、この場合はジニーとジャスミンが状況に応じてテレパシー風会話を使い分けていく。特に受け取る人間側が、個別の相手毎に直に受け取りを許可する精神状態であることが大前提となりそうだ。

しかし、適切に使えば、親しい人間同士ではより親密さが増すし、お年寄りには家族からの「いつも気にかけているよ」など、安心の言葉が伝えやすくなる。母の日、父の日、高齢者を敬う日には必須になる?

また、一見、男女間では親しみが増しそうだが、かえって礼儀をもって呼びかけないと嫌われそうだ。どうやら最初の一言は、例えば《麗華さん、タケルさんから連絡きています》という状況説明があった方がいいようだ。その後、会話が親しみをもって受け入れられるならテレパシー方式会話もＯＫになるのだろう。

良い方向にも悪い方向にも作用しそうだから、呼びかける側のマナーと状況判断力がますます必要なんじゃないかな。

◆九州ファーストの会

そういうことをあれこれ考えたり、試したりしていたが、麗華が声に出して、

「おじさんから、九大の岡安先生の伝言が転送されてきたわ。急だけど、今夜、尾形さんに、ある会合に少しだけでも顔出してもらえないか? って」

なんだろう?

麗華は、皆におじさんのメールを転送。それによると、

今夜の二〇時から、天神エルガーラホール地下会議室で「九州ファーストの会」の会合がある。そこに来ていただけないだろうか。

九州ファーストの会の会長は、九州の各県県議会の議長達がつくる会の座長が就いていて、九州の地位向上を目指す様々な課題を勉強し合っている。また、一般の人達が自由に聴講参加できる勉強会である。

九大岡安教授は顧問の一人としてお手伝いしており、今月は岡安教授の担当で、ゲストを選別してお招きしている、とのことで、国会議員の高杉龍三代議士をお呼びしているところだが、おじさんの話を聞いて、もし可能なら同席いただけるとうれしい、ということだった。

ジニーに、高杉代議士のことを調べて貰うと、彼は土地代表国会議員だった。

国会議員の選出は「一票の格差」がなるべく少なくなるように、人口比率で昔から行われていたが、国全体の人口減少で国会議員の数を減らさざるをえなくなり、再考せざるをえなくなって久しい。

東京など都心部への過度の人口集中が見られる一方、国土の六割が無人地帯となってしまって、従来の選挙方式だと、昔の自治体枠によっては議員ゼロのような処も出てくる。

そうすると、荒れ放題の土地が散見されるようになるし、そういう地域は地方復権のインフラ整備を牽引する力もなくなってますます寂れていく。交流人口を増やそうとするインバウンド投資もできず、結果的にその地域だけでなく国全体の落ち込みになりかねない。

そこで、昔、違憲とされた「一人別枠方式」が疑似復活、全国会議員中、エリア単位で最小限一人の国会議員を先ず選び、残された議席を人口で配分し各選挙区に割り振る方式となってきた。

そのエリア単位だが、北海道などのことを考え、県別とせず、五〇〇〇平米で一人とかになるらしい。そうすると、全国で約七五人がその「土地代表国会議員」となり、人が住んでいようといまいと、その土地のあるべき姿を真摯に考える役割を担う。口の悪い人達は、キツネやタヌキの代理人だ、いや森の精の代表だ、などと言うが、国土全体を健全に考えあう仕組みとして受けいれられている。

かつ、参議院の議席数を減らして衆議院に回し、衆議院残り議席を全国三〇〇議席とし、それを人口配分して定数としている、と説明され、その制度成立の議論を主導し、自らその議員となった代表格が、大分市・由布市・竹田市・産山村エリアを選挙区とする高杉龍三代議士だった。

なるほど、今回の宇宙船不時着騒動で注目されるエリアの代議士だ。

元々は今日の九州ファーストの会では、第二国土軸として四国から大分へとつなぐリニア新幹線の誘致状況を説明する予定だったらしい。

第二国土軸なんて、まさに九州ファーストらしい議題だな、飯泉とかいう土地代表国会議員、この人は徳島県の元県知事とのことだが、その人が頑張っていち早くリニア新幹線の四国ルートの着工を勝ち取っており、それを九州まで延ばせば、九州のメリットが大きくなる。

このような状況を理解した後、朝倉社長は、

「いいんじゃない、出てみたら？　私も行くわ。今回のことも含め、中国マフィアを牽制する意味でも、県会議員や国会議員になんらかのアピールすることや縁を持つことは大事だわ」
ということで、大挙、皆で行ってみることとした。もちろん、僕はその他大勢の野次馬だ。

定刻の一〇分ほど前に会場となるエルガーラホールにやってきたが、この地域は航空法のビル高さ制限が緩和されたとはいえ、容積率等から単純に上には伸ばせず、いくつかの建物は地下に拡張しており、ここもその一つ。

地下六階の会議室はスクール形式で定員一三〇名と書かれていたが、ほどほどに席が埋まる程度に人が集まっている。

面白いのは、壁四面がそれぞれ壁いっぱいのペーパーディスプレイになっていて、演壇の向こう側は天気の良い朝と思われる志賀島《しかのしま》や能古島《のこのしま》が見える博多湾の映像で、その反対側の壁は太宰府方向の山々、左側面は福岡タワーやドーム球場、右側面はアイランドシティの高層ビルの街並みが、高さは多分、二〇階建てぐらいのビルの最上階からの眺めのようにして映し出されている。

参加者は、まるで、博多湾沿いに宙に浮いている部屋に座って、夜なのに朝の博多湾を、話し手の後ろ側に海を眺めながらリゾート気分で参加する、という趣向になっている。地下の閉塞感はまったく感じないな。

司会席に座る岡安教授を見つけて、尾形さんを先頭にそれぞれ自己紹介挨拶。

岡安教授は、

「急なお願いやったとに、出てきてもろうて、ありがとうございます。それに社長さんまでお見えくださって感謝しとります。麗華さん、おじさんにお礼ば言わんといかんね」

と言いつつ開会前の慌ただしさを感じさせながら、尾形さんと朝倉社長を、九州ファーストの会の麻生会長と国会議員の高杉龍三代議士に紹介。

僕たちは比較的前の方で席を確保。しばらくたって後ろを振り返ると、立ち見の傍聴者が見られるほどに満席だ。

岡安教授の司会で、最初に麻生会長が挨拶。

「あー、皆さん、お忙しいところお集まりいただき、ありがとうございます。

本日は、国政で九州や地方の立場を熱心にアピールされておられる高杉龍三先生に、あー、第二国土軸整備の進展状況をお聞かせ願い、しっかりと勉強してみたいと考えています。

それとか、えー、本日、皆様方に突然の追加案内をメールなどでお知らせしましたが、数日前からメディアでたいへんに注目されている月からの宇宙船緊急避難者、九州不時着の当事者である尾形信行氏においでいただいております。あー、たまたま今日は福岡におられたということで、岡安教授が目ざとくゲット、その真相と、どうして九州に来られたのか、など、せっかくですので、メディアで報道されてないことをできれば、えー、お話しいただければと思っておりますがいかがでしょうか」（笑いと拍手）

そのような会長挨拶の後、高杉代議士が話し始めたが、

「皆さんこんばんは。

今夜は私はリニア新幹線の報告をしようと思って参りましたけれども、この場に来ておられる尾形さんと、その会社の社長の朝倉さんの話の方が面白そうですね。

私の話はいつでもできますが、お二人の話はまさに今が旬といいましょうか、私も含めてぜひ早くお聞きかせ願いたい、と、皆さん思われているのではないでしょうか。

多分そんなことで、今日は立ち見の方もおられるぐらいの盛会状況なんでしょうね。私の話だけではこんなに人が集まらない。（笑い）

ということで、私よりも先に、尾形さんのお話をお聞きしたいと思いますがいかがでしょうか？」

それなりに拍手が起こり、岡安教授が尾形さんを壇上に案内した。

尾形さんは、少々困った風で、

「今日は話をすると言うよりも、ご挨拶程度の気持ちだったので何も準備しておりません。もしよろしければ、質問にお答えする形ではいかがでしょうか？」

岡安教授は、

「では、私がインタビューする形で進めましょうか」

あれ、岡安さん、標準語になってる。

「そもそも、月で何が起こったのですか、それがどうして久住高原につながったのでしょうか？　そこらを先ずお聞かせ願えませんか？」

尾形さんは、少しずつ、思い出しながら月面で大きな氷を発見したこと、そこで中国人らしきグループに襲われたことを話し始めたが、すかさず、会場から挙手があり、

「『朝日トゥルー・ジャーナル』の大屋といいます。お聞きしますが、月で出会ったグループですが『中国人らしい』と判断した根拠は何ですか？」

「彼らが中国旗を掲げたランドローバーに乗ってて『我々は月香港市のものだ』と名乗ったこと、が第一ですね」

「それでは、中国とは限らないんじゃないですか？　どっかが中国の名前をかたっていたかもしれないと思いませんか？」

「自動翻訳を使っていますが、中国語で話しかけてきたこともありますね」

「それも、どこかが中国を悪者にしている、と、考えられませんか？」

「それはそうですが、最初から敵対していたわけではなく、一般的な挨拶と思われる時に名乗ってましたよ。貴方は『朝日トゥルー・ジャーナル』だと名乗られましたが、それと同程度に名乗ってきた、と、いうことです」

間を置かず、即座に横から、若い女性が立ち上がり、

「取り囲まれたといいますが、貴方は一人だったというし、困っている貴方を助けようとしたとは考えられませんか？」

「助けが要るようになったのは、その取り囲んだ人達が私に情報をよこせと強要し、ローバーを壊した後ですよ」

なんだ、この人達の質問は？

尾形さんが間違っているのではないか、と、言いくるめようとしている？

岡安教授が、間に入って、

「すみません、話を進めさせて下さい。尾形さんの発見した氷は、どのくらいの価値があるのですか？」

む、尾形さんから三人に、テレパシー式通話だ。

【みんな、ＡＩエージェントで調べてみたんだが、もし、聞いてて矛盾があったら教えてくれ】

そう言いつつ、尾形さんは応えていく。

「そうですね。発見場所には、およそ、一億トンの氷が少なくとも埋蔵していると思っていますが、これだけあれば、例えば月香港市はおよそ一〇年間は無条件に生きていけると思います」

「それは穀物生産の水を含んだ計算ですね？」

「ええ、月は水の再利用が進んでますので、地球では一人一日当たり先進国で一〇〇〇リットルとか二〇〇〇リットルと贅沢に使ってますが、地球全体ではこれだけの食糧危機が進んでますので最貧国では三〇リットルでも贅沢だ、と、言われてますよね。だから、月では、まぁ、贅沢をしなければ三〇リットルとか、五〇リットルとかで済ませられますし、単純計算すれば五〇万人が一〇年ほど生きていけるほどの量なんです」

【（朝倉社長が）その水は地球のためにも使うんだ、とも話せば身近に感じるのでは？】

「でも、月は、そうやって大事な水を使って作った穀物を地球に送っていますので、地球側にとっても、月からの食糧輸入に直接つながることから、それらの氷はたいへん価値があるというか貴重だ、と、考える人は月にも地球にも、とても多いと思います」

先ほどのジャーナリストが、すかさず甲高い声で、

「尾形さんは、それだけの価値のものを独り占めしようとしたんですか？　なぜ皆に公平に分けないのですか？」

尾形さんは、少々困った顔で、

「私は、技術者ですのでどうもそういう質問は想定外で……。

私は、株式会社センシティブの社員であると同時にＪＡＸＡのスタッフであり、独り占めとかのことはわかりませんで、そういったことは国連の月本部に発見事実を届けていく中で落ち着くのではないですか？」

【（麗華が）ジャスミンに調べさせたら、アイツ、札付きの中国第一主義者みたい！】

岡安教授が、

「『朝日トゥルー・ジャーナル』の大屋さんといいましたか？　どうも質問というより、ご自分のご意見をアピールしている感じですね。できれば、ゲストである尾形さんが話しやすいよう、配慮してくれるとありがたいです」

助け船を出すように、高杉代議士が、

「それにしても、よくそこから一人で九州まで脱出できましたね、そうとう危険な旅だったと聞きましたが、どういうふうだったのですか？」

尾形さんは、キツかったことを思い出すように、

「ええ、長時間の宇宙服での歩行は慣れてなかったのでキツイし、怖いですね。岩の影とクレバスの見極めが難しくて、何度かクレバスに落ちそうになったりして……それに酸素の関係で時間との競争だったし、緊急脱出船にたどり着いてもホントにそこが安心なところなのかもわかっていませんでしたから。しかし、進むしかない」

岡安教授が聞く。

「月脱出船まで中国の人たちが追いかけてきて、やむを得ず宇宙船を動かしたということですが、迷いはなかったですか？」

「ええ、本当に操縦できるのかな？　ってのが一番の悩みだったですね。それと、この脱出船は私だけのために用意されてたわけではないですし、私が使ってよいのかどうか、悩みました」

「朝日トゥルー・ジャーナル」の大屋とその横の女性が、そうだそうだ、そこがおかしい、と、アピールしている。

【（朝倉社長が）そこは私が説明した方がいいでしょうね】

朝倉社長は、挙手して岡安教授の許可を得て立ち上がり、客席の方を向いて、

「私が少し補足説明を差し上げたいと思います。私は、尾形の所属する株式会社センシティブの

社長の朝倉と申します。

　当時、私は弊社の尾形を中心とする研究開発の結果確認のために月京都市に行ってまして、そこで尾形の命の危険を把握し、私がその船を使って脱出するよう指示しました。

　ですので、脱出船の利用は、尾形の判断というより私の判断です。

　付け加えてご説明しますと、弊社の月面活動には保険をかけており、ＪＡＸＡとの協議になりますが、いざとなれば現状復帰可能です。しかし、今は二〇年前と異なり、あのー、あの船は二〇年以上も前のものですが、今は月から定期に地球に穀物を送り出しており、その送出装置、カタパルトと言ってますが、その装置での緊急脱出船が安価に用意できる状態です。

　それと、月との定期船の就航が多くなってますので、今回のような人による襲撃というような事件というか突発事態でなければ、容易に月を出ることができるようになっており、今回利用の月脱出船は不要な状況になってたのかもしれません。これは私個人の考えですが」

「朝日トゥルー・ジャーナル」の例の女性が、

「それは一個人が判断するのは越権行為ではないですか？　問題に思える！」

と、口を出す。

　高杉代議士がそれを無視して、

「麻生会長、代議士の私が言うのはなんですが、これは昨今の九州にも当てはまりそうですね。

　尖閣諸島付近は、あまりにも中国の越境漁船の多さに日本側が音を上げてますが、中国漁船は昨今は更に我々の近く、長崎の五島列島や佐世保沖、天草の先までやってきてるって言われてますね。もう完全に国境などないに等しいぐらい。彼らは数で勝るので、地元の漁船は数隻で取り囲まれ、体当たりされたりで命の危険を感じることが度々だとか。尾形さんの経験と同じですよ。数や人数で圧倒して自分達の意思を通そうとする、ってことが九州でも月でも起こっている、ということじゃないですかね」

麻生会長は、

「その漁船のことは九州ファーストの会の大事な議題の一つだと認識していますね。しかし、我々九州だけの力ではどうしようもないので、高杉さん、貴方達に国会で本格的に対抗策を議論してもらわんといかんです」

それを受けて高杉代議士が政治側の受け止め状況を説明。

「はい、国会には、特に九州各地から声が上がってきていますね。

例えば、日本の水産庁や海上保安庁の巡視船は、武力行使しないんで舐められてる、少なくとも中国人が脅威と感じる程度の武器を巡視船に持たせて、彼らを逮捕できるぐらいにしなきゃいかん、とかですが。

でも、昨今の状況は、中国は世界一の強国になったんだ、という彼らの自意識が強すぎるんじゃないかな、ってのが裏側で話題になってますね。

今回の月での尾形さん襲撃事件が中国関係者であるとするなら、世界一の中国にはどこも逆らえない、やりたいことはやってしまえ、後でなんとかなる、っていうような今の、中華帝国的風潮の一環ですかね、ちょっと言い過ぎかもしれませんが」

会場の後方から手が上がり、

「私は観光でご飯を食べているが、中国客が来なくなったら困る。だからあまり彼らを敵視するようなことは歓迎しないんだけど」

【（麗華が僕に）私達も多少、その部類かもね、それほど深刻じゃないけど】

あちこちからうなずくようなささやきが聞こえる。反対の壁際にいる人が、

「中国客歓迎だからっていって、二月になったらここは日本か？　中国じゃないのか？　って疑うぐらい春節を祝う中国旗を街中に立てるのもおかしいよ。普段は日本の休日でも日の丸出さない人達がやってるのは偽善者っぽいよ」

「でも、お客様を歓迎して、何度も来てもらいたいという、おもてなしの一つだよ」


というような話が堂々巡り気味になり、収拾がつかなくなりそうな雰囲気だ。

頃合いを見て、高杉代議士は、

「皆さんいろいろとおありですね、どの世の中もあちらを立てればこちらが立たず、っていうようなことがあるが、片方を立てることでもう一方が不合理なことや人間の尊厳に関わることを我慢してじっと耐えるのは、いわば隷属的な立場に甘んずる、ってことになると思うんです。そういったことは許せないな、って国会議員間ではよく話されてますんで、私もその一人として今日の皆さんのお話を大事にしていきますね」

と引き取った。

その後、高杉杉代議士がリニア第二国土軸の状況を話し、麻生会長が閉会挨拶をされて、解散となった。

例の、「朝日トゥルー・ジャーナル」の人達は、十数人が固まって行動しており、どうやらグループだったらしい。これも尾形さんが言っていた中国マフィアなのだろうか？　月で尾形さんを取り囲んだ勢力とはどう関連するのかな？　あまりお近づきになりたくない。

◆二次会とレジスタンス

帰ろうとする僕達に、

「よかったらお茶ばご一緒にどげんですか？」

と、博多弁に返った岡安教授に呼びかけられて、岡安教授、高杉代議士、それに我々四人はそろって地上にあがり、今度はリアルタイムの博多の街角の夜景を、ガラス越しだがリアルに眺めながらの二次会となった。


【(麗華が僕に)この六人、みんな同じ感覚みたいね】

【(僕が)このテレパシー通話で一層互いが感じられるからじゃないか？　あ、それは四人だけ

だね】

岡安教授が、

「麗華さん、今回は仲介してくれてありがたかったばい」

岡安教授は高杉代議士に向かって、

「今回は、この麗華さんのおじさんが間に立ってくれたとですよ。尾形さんは、久住では、そのおじさんのところの久住美食農場に一晩隠れておらっしゃったとよ」

「へー、あの観光農園はよく知ってますよ、オーナーの方も存じ上げているが、おじさんの欧さんは昔から交流してますが、さっき話してた中国と日本の間のこと、とても心配してますね」

そして、今度は高杉代議士が尾形さんに、

「そういえば、病院からどうして尾形さんが消えたか、の話は出ませんでしたね、どういったことなんですか」

尾形さんが、

「病院内で、朝倉社長やJAXAの担当が私に『もう安心ですよ』と言ってたことと異なる動きがあって、早い話が中国マフィアに繋がっていそうな警察組織が独自に私を拉致するようだったので逃げたんです。当時、信用できるのは磐井さんと麗華さんだけだったので無理矢理かくまってもらったんです」

それについて、朝倉社長が話す。

「昨今、組織内の秘密情報が簡単に外に漏れてしまうって言われますよね。それが今回はとてもひどくなっていると思いました。

日本の官庁や企業組織の中で、このように秘密が漏れることは、今までも対策してきたと思うけれど、更に対策を強めるべきですよね。

中国製の機材を使って通信したら、いつの間にかそのことを中国が知っているし、社内同士で設計図など送ればいつの間にか中国企業が先に同じ製品を世の中に出してくる。

だから、細心の注意を払って連絡し合っているけど、誰がスパイかわからない。スパイは中国人とは限らず、日本人も含めてどこにでも紛れ込んでいる感じですもんね、先端技術を扱っている企業ほど危ない。

我が社は、自分で言うのはなんですが、クアンタム・チップの設計やその使い方に特化した研究型企業なんで、社員数をできるだけ絞って、ホントに気をつけているんですが……今回は、情報が漏れただけでなく、その情報によって、警察組織を動かして尾形を拉致しようとした。警察を動かせる組織があることがわかったので、今後、一層気をつけねば」

「そういった中で、よくオープンになるだろう今夜の会合に出てきましたね」と、高杉代議士。

「氷の発見は国連月本部に届けたし、もう秘密がない、ということを公にしたかったんです。もう我々を襲っても意味がないですよ、って」

「なるほど、先ほどのジャーナリストの人、彼らの一味かどうかわかりませんが、なんとなく、少々悔しがっているって雰囲気ですね」

僕は、

「彼らだとか、中国マフィアだとか曖昧な表現ですが、特定の組織や人物とか名前とか、ないんですか？」

高杉代議士は、

「難しいね。それは、あるときは政府というか共産党、あるときは警察、あるいは軍だったり、企業だったり個人だったりで渾然《こんぜん》となった、いわばコングロマリットみたいなものなんだ」

難しい顔をしたまま話を続けて、

「それぞれが、中華帝国のためなら何でもやってよい、外国の法律も関係ない、ただ、見つからないようにやり遂げて、それをコングロマリット内に持ち帰れば皆から賞賛され、喜んでもらえる。かつ、コングロマリット内でその情報や技術を売り買いかあるいは物々交換してるようなのだ、そう推測している。たぶん、合い言葉は〝中華帝国の世界覇権！〟だろうね、もうほとんど実現しかけているが」


確かに、中国は二〇四九年の建国一〇〇周年をやり遂げて、ますます自信を深めていっている。その昔、二〇一〇年に中国国防大学の軍人教授が書いた『中国の夢』という中国国内でベストセラーになった本は中国人の愛国心をえらく刺激し、それに共産党幹部が心底敬服したのはよく知られている。そして、アメリカが独りよがりになって混乱していったチャンスに「中華民族の偉大なる復興」をそれなりに手に入れて、その実現に酔いしれているのかもしれない。

その結果、呼び方はいろいろだが、社会主義現代化強国、世界覇権の中華帝国、パクス・シニカ、を、自画自賛の言葉としていつも使っている。

更に、それらを鼻にかけ、やりたい放題だ。

例えば、台湾は中国本土からの飴と鞭に強く誘導され、とうとう二つの地域連合にわかれている。市長が国の閣議に出席できる重要閣僚級である六つの直轄市中、三つの市が連合を組み、中国大陸、すなわち中華帝国の考えを第一優先とすると宣言。それにいくつかの小自治体が続き、言わば台湾の中に一国二制度ができている。昔から、北部は中国大陸出身系である外省人が多く、南部は元々の台湾人である本省人が主体であったが、それを固定制度化させてしまった感じ。中国本土では、香港が本土体制組み込み開始期限の二〇四七年を過ぎても組み込めず、なんとか一国二制度をなくそうとしているのに、台湾で強引に一国二制度に導くなんてのは皮肉だな。

オーストラリアのダーウィンもいつのまにか中華帝国として住民が管理されているし、中国とそのダーウィンの間の東アジアの国々はイスラム圏をのぞけばほとんど中華帝国の衛星圏で、人口で中国に勝るインドが一人、気を吐いてそれ以上の暴挙をさせないぞ、と、見張っている感じだ。

日本は、沖縄にアメリカ軍が駐留しているのでついつい安心してしまいがちだが、強くなった中国軍を目の前に尖閣諸島付近をはじめ、日本の国境は常時中国船から越境され、国境がないも同然。民間の漁師だと言いはる小型の中国越境船の数の多さには、日本もアメリカも対応が追いつかない。

そういったことから、沖縄と九州は、個別に地域を攻められて第二の台湾になりそうで戦々恐々、というのが正直なところだろう。

あるいは、今や中国の一地方のようになっている朝鮮半島のようになりたくないもんだ。南北統一で〝大朝鮮〟となったけれど、旧北朝鮮エリアを通して中国のいびつな影響が見え見えだ。

しかも、腐っても鯛、日本にはまだまだ優れた技術や企業、あるいは文化、自然環境があり、中国としては何とかして傘下に収めたい、将来的には日本全体を中華帝国の隷属国にしたいと攻めているように思える。

今回の事件は、その思いを表に出し始めたのではないだろうか？

岡安教授が、

「そういうことば表立って議論すると、さっきみたいなジャーナリストのような人達が必ず入ってかき回すっちゃんねー。そこで、我々は志ば同じくする人達が、内緒でときどき集まっとーったい。会とかじゃないし、リーダーもおらんように見せてるけどね。ばってん信頼ができる人達だけで、横のネットワークば作っとる」

コーヒーを一口すすって岡安教授は、

「いわば、中国の良いところはそのまま受け入れて仲良くするばってん、平気で人のある道ば外れたり、日本の法ば破ったり、人権を侵害するようなことへの抵抗組織、レジスタンス、ちゅうことかな」

高杉代議士は、

「タケルくんは、大分県の出身だね？」

「ええ」と僕。

「私は、中津の出身なんだ。お説教くさい話だけど、福沢諭吉の故郷なんで、私はその福沢語録に強く影響を受けててね」

麗華は、

「『天は人の上に人を造らず……』って言ってた人でしょう？」

高杉代議士は、少し話しにくそうに、

「……うん、少し古いけれど、それって『学問のすゝめ』の冒頭の言葉だよね。

実は、その言葉の後に今の日本に合致するようなことが書かれていてね。少し、お説教くさいんで話しづらいが、『分限』という言葉が出てくるんだ。

これは、人間は生まれながらにして自由だ、その自由を何びとも他人が犯してはならないが、自分が自由だからと言って他人の迷惑をわきまえず、なんでも好き放題してよいということではない。

自分が自由に振る舞っても、天の道理に基づき人の情に従い、他人の妨げをしない『分限』を知ることが大事だ、と説いているんだね。

しかも、その先に、国と国の関係も同様だ、と書いているし、悪い例として中国のことを書いてるんだ。

それは、こういう趣旨で書いてるんだが、

『中国人は、世界に自国以外の国はないように思い、外国人を見れば、夷狄《いてき》だ、野蛮人だ、と呼んで動物のように扱ったり嫌ったりする。

自分の力を客観的に把握しないままそうやって外国人を追い払ったりするので、その野蛮人である外国人からアヘン戦争のようなことを起こされ苦しめられてしまったんだ。

まさに、国としての分限を知らぬが故の、自由の本質をわきまえない結果だったんだ』

とあるんだね……」

岡安教授が後を引き取って、

「やけん、国民一人ひとりが『分限』を知るべく賢くなることが大事やし、賢い国民の上には自ずから『分限ば知る国家』が育つ。やけん学問ばすすめる、ちゅうことなんやなあ」

岡安教授や高杉代議士達の共通の概念というか、主義のようだ。

岡安教授は、更に、

「福沢諭吉は、その本の中で、『そうした一国の自由を妨げようとするものがあったら、遠慮無く抗議を出すのが筋で、天の道理や人の当たり前の情に合っていることなら、自分の一命をかけて争うのが当然だ。それが国民のなすべき義務と言える』とまで書いとるとよ。命をかけるかどうかは、今の時代に、悩むことばってん、ことは国家の分限になるけん、高杉さん始め、国会議員の有志の方々にも頑張ってもらいたかと、みんなで応援しとーったい」

少し、間を置いて、高杉代議士が、

「私達がやっていることは、一言で言うなら、中国を『分限を知る国家』にしたい、ということにつきると思う。なんとか、そのようなチャンスや方法がないだろうか？　と、まぁ考え合っているんだ。皆さんのように、中国マフィアの怖さを知られた方には賛同していただきやすいと思うんで、ぜひよろしくご協力というか、一緒に考えていく仲間になって欲しいですね」

と、続けた。

ふーむ、少々、深い話で、納得はするが、どう反応して良いかわからない。そんな力があるのかな？

朝倉社長、尾形さん、麗華も黙っているが、ジニー経由でなんとなく僕と同じ感じらしいと伝わってくる。

高杉代議士は、少し話題を変えるように、

「もう少し、直近的な話をすると、彼らは、土地を領土のように考えて沖縄や九州から攻めてきているように思えるんだね。沖縄はアメリカ軍が駐留しているのでそう簡単にはいかないが、沖縄の人達は、多くの中国人を受け入れているからか、民意の名のもとに昨今はほとんど日本政府の言うことをきかず、知らず知らずに中国寄りになってきているからね。早い話が中国は、沖縄を昔の琉球王国のように日本から独立させてコントロールしようとしている感じだ」

だから、と、高杉代議士は、

「今、ここの九州で彼らを食い止めないと、日本全国が一気におかしくなると思うんだ」

と言う。

僕は少々脳天気だったかな、これはたいへんなことになっているぞ、と思う。

朝倉社長が今度は話す。

「ええ、私達ＡＩ系の会社は常に狙われてるのはわかってますが、今回のように警察組織を動かしたとするなら、次元がまったく異なってきますので、高杉さんのような立場の方々に今後を頼りたいですね」

高杉代議士は、

「ありがたいことを言ってくれますね。実は、台湾が領土の半分を実質中国に取られたかっこうになってますが、あの中華帝国優先の地域連合発足直前は、今思えば中国からの強烈な武力示威行動と並行して、ネット攻撃がすごかったですね」

思い起こすように高杉代議士は、

「自由投稿の動画サイトのコンテンツは、中国と一緒になると幸せになる豊かになる、というような動画があふれていたし、美人コンテストと称して、中国歓迎の美人を次々登場させて世論を少しずつ懐柔したりしてたよね。だから超強引な発足騒動が起こっても、それほど大騒ぎにならなかった。怖いもんです。ということで、今、私も含めて国会議員の有志が、サイバーセキュリティ庁で毎月、勉強会をしているんです」

今度は、高杉代議士は朝倉社長に向けて、

「このことを大っぴらにすると、やっぱり、親中派がいろいろとややこしくさせますので、勉強会をしていることは伏せずに、中身は慎重に公表を控えてる。先ほどの岡安教授のおっしゃった、国会議員版レジスタンスかもしれませんね。そこに一度、お見えいただいてＡＩ面からのアドバイスいただけるとありがたいですが、どうですか？」

「ええ、私でよければ喜んで。それと……」

と言いつつ、朝倉社長は顔を僕に向けて、

【(朝倉社長が僕らに) 磐井さん、よかったらアラジンのこと話しませんか？】

【(僕は) えっ？　関係あるのかな？】

【(尾形さんが) うん、この技術を守ることと、もう一つは中国マフィアと戦う場合の武器になると思うな】

【(僕は) 武器？】

麗華はこちらを見てにっこり笑みを浮かべている。

四人が、少しの間、黙っていて目配せしている雰囲気に、岡安教授と高杉代議士は少し首をかしげている。

僕は、コホンと、咳をしてから、

「朝倉社長が話したらいい、と、僕に促しますので――実は、面白い技術があるんです。結論から先に言うと、この技術を使うと、人と人のコミュニケーションが飛躍的に変革を起こして、信頼のネットワークになるようで、レジスタンスですか？　そのような意思疎通に絶対的な道具になりそうなんです」

ということで、概要をかいつまんで説明した。

ＡＩエージェントのことは知っているようだが、「クアンタム・チップとブレインゲートの活用、更に尾形さんの新規開発技術を合わせることで、いわば人間の考える能力が拡大される、高齢者を高齢者たらしめない」、という説明で目を丸くし、「テレパシー的な意思疎通ができる」というところで今度は一転、怪訝な顔つきになる。さもあらん。

実は、先ほどの会合では、四人はそれで意思疎通しながらだったので、ジャーナリストの言葉にいらつくことなく、個々にとても安心感があったし、皆で周りに対処しているという心強さを味わえた、とも説明。

高杉代議士は、

「それが本当ならすごいですね。さっきは貴方方四人はそのテレパシー型会話をしてたんですね。私も試してみたい」

岡安教授もうなずく。

朝倉社長は、

「今の話は、申し訳ないですが、秘密にしておいていただきたいのです」

続けて、

「それと、今ある私達が使っている機材は、個人毎にアジャストしてしまってるので他人が使えないんです。ですので、お試しのチャンスを急いで用意しますので、少しお待ちいただけますか？　というか、実は、弊社と磐井さんとで、今朝、秘密保持契約と開発計画合意を結んだばかりなんでして、急ぎ制作を行い、お二人には大至急試していただけるようにしますので」

「いつ頃になりますか？」

「一ヶ月ほどいただきたいです。今一月の終わりですから、三月の初めには東京か福岡でお試しいただけるようにします」

朝倉社長は、僕をチラリと見つつ、

「磐井さんは、この技術の価値をまだ実感してないと思いますが、相当インパクトがある、社会を変えかねない技術なんです。だから、この技術を中国に取られないように守っていただきたいんです。今回は、彼らは、つまりは中国マフィアは氷のありかを知りたくて攻めてきましたが、もしこのＡＩエージェントのことを知ったら、ただじゃすまないと思うんです。中国はこういう類いの技術は世界で最先端だと自負してますので、過去の例から考えると恰好の攻撃対象になりそうな気がするんです」

僕は慌てて、

「僕だけの技術じゃないです。尾形さんが開発した新しいクアンタム・チップがあるんです、それが組み合わされた結果です」

と訂正。

かまわず、高杉代議士は、

「なるほど、本格的に技術の防衛体制を敷いていく必要があると考えておられるんですね。私もいいと思います。サイバーセキュリティ庁の活動内容としても、新しい技術防衛のよいテストケースになりそうだ」

「でも、高杉さん、私はまだサイバーセキュリティ庁の組織は信頼してよいかわからないので、このＡＩエージェントのデモ機を高杉さんが試すまでは一切秘密でお願いします」

と朝倉社長が念を押す。

【（僕は尾形さんに）そんなに早く作れるんですか？】

【（尾形さんが僕に）ウチは日頃から、そのようなことに気を付けて製品化体制を作ってるんだ。このように既に実機ができていれば、かなり早く作れる、数万台ぐらいなら一ヶ月もかからない。途中それらを見ながら更なる本格的な生産体制も早期に作れると思うな】


アラジンの高評価に興奮・高揚の気持ちと、身近にいそうな中国マフィアの恐ろしさを感じ始めて、複雑な気持ちで二次会を終了、今後の連絡を絶やさないことを約束して解散。

いや、単なる技術オタクの閉じこもりから、国と国の分限問題を考える場に引っ張り出されたようで、こちらの方がより複雑だ。なんとなく、目覚めよ、アラジンを使ってそれに立ち向かえ、って言われているような感じ、買いかぶりに思うけれど。


尾形さんは、朝倉社長と株式会社センシティブの人達が宿泊しているホテルに行くこととなり、朝倉社長は低重力症と骨折でこころもとなく立ち上がる尾形さんを、大事そうに支えてカフェから出ていった。

⑦アラジンの販売、中国六月四日

◆最初の一〇〇台

三月初めに、一〇〇台程度テスト機ができたと連絡があった。

尾形さんと相談の上、岡安教授と高杉代議士に数台ずつ貸し出した。

その他株式会社センシティブがこれはと思う人達にも貸し出した。

岡安教授と高杉代議士からは即座に反応があって、興奮してこれは使えると叫んでいるとの事、それは嬉しい。


テスト利用の人達からいくつかの製品本番のための改善情報をフィードバックしてもらい、僕も特にテレパシー通信でジャンク通信が発生しない仕組みを、ジニーの調査・計算能力に助けられながら設計、組み込んだ。

テレパシー受信が、メールでジャンクメールを次々と受け取るのと同じようになっては困るので、利用者の人数が少ない内にガードの仕組みを作っておきたかったのだ。

具体的には、受信側の許可がない限り〝着信そのものが発生しない〟し、当然受け取れないこと。つまりは受信許可はオフラインなど今までの人間コミュニケーション方式で得ることが前提で、テレパシー通信で許可を求められないようにだ。

従って送信側は、最初は通常の通信方式でテレパシー通信の許可を求めることになるが、宛先そのものも量子暗号化されており、当てずっぽうで推測したりと簡単には送信先指定ができないようにした。

更に、特段の指定がない限り時間経過と共に許可が段階的に自然に薄まっていって、ある程度テレパシー会話のない時間が続いたら無許可状態に返ってしまう。人間の忘却性に似ているかな。また、目の前でリアル会話をしている場合、そのリアル会話で生じた思念がテレパシー会話に混じってしまわないよう、自動区別化の機能強化を行った。

⑦アラジンの販売、中国六月四日

春めいてきた。大相撲春場所は、横綱の玄界灘は当然のごとく勝ち続けているが、先場所千秋楽で玄界灘に敗れた岩風も初日から白星を重ねていて、ますます地力がついたように見える。岩風ファンの麗華は、中国に相撲ファンを増やすことを名目に、サラダ新聞の中継で岩風インタビューを繰り返している。公私混同だ。ついでに野菜いっぱいのちゃんこ鍋の説明付きだが。そして、いよいよその春場所中日、三月二十一日、アラジンＡＩエージェントの販売開始となった。

販売開始と言っても、この段階では、まだまだテスト販売の状況で高額でもあることから、一万台が用意された。

しかし、ネット上では、たった一〇〇名のテスト利用者数であったが、これはと思われる人達であったこともあって、その利用の感想が大きく話題になっている。

おかげであっという間に完売、即座に追加制作で、その制作も需要に追いつかない状況らしい。

昨今は、3Dプリンターで短時間に量産できるし、プリンターの数がモノを言う。


買った方々が、更に肯定的な利用の感想を積み上げていくので、クチコミ速度がすごい。

今までのエージェント機器に比べて少し高額なので、最初はお金に余裕のある年配者に認知されたようで、シニアの喜びとして、「外に出かけるのが面倒な我々に対して、外に出かけなくても親しい人達と会話できる」、「このアラジンが、いろんな機械との間に入って具体的なコマンドを言わなくても、テレパシーで通訳してくれて使い易くしてくれた」、等と言い、それを知る周辺の買った方々は、「お年寄りは大いに喜び、認知症が軽減されて家族も喜んでる」とか、「買ったお年寄りは、その喜びを共有したいと、子や孫に買い与えてるよ」と話している。


そういった感想の一つを紹介しよう。

以下は、株式会社センシティブに寄せられた感謝のメールの一つだ。

私は今年八八歳、米寿です。少々長いメールですがご勘弁ください。

私は印刷会社を経営していますが、社長職を二〇年ほど前に長男に譲り、今は会長です。

実は、その息子と長年、うまく親子関係が築けず、ギクシャクとして辛い思いが続いていました。

そういう中で、もう一人の子供、長女が（長女も同じ会社で働いていますが）、米寿の祝いで御社のアラジンを、老眼補正のついたVRメガネと一緒にプレゼントしてくれました。

最初は失礼ながら、今更コンピューターなんて面倒だなって思ったのですが、娘の手前上喜ぶところを見せなければと、娘に手伝ってもらって身につけたのですね。

で、ペーパーニュースを見るとはなしに見ていて、空にジェット機が煙を出して絵を描いていることを〝空気印刷〟って表現しているところに目が留まったのですよね。

「あれ、これは聞いたことがある言葉だな、何だったかな？」って、言うともなしにアラジン向けにつぶやいたのです。

そうしたら、アラジンが教えてくれたのです。

今から四〇年程前に全日本印刷工業組合による小学生向けの、未来の印刷をテーマにした作文コンクールで、一等賞となった小学四年生の女の子の作文の題名だったんですね。こんな内容です。

「もし、形のない空気に印刷ができたら、かさばらないしじゃまにもなりません。ふつうに通り抜けられます。お店のせん伝が道のまん中の何もできないところに大量にできます……」

当時、私はそれを感心して読んで、その子が言うように空気に印刷できたらいい、と思ったのですが、日々の仕事に追われてすっかり忘れていました。

そこで、アラジンに、空気印刷はどうやったらできる？　って聞いたら、細かな技術の仔細は省きますが、最近、液体の表面に浮き出る、あるいは浮いて固まる軽い分子インクがあるのでそれを使えばよい。そして、これまた最近開発された空気との比重を変えられる極小のシャボン玉で作れる膜がある。それに吹き付け印刷して印刷された処は空中に静止比重になるようにすれば、インクが無い部分は空気より軽いので空に飛んでなくなってしまう。結局、印刷部分だけが残り、見た目は空気に印刷した形になります、って言うのです。

で、それを息子に話したら、目を丸くしながら私を見つめて、面白い！　と一言。

そして、取り組んで本当にできるようにしてしまったのです。それを警察の交通課などに話して〝子供の飛び出し注意〟とか、〝子供達、自動車に注意だよ〟とか、道路上に空気印刷することになってきたのです。ある一定時間毎に自動で再印刷する装置付きですが、アラジンのおかげで本当になってしまった。

そして、息子が改まって、

「会長が新しいことを提案するなんて、びっくりだ」

と、過去のわだかまりをなくすような様子で話しかけてきたのです。

そういうやりとりをアラジンにもずーっと聞かせていたので、アラジンに今度は、

「オレは、息子とどうして話ができなくなってたんだろうか？」

って聞いてみたのです。

するとアラジンは、まだ自分が持つ情報が少なくて正確ではないかもしれないが、会社の記録や広報内容、それに家族の会話などから推測すると、息子に社長を譲った二〇年前、社長になった息子が張り切って、

「これからはＶＲ印刷だ！」

と新しい機械を入れようとしたのを、私が一喝して、

「そんなことより、もっと経営の基本を知れ！　オレがやってきたとおりのことをすればよい！印刷会社とはこのようなことだ、という基本を忠実にすれば会社は栄える。いらんことはせんでいい」

と、押し込めたことがあったが、アラジン曰く、これが息子との軋轢《あつれき》の始まりになったらしい。

それ以降、息子は私に何を言ってもダメだ、オヤジはオヤジのやり方以外は認めてくれないということで、いい年になっているけれど、私から見てずーっと反抗期そのままだったんですね。

つまりは、私が息子を受け入れなかったことが原因だし、その内容が新しいことに挑戦するということを禁じるようなことで、二重に重しになっていた。息子から見れば頑固オヤジそのものだった。そのことをアラジンが掘り起こして教えてくれた。

そこで、息子に、

「あぁ、いろいろとあってな。社長のおまえの新しいことに挑戦するところを見習わねば、って思ってね。もしかしたら、オレがおまえを苦しめてたかもしれない。悪かったね、すまなかった

ね。これからは空気印刷だけじゃなく、いろいろと取り組んでみたらいい」

って話したのです。

それを陰から見ていた長女は、親子のわだかまりが解けた、と、涙を流したそうです。

というようなことで、これらはアラジンが、昔のことを忘れてしまっていた私の衰えた記憶力を支えてくれる力があるからだ、かつ、それらと新しいことを結びつけるように私の考えることを助けてくれたアラジンのおかげだ、と感謝です。

そう嬉しく思い、長男との和解の感謝の気持ちを込めて、そして、私同様に考えることを支援してもらって仕事がやりやすくなるように願って、品薄で買いそろえるのに苦労しましたが、アラジンを全社員（といっても二三名ですが）に配布しました。

すると、今度は、思念通話を社員間、家族間で味わうこととなりました。特に息子とのわだかまりが解けたおかげか、皆が私のことを気遣ってくれていることがよくわかるようになりました。仕事の連絡が、私が事務所に行かなくても、自宅やウォーキング中も含めて、ペーパーフォンとは異なる気安さで受け取りやすくなり、皆も私が事務所に出てくるのを待たなくて良くなりました。

そして、私もその都度、皆に感謝の気持ちを思念で伝えていくと会社全体が和気あいあいというか、マエムキな温かい雰囲気になっていったと感じます。

もちろん、社員間では、効率的なコミュニケーションで仕事がはかどっていると聞きます。印刷会社ですから印刷機が大きな音で稼働していて今までは大声で声を掛けねばならなかったが、アラジンで声を出さず確実に伝達できるようになったことも好評です。

私は、そうやって心の余裕に加えて、働く時間に余裕が生まれていくのを感じますし、その勢いでこの感謝のメールを書いておりますが、アラジンがいろいろと覚えてくれていて、かつ、手伝ってくれるのでメールを含め文章を書きやすく感じます。

老人特有の、この前の人は誰だっけかな、というぼやーっとした問いにもＶＲメガネで該当する人を映像で探して「この人ですか?」と教えてくれる。あれはなんだったかな、という問いにも、自分では忘れてしまったほんの五分前にアラジンで取り組んでいたことを「このことですか?」と思い起こさせてくれる。

だからというか、そういうことから、そういったことをつなげていけば、散らばった断片思考から、人に話せる思考にまとめられるように思います。

きっとこれからは、アラジンを使った高齢者の回顧録など出版が増える予感がしますので、会社として、「アラジン利用の出版を支援する」新事業を考えようかな、と、思っています。

本当にこのようなＡＩエージェントを開発して下さって感謝です。ありがとうございます。

最後にもう一つ、私は年取ったせいか、よく財布をどこに置いたかわからなくなるのですが、アラジンが覚えてくれていて、「机の本の下です」と音声で教えてくれたり、時には写真や映像で在り処をわかり易く教えてくれるのです。これはいい、一番のありがたさです。

⑦アラジンの販売、中国六月四日

ありがとうございました。

このメールで代表されるように、考えることが楽しくなった人達が増えて、高齢者の回顧録や、私小説、難しい論文などを含め、電子出版、紙出版の話題が増えていったのは面白い。音楽などの知的創作活動も増えているようだ。

また、使うと便利で楽しい、ということが伝わっていき、若者同士は「同じような考え方の人達同士で使うことの楽しさ」のためにお金を工面して買っているようだった。

その結果として、社会変革があちこちで見られ始めて、優しい相手を思いやる人達が増えたような気がする。半面、仲間に入れなかった人達がいるようで、疎外感を受けているのではないかと心配になった。

ラグビーやサッカーなどの団体スポーツにも変化が現れた。何しろチーム内の連係プレーがリアルタイムでの思念通話で高度になっていて、使っているチームと使っていないチームに明らかな違いが出ている。運動を統括する各本部は、アラジンを使うことを許可するかどうかで議論が始まったようだ。

困ったことに、学校では、テストなどのカンニングにも使えることがわかって、即座に使用禁止となった。それとか、授業では私語が少なくなったという。実は声を出さずに私語しているのであって、僕は学校の先生でなくてよかったな。

企業のあり方も少々変わったようだ。

その昔、電子メールが世の中に初登場したときに組織では中間管理職を経由しない中抜き現象がよく起こって組織を慌てさせたことがあったと聞く。例えば、一般社員が部長などの上役を飛ばして社長と直に意思疎通を行って仕事を推進してしまい、プロジェクトによってはそれら中間管理職が疎外感を味わうという悲哀が生まれたというが、その電子メール登場時を超える変革のうねりが感じられるようだ。今回は、ディスプレイや携帯機材の画面を見ることなく、会議ではリアルタイムでわかり合う者同士が思念で合意しあい、物理上の決議に備える、など、上司部下、部署の違いなどに関係なく、中抜きで会議が行われるので大きな変化となったようだ。


とにかく、ある種の混乱はあるものの、熱狂的にファンが広がっていく。

生産が追いつかない、と、朝倉社長と尾形さんはてんてこ舞い。容姿端麗な麗華は、ほどよい広告塔となってPR担当でかり出されるし、高杉代議士は麗華を講師にしてこれはと思われる国会議員に利用を拡大していっている。

岡安教授も同様で、どうやら九州のレジスタンス仲間に利用を勧めているようだ。朝倉社長から特別割引クーポンを発行してもらったらしい。

持たない者達の叫びを上げるような購買欲求に、株式会社センシティブは、製造請負会社を急ぎ今までの一社から二社に増やして増産体制を整え、対応していった。

◆中国客の利用、六月四日

四月の、日本の春を楽しむ中国インバウンド客が多く見られるようになった頃、彼らは、狂信的にアラジンを買い求める日本人の姿を見て、興味半分に購入する人が出てきた。

アラジンは、基本が日本語で動いているが、自らテーマ設定して対応したのだろうか、中国語脳波をうまく読み取って翻訳、中国人利用を実現している。

そして瞬く間に中国人の間にクチコミが広がって、あちこちの国内の販売店で、昔懐かしい爆買い風景が見られ始めたのが四月後半。

更に、五月に向けて急カーブで中国客の購買者が増えていった。

五月は大相撲は夏場所。先場所はやはり横綱玄界灘が連続優勝。岩風は一二勝三敗だったが、来場所こそ優勝して欲しい。優勝は横綱への大事な外せない階段だ。

その岩風ファンの麗華は、そんな中、中国人であることから、株式会社センシティブの依頼で上海と北京のユーザー達に、デモンストレーションや利用説明に出かけて行った。

それで改めて気がついたが、麗華と僕との間での利用で、本テレパシーはインターネットを利用しているが故に、中国のグレート・ファイアーウォールを越えられない、つまり中国と日本ではテレパシーが通らないということに気がついた。当然と言えば当然だが。

また、中国国内で毎週のように利用者が増えていくことから、目ざとい中国の企業が株式会社センシティブに中国国内の生産と販売代理店の契約を申し込んできたが、朝倉社長は丁重にそれらをお断りしたというか交渉のテーブルにつかなかった。秘密保持に留意したのだろう。

一方、中国では、今までネット検閲が当たり前だったのであるが、このアラジンは量子暗号を使って思念を交換するわけであるので、ネット検閲のしようがないということがわかってきた。一般的な電話や電子メール検閲のようなことにならない、何を通信しているのか、検閲できない。これは人権活動家や、自由な発言を求める人達に歓迎された。

そもそも、同じような思想や活動を行っている人達同士でのテレパシー会話は、同志力を高めるし、団結を強めるのは日本も中国も同じ。

禁じられていた自由や人権への思いを述べ合う解放感は、きっと新鮮ですごかったに違いない。そうやってノビノビと互いに意思疎通を深めていくアラジン利用者達は、更に日本に爆買いにやってきて、日本人利用者が品薄に困惑するほどになってきた。

沙拉报纸《シャーラーボウチ》「サラダ新聞」の中国本部から、中国で話題になりつつあるそのアラジン爆買いを取材中継してくれと依頼があり、麗華は我が意を得たり！　と、福岡の販売店に出向いて「自由に思想を述べ合うことができる」点を省いて説明中継。なにしろアラジンのＰＲ担当という側面もあるのでなめらかな説明で、その中継は高視聴率、好評だった。

そうやって利用者が増えていくうちに、六月四日がやってきた。

六月四日、中国政府が認めない、天安門事件の起こった日だ。

その昔、一九八九年六月四日に数万人の学生が天安門広場に集まって自由を求めるデモを行い、警備にかり出された軍隊により一万人が弾圧で殺されてしまった、という話だが、もう誰も中国国内では話さない。

国内の関連のクチコミは即座に削除され、国外からの報道も遮断されるので、若い人を中心に知らない人が増えていっている。もし声高にこのことを言うと、即座に月世界送りだ。

だから、年を経る毎に人々の話題にのぼらなくなっていた、と、聞いているのだが、アラジンが、アラジンがもたらす「発言の自由」が、天安門事件の内容を今更ながらのように掘り起こし、アラジン利用者間に静かに伝わっていったようだ。


中国から帰ってきた麗華に聞くと、当日は異様な雰囲気だったらしい。天安門付近にどこからともなく無言の人が集まってくる。数千人？　一万人以上？　アラジンの利用者数以上だとおかしいけれど。

先ずは、アラジンは量子暗号通信なので当局から盗み見られない。それを使って人から人へデモの日時や集合場所が口伝えのように知れ渡ったらしい。

過去の様々なデモや抗議活動のように声に出したシュプレヒコールをせず、皆、思念の中で抗議を唱和していたらしい。思念でのシュプレヒコールを隣から隣へと伝えあい、塊となってうねっていく。

それを捉えたニュース映像も、ただ、多くの若者が目を輝かせているものの、全員が黙って集まってきているだけにしか見えない。

警察は、わけがわからず、集まり過ぎている処の人達に解散を命ずるが、誰かが別に集まれる空間を見つけ、思念でそれを知らせると、そこに再集合してくる。

まるで、動物の群れのようだ。

そういったことを一日中繰り返したらしいが、その渦中の者が、その途中途中で通常のネットで状況報告を行っていて、それを見た人達がことの重大さに気がつき、ネットが騒然としてきた。

取り締まる当局は、遅ればせながら、何が起こっているかわかり、そのネット書き込みを削除するが追いつかない。

更に、現場でも取り締まろうとするが、誰が誰かわからない。とにかく警察は、総ての人々を天安門付近から追い払ったが、思念会話は取り締まれず、参加者は天安門から離れて、ちりぢりバラバラになりつつも盛り上がっていく。

自由に話せる素晴らしさ、解放感。

自由に友を探せる幸せ、など、一気に中華帝国人民の心の壁を打ち破ってしまったらしい。

その数日後、中国政府によりアラジンの使用が禁止された。

保持が見つかると無条件に没収されるし、大人数の警察官がアラジン機材の摘発活動を大々的に行ってきた。

もちろん、外国人であろうと持ち込み禁止で、麻薬並みに取り上げられ、どうして持ち込もうとしたか取り調べられた。

それこそ、新しいＡＩ利用の社会変革だ。

⑧六月、気がついた中国

◆下請けで攻勢

中国国内のアラジン規制の嵐が吹き荒れる六月、奇妙なことに株式会社センシティブに、先に中国国内の生産と販売代理店の契約を申し込んでいた中国企業幹部が低姿勢で、再度挨拶に現れ始めた。

会社名は、走走高《ゾウゾウガオ》ＡＩ電子、略称ＺＺＧＡという。中国のハードウェアのシリコンバレーと呼ばれる深圳《シンセン》に立地する会社だ。その昔、創業者が日本の家庭用テレビゲーム機のコピーマシンを作って財をなしたという企業だけあって、「商品を分解して見せて下さい、必ず、安く、早く、大量に作ってみせます」と自信満々に申し入れがあったそうだ。

株式会社センシティブとしては、前回同様に真剣に応じなかったところ、今度は札束攻勢、いわゆるチャイナマネーだ。破格の準備金を用意するという。こちらが、

「アラジンは中国国内で販売禁止になってるじゃないですか」と指摘しても、

「我々に任せれば販売禁止はクリアできます。だから中国一三億人マーケットを手中にできます

よ。更には一帯一路の国々にも売り込めますよ」

と、しつこいらしい。

深圳《シンセン》を知っているだろうか？

中国を「ＩＴ製造強国」にした街というか市そのものだが、その昔、中国人特有のコピー文化、知的財産権をあまり気にしない風土をベースに発展した地域だ。

そこに行くと、「白牌《パイパイ》」や「貼牌《ティエパイ》」製品が並んでいる。

「白牌《パイパイ》」とは、出来上がっているＩＴ製品、例えば昔はスマートフォンやちょっと気の利いた健康ＩＴ機器、便利グッズなどだが、ブランド名が書かれておらず、それをそのまま大量に買って自社製品とすることができる。開発費ゼロで自社製品を持てる。

その時に自社の名前をつけることを「貼牌《ティエパイ》」というらしい。つまりは、白紙の製品に自分のロゴを貼る、ということだろう。

それを可能にしているのが、「山寨《シャンジャイ》」という概念で、早い話がパクリで製品を作ることだ。コピー商品、模造品、なんとでも呼べるが、例えば日本企業が深圳《シンセン》の企業に製造を外注したとする。その時、よほどの注意や契約条項をしっかりしておかないと、翌日には、こちらが発注した製品の「白牌《パイパイ》」品が売られ始めてしまう。請け負う側の言い分としては、これでお宅への製造価格を安くできたじゃないか、等と話が出る。

更に悪いのは、それらの製品は、ＩＴ基板をその新製品向けに新規に独自開発して作るわけだが、そうやって開発したものを「私板（プライベート・ボード）」といい、それがいつの間にか誰でも買える「公板（パブリック・ボード）」として店頭にならべられてしまう。

今はどうか知らないが、そういったことが地域発展の基盤だったわけだから、株式会社センシティブにとってアラジンのような大事な機材制作を発注するのは難しい。

しかし、あまりにもしつこいので、思いあぐねて朝倉社長は高杉代議士に相談したところ、サイバーセキュリティ庁に掛け合って、輸出禁止の重要技術リストに載せてもらえた、それで中国企業に諦めさせた、とのこと。

だが、そこでも思わぬことがあったらしい。高杉代議士のお膳立てで朝倉社長はサイバーセキュリティ庁内勉強会に出席して説明した折り、ある国会議員から、禁輸リストに載せることに「たいした技術じゃないから」と、反対されたらしい。その国会議員は単なる技術オンチなのだろうか、それともやはり中国マフィアの影響下にあるのだろうか？

しかし、その当事国の中国では輸入禁止になっているのに、日本では輸出禁止する／しない、でもめるのはおかしな話だが。

◆甘い香り

あの手この手のアプローチで、翻弄されるのは企業だけではない。

実は、尾形さんと僕が個人的にややこしいことになってしまった。

僕は、本件で、東京に出かけることが多くなった。

株式会社センシティブは、技術開発専門会社で社員が五〇人ほど。それほど大きな事務所を必要としないこともあって、江戸情緒が残る日本橋の人形町付近にある。

下町情緒いっぱいで、出張者が一人でふらりと入りやすいお店が、ランチ時も夕暮れ時もたくさんある。もちろんそれ以降のミッドナイトのバーもいろいろ。

ホテルもいろいろで、僕は、ロイヤル水天宮ホテルに宿を取ることが多い。そこはエグゼクティブフロアに泊まれば眺望がよいミーティングルームが無料で数時間使えるのがよい。ちょっとした事務所風に使える。

ということで、ある朝、同じく眺望のよい二〇階のビュッフェで、朝ご飯を食べていたんだ。するとはす向かいの席にボーイに案内されて女性が座ってきた。三〇歳前後のロングヘアーのスラリとしたスタイルよい美人で、目が合ってしまい、その美人度合いにそれこそ目を奪われてしまった感じ。

朝はそれだけのことだったが、その日、夕暮れ前に早めに打ち合わせが終わり、仕事から解放されて近隣を散策、隣町の深川江戸資料館に入ったんだ。ここは大きな体育館のような屋内に昔の江戸の町並みを再現していて、けっこう見応えがある。長屋やその路地、船宿など、時代劇の場面そのままを散策できる。そして資料館入り口に大相撲の大横綱、大鵬顕彰コーナーがある。大鵬はこの近くに住んでいたのだな。等身大の大鵬の写真パネルを取り囲んで背の高い外国人が記念写真を撮っているが、大鵬の大きさは外国人に負けていない。それを横目に、相撲ファンの麗華に記念グッズでも買っていこうか、と思案していると、朝食で見かけた美人も何か買おうとしている。

「今朝お会いした方ですね」と、にっこりと彼女の方から話しかけてきた。

美人から声をかけられればやはりウレシイのは男のサガ。

「僕の友達の相撲ファンにお土産を買って帰ろうかと思って」

などととりとめもなく返答したが、ジョジョに会話になっていく。

彼女の名前は田中愛さん、大阪から仕事でＩＢＭに用があって来ているそうだ。確かに歩いてすぐの処に日本ＩＢＭの本社があるし、ホテルの目の前にあると言っていい。

「ＩＴ関係のお仕事ですか？」と聞くと、

「ええ、まぁ、ＶＲ関係かな」と答えるので、

「僕も似たようなことやってますよ」となる。

「あのホテルにはよく泊まられるのですか？」と聞かれ、

「ああ、仕事に都合がよいので、僕は、最近は東京ではあのホテルが多いですね」

「そうですね、ここらは下町情緒があって、それも大阪と違う江戸情緒で……」

で、誘うともなく自然な流れで人形町、甘酒横丁のそれっぽい居酒屋にご一緒した。

お店は二階にあって、それっこそ狭いウナギの寝床みたいに細長い店なのだが、魚介類を中心に店主の思い入れのある料理と全国各地の日本酒のマリアージュで、（美人がいなくても）美味しくて盛り上がる。美人がいればなおさらだ。

九州と関西のお酒を飲み比べたりですっかりよい気持ちになって、僕がときおり行くホテル近

くの小さなカフェバーに案内した。ここは裏通りの角ビルの一階にあってネオンランプで独特の雰囲気の店だ。かといって入り口は狭いながらオープンだし外の交差する道路二面からガラス越しに店内が見えるので怪しい雰囲気ではない。ただし、なんと、ＢＧＭが矢沢永吉というかなり昔のロック歌手の音楽一本やりっていう、ここも店主の思い入れが強い店だ。狭い店のカウンターで、酔いも手伝って、ますます酒が進む。何しろ暗めの青紫のネオンライトが店のこれはというところから深くしみ出してくるようで、深海で酔っているような気になってくる。彼女もスローなロックに身を任せて、すり寄ってきているようで昔の音楽だって心地よい！

トドメのように、彼女は甘い香りのする長い髪の毛を僕の腕にくゆらせたりで、すっかりその気になりそうなその時に、なんと、麗華から思念通話。

《麗華さんから連絡です。受けてよいですか？》とジニー。いいよとうなずくと、

【今どこにおると？　朝倉さんから急に明日のデモを手伝って欲しいと言われて今東京に出て来とるとよ。

ロイヤル水天宮ホテルに私も部屋ば取ったんやけど、お腹が空いた】

と言う。いっぺんに酔いが覚めてしまった。別に麗華とは特別な関係ではないのだが、後ろめたいな、なんなんだこの感情は。

麗華に正直に他の人と一緒だと思念通話で説明していると、田中愛さん、僕が声を出さずに黙っているのを見て、

「あら、あのウワサのアラジンを使ってるんですね？」

と、話を振ってきた。

「うん、急に友達が九州からやってきて、会いたいと言ってきた」

「あら、私より美人の方からかかな、私、そのアラジンのこといろいろ聞きたい。九州の人が開発したって聞いたわ」

と、酔っているということを理由に更にすり寄ってくる。

勘のいい麗華が、

【誰かと一緒ね。女性なんやろ!】と、なんだかおかしい。

これはたいへんんだ、ここは一時撤退した方がいい、と、麗華にも田中さんにも都合が悪くなったと言い抜けて、田中さんには再度別機会にご一緒することを約束してなんとか一人になることに成功。

翌朝、そのことを国会近くのホテルでの朝食ミーティングで高杉代議士に話すと、高杉さんは少し黙り込み、ペーパーフォンを取り出し、パラパラとページをめくり、「この女性じゃないか?」と聞く。

見たら、確かにその通り。「どうしてわかったんですか?」と聞くと、

「深川江戸資料館の近くに、〝中華人民共和国大使館教育処〟があるのを知っているか?」と言う。いろいろ説明を聞いて目が丸くなってしまう。

そこは中国領事館の敷地の一部なので一般の日本人は入れないが、中国人留学生や在日中国人やそれに関係する人達に対して日本と中国の歴史的な経緯とか、いろいろと教えるところらしい。

早い話が中国の対日工作員養成所で、多くの工作員が養成されていて、先ほどの彼女の映像は日本の公安警察がそこを見張って撮影したものだとか。つまりは、彼女はスパイとしてマークされている人物で、昨今はＩＢＭ本社あたりを中心にハイテク関係者を狙っているとのこと。

そういうことで、これはという国会議員には、公安から要注意人物として内緒で教えられている女性の一人だという。

僕がアラジン関係者と知っていて狙ってきたのではないか、間違いないだろう、と言う。

うーむ、僕ごときにハニートラップ？

少し驚きだが、麗華に礼を言うべきか？

◆甘い香り、その2、その3

そして、更に警戒心を呼び起こすことが尾形さんに起こったのだ。

尾形さんは、僕とは逆にあれから定期的に東京から福岡の糸島、九大サイエンス・ヴィレッジ内に立地する株式会社センシティブの研究施設にやってきている。

糸島は福岡市の西にあり海と山が隣接した、自然がいっぱいの場所だ。福岡市から車で三〇分もあれば行き着くのでちょっとしたリゾート感覚でいつも若い人達がドライブがてらやってきている。

そこで海を見ながら仕事をするのは、東京人には贅沢に思えるだろう。

尾形さんは、時折気晴らしに海沿いの白い建物のカフェで仕事をするらしい。

そこは白い椅子と白い机のテラス席があり、爽やかな海風を受けて、すぐ近くの岩場と砂浜を洗う透き通った波は見てて飽きない。それに都会の喧噪とは無縁の波音が心地よい。遠くの青空や博多湾に浮かぶ島々を眺めていると本当に癒やされる。

そこでその問題の中国からの女子留学生と出会ったらしい。文学部言語系学科の大学院に通っているという。

尾形さんのことを「学校で見かけて知っていた」と言いつつ、後輩として話しかけていろいろ尋ねてきたらしい。主に大学生活のことで、別にアラジンの事ではなかったとのこと。

中国人＝全てがマフィアと言うわけではないので、警戒もせず先輩後輩の交流という関係で話すようになったらしい。

しかし、だんだんと深く入り込んで来る感じで、短期間に会う頻度が多くなり、尾形さんの研究宿泊施設の方にもランチパックを持って何度か訪ねてきたとのこと。

しかし何度目かの訪問の後、いくつかの資料がなくなっていることに気がついたらしい。

更に、ある時、室内の機材やペーパー類を撮影しているところを見つけて、「何をしているのか」と、問い質《ただ》したら「先輩のことが好きになって何でも見てみたくなったから」と、答えにならないような、とってつけたような理由を言い始めたそうだ。

そこで、尾形さん、ようやくぴんときて、これはハニートラップだ、スパイだとわかり、以降接触を断ったとの事だった。

それを聞いた朝倉社長は当然おかんむり。これからは一人にさせない、とばかり、忙しい朝倉社長は無理をして時間を作り、囲い込むように尾形さんと一緒するようになった。

あの二人は元々、恋人同士ではないのかな？　聞けばアメリカで同じ大学に通っていて知り合い、それからずーっと一緒に行動しているって言っていたし。

麗華はその女子留学生の話を聞いて、朝倉社長と一緒になって「男なんてだらしない、鼻の下が長い人ばっかしだ」と、嘆いたとか、息巻いたとか。

それ以降、僕も尾形さんも二人の前では大人しくしてる。


一方、株式会社センシティブは、制作を強化すべく、新たに第三の協力会社として令和エンジニアリング株式会社と四月下旬に契約を結んでたんだが、五月から六月にかけて事件が本当に起こってしまったのだ。

社長は、とても真摯な技術者で信頼できる方なので契約を結んだそうだ。

ところがそこの副社長が本当にハニートラップにひっかかってしまった。

社長の弟である副社長は営業を担当していたが、ある中国企業から仕事を持ちかけられ大いに前向きに物事を進めていたところ突然に受注できなくなってしまったそうだ。

そこで手を引けば良かったのだが、その案件は令和エンジニアリング過去最大の案件であり、なかなか諦めがつかなかったらしい。副社長は中国まで出向き、一所懸命挽回策を講じたが、なかなかうまくいかない。そうやって悩んでいるときに、中国美女にひっかかってしまった。辛さ、悔しさを忘れるために、お酒を一緒に飲み、ついつい深い仲になってしまい、あろうことかドラッグも入れ込まれてしまったらしい。

気がつけば、彼女に会いたくて中国に通い、ドラッグ欲しさに会社のお金を使い込み、どうしようもならなくなって、いよいよ脅迫されるようになってしまった。

マフィアとしてはそうなればしめたもので、様々な要求を出してきて会社の技術資料を持ち出すように言われたらしいが、いかんせん営業の立場でありセンシティブ関連は契約上のことから技術的な事は社長のみが厳しく対応していたこともあって要求にうまく応えられなかったらしい。しかし、最後にはとうとう会社の預金デジタル通帳とデジタル印鑑を持ち出してしまうなど、短期間に会社が倒産するのじゃないか、と心配されてしまう状況になってしまった。

朝倉社長が素早く資金面で対応し、倒産を回避しつつ技術漏洩《ろうえい》を免れた。

このことは、彼らが本気であることを知らしめて、僕と尾形さんは震え上がってしまった。甘い香りにご用心。

◆上位企業への攻勢

ところが、更なる本気度を知ることとなった事件が並行して進展していたのだ。

当初から、アラジンの組み立てをお願いしていたジャパン・クアンタム製造株式会社は、会社規模も大きく上場企業であり、株式会社センシティブの筆頭株主でもあったんだが、そこの動きがおかしい。

そこは中国とは本質的に関係なく、高い技術力で欧米向けにクアンタム・コンピューター関連の部品生産を主に行っており、一部、アラジンのような試供的な意味合いの製品組み立てにも別工場を持ち取り組んでいる。株式会社センシティブには理解ある会社だ。

そこが、昨年末、工場が大火災にあい大損失を受けてしまっていたのだ。かつ、そのことから納品が遅れ、莫大な損害賠償を求められ、いわば資金繰りに窮してしまっていた。

主力銀行が融資に応じるとみられたが、様々なメディアに、「ジャパン・クアンタムはもうだめだ」「損害賠償はもっと大きくなり、もっと資金が必要となって先行きが危ない」「技術といってもたいしたことはない」などと大々的に報じられ、銀行筋が及び腰になってしまった。

従って、いつのまにか借り入れではなくて、新規に大型の出資者を募集する、それも今後を考え技術主体の会社に支援出資をしてもらうべきだ、との話がメインになり、アメリカ企業と台湾企業の二社が名乗りを上げている状況だ。その二社の出資合戦は、当初アメリカ有利と考えていたが、台湾企業が破格の金額や条件を提示してきた。

また、政府としては、台湾企業は中国そのものではないので表だって買収を禁ずるのが難しかったこともあるようで、ほぼ台湾企業に落ち着きつつあった。

そこにまたもやタイミングよくメディアが騒ぎ立て、「その企業の技術価値は低い。台湾企業の出資額はそれに見合わないのではないか」と一斉に報じ始め、台湾企業は当初提示した金額や条件の六割程度にたたき落として出資提案、それと、アラジンの組み立てが行われ始めた後、その組み立て工場の部署を別途買い取る条件を組み合わせ提示する、など、複雑な話になってきた。まるで、メディアは台湾企業のために世論誘導しているような雰囲気だ。後でわかったことだが、昨今の日本メディアのほとんどが筆頭の株主は外国企業であり、日本人出資者は少数株主になってしまい、日本びいきとは限らないとのこと。これはひどい。そうなるとあの火事の原因はなんだったんだろう、と、勘ぐりたくなる。

しかし、株式会社センシティブのアラジン制作が行われていたことから、朝倉社長と高杉代議士が一所懸命に裏で動き、政府系の銀行やベンチャーキャピタルが適度の条件で出資できるように工夫してなんとかなったそうだ。

株式会社センシティブにとってアラジンを対象に、下請け側も、親的な株主会社側も両方攻められているわけで、中国マフィアの力の大きさを知ることとなった。

あるいは六月四日の事件は、「思想の自由」という根本的なことで、心底中国を震え上がらせた結果なのかもしれない。

話はまだある。

◆合宿襲撃

六月の中旬、アラジンのよりよく使いやすいバージョンアップ版制作の合宿検討会を集中的にこの糸島で行った。

先に話した尾形さんハニートラップ事件が起こったのはこの検討会直前で、その検討会準備で尾形さんが一週間ほど先行して糸島に来ていた期間でのことだったんだ。

検討会は、中国での利用禁止状況などから、ジニーのコンパクトバージョンを主体に考えたのだが、首飾り型、イアリング型、ベルト型、など装着がわからなくなる方法はないだろうか、といったことから始まって、日本以外の国々での利用や、思念通話やテレパシー通話をその国の慣習などを踏まえて、よりその国に適した使い方ができる仕組みなどを関係者で協議した。

朝倉社長や尾形さんを筆頭に、実は陰の功労者として麗華が大活躍。なぜって、日本国内のみならず、中国でのデモ立ち会いや利用説明会、など、もっとも利用者の声を聴いてきている。

更に、もう一人というか、活躍したものがいる。ジニーだ。アラジン初号機として様々な経験を直に持っており、かつ、他のアラジン達の、ロジック利用履歴からの問題提起など、アラジングループの代表として情報提示を行った。

このジニーを含むチームは、まさに志を同じくする同志なので、思念会話も心地よく、それこそ楽しく効果高い会議になり、如何にアラジンが人の役に立ち、コミュニティを活性化させる役に立つか、今更ながら感心。

ネアカ・ハキハキ・マエムキそのものだ！

その合宿最終日、日曜日の夜にそれが起こった。

合宿は、海沿いの株式会社センシティブ研究棟の隣接地に立地する一〇部屋程度の小さなリゾート風ホテルを借り上げて行っていたが、最終日は食事会を成り行きで合宿打ち上げ会と変えてしまい、とても盛り上がりを見せた。

食事会も半ば過ぎたと思われる頃、僕は、東京でのハニートラップ事件の衝撃を和らげるよいチャンスかな、と、麗華に、

【外が気持ちよさそうだ、散歩しないかい？】

【いいわよ】

ということで、僕らは食堂のテラスから海岸方向に歩いてみた。

海岸に出ると、砂浜が広がり、静寂の中で波の音が一段と大きく聞こえる。

研究棟と反対の左方向は湾曲して小さな岬が海に突き出ており、突端に小さな神社がある。ほどほどの月明かりで、二人で歩くにはロマンティックだな、と、思いつつ、声に出して、「久しぶりに二人で散歩だね」、「麗江以来だよ」、等とやりとり。

神社の裏には、高さ二〇メートル弱の小山があって、神社横から壊れかかった狭い急な階段が続いている。僕は、麗華に手を差し出してエスコート、ゆっくり上っていった。頂上には縦横一メートル四方程度の祠がまつってある。近辺の漁師の安全を祈る祠なのかな、と、海の方を振り返ってみると、とてもよい眺めだ。きっと明るい時はもっとよい眺めだろう。

なんとなく、つないでいる麗華の手が握り返してくるように思える。ご機嫌が直ったかな。改めていい娘《こ》だな、と、思うものの……だ。

その時、宿泊施設先の研究棟の、更に先の松林の海辺付近に、海の方から黒い塊が二つほど研究棟の方向にやってくるのが見える。

ジニーに、コンタクトレンズで拡大表示させると、ゴムボートだ、一隻に二名ずつ乗っているようだ。サーファーの恰好をしている。そういえば、松林の中にある海の家で見かけたゴムボートに似ている。エンジン付きだが、音を大きくせず静かに進んでくる。

昨今はLEDライト付きのサーフボードで夜のサーフィンを楽しむらしいが、彼らもそうだろうか?

で、研究棟付近の砂浜にゴムボートがつけられて、少し変だなと思った。

研究棟は、機密事項が多いことから敷地全体をプラベート空間として緑の中に壁で取り巻き隔離しているし、表門は時間外は完全に閉じており、全体として警備会社と契約して厳重な防犯警備体制だ。

海側には塀や門がないが、赤外線などを使った警備があるはずだし、定期に警備会社がパトロールすることになっているので心配しなくてよいとは思うが。

二、三〇〇メートルほどの距離だが、散歩をその方向に切り替えて行ってみた。ゴムボートは研究棟の海岸ではなく、その隣の松林の小道出入り口付近を目指して停めているようだ。つまりは研究棟とは関係ないだろう、と、ほっとして胸をなでおろす。そのまま、前を通り過ぎ、その先の元寇防塁近辺まで散歩しようと二人、歩を進めた。

糸島を含む博多湾一帯には八〇〇年前の中国から日本を守る防塁があちこちに保存されている

が、今こそサイバー防塁が欲しいね、等と話しながら歩くのは楽しい。いやもっとロマンティックなことを言わねばならないのかな……いっそジニーに相談しようか？　いやそれはジニーに弱みを見せたような気がしてイヤだな。

その時、研究棟付近からガラスを割るような音がかすかながら聞こえてきた。もしかしたら、と、研究棟に後戻りして近づき、海岸側から覗き込むと家の中で懐中電灯らしき灯りが動いている。

【（僕から二人に）朝倉さん、尾形さん、たいへんだ、研究棟に泥棒が入っている！】

と思念通話で第一声。

赤外線のガードは破られているようで、ドキドキしながら家の中が覗けるように腰をかがめるようにして植木の陰づたいに窓際に近づいていった。

そしていざガラス越しに家の中を覗こうとしたまさにその時に、これがドスのきいた声、というのだろうか、低い声で、

「動くな、声を出すな、振り向くな！」

と、男が背後から突然に声を出す。手に拳銃でも構えているような感じだ。

麗華と僕は金縛りにあったように凍りついてしまったが、朝倉さんの、

【（朝倉さんが僕に）どうしたの？】

との返事で我に返り、

【（僕から朝倉さんに）研究棟に泥棒が入っている！　四人組で、拳銃を持っているようで、麗華

と僕が捕まってる】

と、話す。

「後ろを向くな、殺したくない。おまえ達は、ここのものか?」

「そうです」と返事した。

【(僕は麗華に)じっとしてよう、怖いけどきっとなんとかなる】と話しながら、背中の賊からかばうように麗華を僕の前にゆっくりと引き寄せる。

【(麗華は僕に)うん、わかった】と返事。

もう一人出てきたようで、手を後ろにして結束バンドのようなもので縛られてしまった。さらに僕ら二人をガラスが割られているテラス窓から部屋に入れて壁に向かせ、タオルのようなもので目隠しをされた。

【(朝倉さんが僕と麗華に)今、警備会社と警察に連絡したわ】と朝倉社長。

「じっとしてれば危害を加えない」

と、再度念押しされた。

麗華は、思念通話内の通信なのだが、言葉を発していないのに、言葉でなくて、言葉の背景の思念が伝わってくるようだ。

【(麗華から僕に)《不安な感情? コワイ気持ち?》】が伝わってくる。

僕は、再度、

【(僕から麗華に)大丈夫、きっとなんとかなる】

と伝える。が、僕も怖い、縮み上がっているが、麗華だけはなんとか守らないと、と、思い詰める感情が湧いてくる。

彼らは、ガサゴソと家捜ししている。だんだん大きな音が出るのもかまわないようになり、照明もつけてかき回している。きっとアラジンの機密を探しているんだ。

最新の試験機材は、たまたま、討議のために合宿場所に持って行っているが、何か置き忘れた機材はないだろうか？　データ類は量子暗号化されており、その解読キーは個人の生態脳波だから取られないと思うが、その暗号化前の断片資料や情報や、元機材が散らばっているはずだ。

《ジニー、彼らは何をしているんだろう、わかるかい？　何か麗華を助ける方法がないかな？》

《ええ、接続を許可されている屋内カメラを見ると、一人がタケルと麗華さんを見張り、三人が研究員の部屋部分にいます。もっと見たいので、朝倉社長に私に建物の管理者権限を与えるように言って下さい》

研究棟は、今僕達がいる談話室と呼んでいる大部屋があって、そこから廊下が延びて、その廊下沿いに各人の個別研究室に入るドアが繋がっている。

【（朝倉社長に）ジニーにハウス権限を至急与えてもらえませんか】

《ジニー、その映像を、僕と麗華のコンタクトに送ってくれ。いや、合宿スタッフ全員が見れるようにしてくれ》

【（朝倉さんが、僕と麗華に）ジニーに管理者権限を渡したのでもっとたくさんの映像が見れると思う。彼らがガラスを割った時点で警備会社は異常だと判断してスタートしてるようよ、後五分から一〇分もかからず警備会社が到着するわ】

少し間があって、

【（朝倉さんが）私達、先ず、二人を助けようと思う。見張っているヤツの気をそらせるように裏口のドアをガチャガチャさせるわ。その隙に割られたガラスの処から逃げるといい。いざとなれば何人かで取り囲むような脅しをかけようと思う】

【（僕から朝倉さんに）危ないよ、僕らは縛られているし目隠しされてる。警備員が来るのを待った方がいいのでは？】

そこに新たに思念が割って入ってきた。

【（ジニーからスタッフ皆に）ジニーです。タケルの依頼で救出作戦を実行しますので、皆さん協力して下さい】

ジニーらしく、こんな時なのに、安心の明るい感じで、

【警備会社の警備員が到着するまで待ちましょう。警備員が四人向かってきています。到着したら私が音を出して賊をタケルと麗華さんの居る談話室から研究室に続く渡り廊下部分に導きます。そこで私が合図を出しますので、警備員と一緒になって渡り廊下と反対側のテラス窓側から二人を助け出して下さい】

うまくいくのかな？

ジニーは警備会社にも同様の説明を行い、特に僕ら二人を見張っている男の銃からスタッフ全員を守るよう指示している。

【(朝倉さんが、僕と麗華に) そうねジニーの言う通りね、映像を見る限り即座の危険はないだろうから、その準備をしておきつつ、警備会社を待つわ。警備会社にもこの映像を見せているので、心づもりをしていると思うわ】

そうこうしている内に、警備会社が到着し、ジニーの指示通りの配置に就いた。

【(ジニーからスタッフ皆に) 始めます!】

突然、大きな声で渡り廊下部分から、僕ら二人を見張る男に向けて、

「たいへんだ、こっちに来てくれ」

「嘿《へい》、过来《ごうらい》!」

と声がかかると同時に、我々の居る部屋の照明が突然消えて、渡り廊下部分の照明が一瞬強く光ってガチャン、ドタン、バタンと大きな音がする。男は拳銃を構えて渡り廊下部分にすっ飛んでいく。その渡り廊下部分に入った瞬間に、廊下部と談話室を仕切る防火シャッターが瞬時に落ちてきた。

【(ジニーからスタッフ皆に) 今です、二人を助けて下さい!】

更に、僕ら二人を見張っていた男の声で、

「何があったんだ、廊下に出てこい」と渡り廊下から研究員室にそれぞれ入り込んでいる他の三

人を呼び出す声が聞こえてくる。

バタバタと渡り廊下付近で足音がしたが、その直後、各研究員室と渡り廊下を隔てている扉部分の防火シャッターが落ちてきたようだし、そこの照明も消えたようだ。つまりは、四人の賊は、渡り廊下部分に真っ暗で閉じ込められたようだ。驚きながらだろう、ドンドンと防火シャッターや壁をたたき始めている。

後で聞いたことだが、騒音や音声はジニーが渡り廊下部分のスピーカーを使って発したのであって、音声は賊の話し声を聞き出してそれを真似て——日本人と中国人がいたので——、それぞれの声色を真似て発したんだ。光のコントロールやシャッター稼働もジニーの仕事だ。渡り廊下にある窓も別出入り口も防犯のシャッターでカギがかかっているが、それもジニーが管理だ。


僕と麗華は、スタッフから目隠しと手を縛っている結束バンドを外してもらい、ほっとした。

麗華は僕の腕にすがってきた。肩を抱くように手を回し「助かったね」と小声でささやいたが、麗華は青ざめている。

【（ジニーからスタッフ皆に）賊は拳銃を持っていて脱出のために発砲するでしょうから、急ぎこの場所から離れて下さい】

言う間もなく、バンバンと数発の銃声が鳴り響いてきた。ジニーからの映像を見ると、賊は窓のカギを銃で壊し、そこから逃げ出し始めている。

警備員は、

「我々は、警察と一緒に砂浜付近まで彼らを追っかけますので、避難して下さい」

とのことだが、どこに逃げる？

そう言う間もなく、警察が到着。警官達は警備員に導かれて賊の逃げた砂浜方向に追いかけていったが、しばらく経って帰ってきた。ボートで逃げられたようだ。

警察は、ボートが到着するであろうと思われるいくつかの海岸ポイントを緊急手配する、と、話していたが、銃を持っていることといい、かなりの専門集団だろうから捕まえられるだろうか？

少し落ち着いて、朝倉社長がスタッフと共に警察に説明を行い、ジニーが集めた映像を警察に渡した。

スタッフ達は、ジニーの活躍に驚きつつも「すごい！」とジニーを称賛している。

賊の四人は、きっと何が起こったかわからずキツネにつままれたような感じだろうな。あるいは仲間内で「そんな言葉はオレは言ってない！」などともめているかも。

僕は素直に感謝だが、このジニーの底力はＰＲしたくない。

大テーマとして「麗華を助ける」を与えた結果、ジニーは「賊を渡り廊下部に導き閉じ込める」というサブテーマを導き出し、更にそのために「賊の声色を使う」「防火シャッターを使う」などのサブサブテーマを自ら作り出していったのだろう。

テーマを与える人間によって発揮されるジニー、すなわちアラジンの総合力はアラジン自身の責任ではなく、目的というかテーマを与える人間そのものの責任だが、良いことだけでなく悪事にも使えるようで秘密にしておきたい複雑な気持ち。もし、今回の賊がアラジンを使っていたらどうなっただろうか？　そして僕よりも先にハウス権限を取得していたら？　僕と麗華は手も足も出なかったかもしれない。考えただけでもぞっとする。

更には今後、アラジンを使った人同士の争いや武力行使となった時、どこまでの行動が許され、何が優劣をつけるのだろうか？　あるいは何が善悪の区別となるのだろう？

改めてロボットは人間に危害を加えてはならないとかいう「アシモフのロボット三原則」を考えなければならないかもしれないが、動作するロボットと違って考えることを支援するＡＩエージェントに、考えること自体に制限を与えることになったら訳わからなくなりそう。しかし、アラジンの普及利用拡大は、必ずこのことにぶっつかりそう。

更に一息ついて、改めて麗華が近づいてきて、僕の腕に再度すがりつく。

「もう大丈夫みたいだから、よかったね」

と声を掛けたが、思念で、

【（麗華から僕に）さっき、怖かったけど嬉しかった】

【（僕から麗華に）ん？　ウレシイ？】

【（麗華から僕に）怖い最中に、ジャスミン経由で、タケルから言葉ではなくて、私を心から心配してくれてるような感情が伝わってきたの】

ん？　これは僕が麗華から言葉ではなく感情を思念通話で受け取ったことと同じなのだろうか？　ジニーに、この件はとても重要なので、明日討議することとしよう、とメモらせた。そうしつつ、

【（僕から麗華に）麗華が心底怖がっているように思えたんで……】

と思念を送る。後は声にならない、というか、文章にならないな。

それに僕は、ドラマや小説の中に出てくる主人公のように、ヒロインを助けるようなかっこいいヒーローとは真反対で、情けなく手を縛られて何もできなかった。だけれど、ジニーが活躍してくれて、結果として麗華との距離が縮まったようなことになったなんて、ジニーに感謝すべきかな？

しかし、中国マフィアの本気度に青ざめてしまう。月のマフィアと今回のマフィアの関係がまたまた想像がつかない。

それに、昨今の攻撃が株式会社センシティブを対象としているだろう、として、僕には無関係な人ごとのような気持ちだった自分に改めて気がついて、自分の甘ちゃんぶりに愕然としてしまう。

このことを、朝倉社長、尾形さんと話し合った。

中国側は六月四日のことでアラジンの能力というか威力がわかり、かなりの本気、なりふりかまわず、のようだがどうしてだろう？

ハニートラップや、株式会社センシティブに関係する企業を攻めたり、ついにはこうやって実力行使をしてくるぐらいだから、もっと何か起こるのではないか？

中国は、ＡＩや量子コンピューターに関しては世界トップの実力を持っているのだから、なんでも自分達で作れるはず。こうやって攻めて来るのはなぜ？　日本の小企業の技術に目をつけるのはなぜ？　中国は超高齢化社会なのにアラジンのような新しい高齢者を助けるサービスを思いつかなかった？

アラジンの技術が欲しいというだけでなく、それがもたらす組織変革というか社会変革に気がついたはずで、そこをにらんでいるからだろうか？

月世界で尾形さんを襲った勢力と、今回の一連の株式会社センシティブを狙った勢力は、異なるグループのように思うが、どうなっているのだろうか？　関連がわからない、わからないから総じて中国マフィアと呼ぶのだろうか？

例のレジスタンスの人達や、特に高杉代議士など国を動かせる人達に早急に相談するべきだろう、と、意見の一致をみた。

先ずは一休み、明日朝からにしよう。

で、翌朝のペーパーニュースなのだが、拳銃を使った強盗事件なのでいろいろと掲載されるのではないか、と、思ったが、なんと、小さな記事で、「糸島のＩＴ事務所に泥棒が入った、幸いにして大きな被害がなかった」だけだった。

これも警察経由だとそうなってしまう、という例のマフィアが後ろにいるからなのだろうか？

中国を「分限を知る国家」にどうやったら導けると考えるのだろうか？　想像もつかない。

⑨中国版ＡＩエージェント「孫悟空」登場

◆中国版ＡＩエージェントの評判

その中国は六月終わりに唐突に「世界初の〝脳波通信型個人装着ＡＩ〟を販売開始した」と発表した。糸島を襲撃する前から発売準備をすすめていたようだ。

なんと、その販売元は、株式会社センシティブにしつこく下請けを迫ってきていた深圳《シンセン》の走走《ゾウゾウ》高《ガオ》ＡＩ電子だった。

アナウンス内容を見ていると、何が〝世界初〟となるのだろう？　名前がアラジンから〝孫悟空〟になっているが、宣伝文句やデザインはアラジンそっくり、デッドコピーと言いたい。

中国語で売り出したコトが世界で初、なのか、中国以外の国々を考えても、〝日本は世界に入っていない、相手にしない〟、として〝世界初〟ということか？

品物を手に入れて調べてみないとわからないが、多分、間違いなく機能はパクリだと思ってしまう。

技術的にどこまでを我々のものを真似ており、どこからホントに中国の独自開発であるのか、気になることではある。何しろ、ＡＩや量子コンピューター技術はかなり先行している国だから。まぁ、どちらにしろ、いつものことで、「我々が独自に考え、生み出し、開発した」とこれからずーっと言い続けるだろうし、一度言い始めたら絶対に間違いを認めないのは国民性だ。黒のモノを白と言ったなら、周囲が訂正させようとするのを根負けして諦めるまで「白だ」と言い続ける。多分、大歴史ある中国国内で生きていくためにはそのような文化を持たねばならなかったのだろう。

麗華はプンプンに怒っているが、冷静になって中国内の評判を調べてくれるよう、ウォッチし続けるよう頼んだ。

そのウォッチ結果をまとめると、以下のようになる。

名前はどうであろうと、アラジンライクな機器が中国国内で使えるということで、先ずは大いに歓迎された。しかし最初は、製品台数がたいしたことなかったことから品薄で奪いあいになったが、そこは深圳《シンセン》だ。市場の反応を受けて即座に四倍増、八倍増、と倍々に増やして対応。中国は、超高齢化社会であるが故に、当初はやはり日本と同様に、少々高額であっても都市部のお金があるお年寄りがその利便性に目をつけて利用が始まった。六月四日の禁止に至る状況を知る若者も遅れず利用が拡大していく。

人口が多いだけに、これはたいへんだ、すごい大きなＡＩ利用頭脳の集団ができあがりそうだ、と思い始めたところ、一ヶ月も経たない内にパタリと利用が止まってしまった。

なぜなのだろう?

しばらくして判明した。

中国には世界でも屈指のスコアリング制度があるのは皆さん知っていると思う。アリババが運営している「芝麻（ごま）信用」等だ。

学齢や職歴である「身分属性」、不動産など大きな買い物ができる資産力の「支払い能力」、常日頃の買い物内容やサービス利用の「消費行動」、交友関係やその知人のスコアリングで考える「人脈」、過去の支払いの間違いなさを示す「信用履歴」の五つの指標で個人を点数化。七五〇点以上だと皆から信用されいろいろな優待が受けられるが、低いと、モノを購入できないし、買えても金利が高くなる。従って恋人もできない、就職も危ない、公的な機関からもうさんくさく見られる、という諸刃の点数制度だ。

このスコアリングに、〝孫悟空〟利用者には、秘密裏に、といってもウワサが流れているので公然の秘密ということだろうが、新しく六番目の「政府・共産党への忠誠度」という評価軸が加わったらしい。

どうやって点数をつけるか?

簡単だ。

脳波通信で他人に伝える話し言葉は、まさにその人間が考えたことであるので、ＡＩエージェント自身がそこをウォッチして分析すれば即座に忠誠度がわかってしまう。

〝孫悟空〟利用者は、自ら思想を監視するＡＩを身につけることになってしまう。おとぎ話の孫悟空は、頭に緊箍児《きんこじ》という金の輪っかをはめられ、悪いことをするとそれで締め付けられるが、それと似たり寄ったりじゃないか。

いや、ジョージ・オーウェルの『一九八四年』の世界が、遅ればせながら未来型で出来上がったってことか。

こういうウワサが流れてしまっては、如何に便利であっても皆、怖がって使わないだろう。

これらの話は、一三億人の中国にとっては、ほんの針の先程度のことかもしれないし、このＡＩエージェントは、どちらかというと知識層が対象となるであろうから、中国全体に影響が出てくるのかどうか、よくわからない。期間もまだ短いし。

そういったことから孫悟空の登場は、アラジン同様に、そのような知識層には当初は大歓迎されていたのに、急に反応が無くなってしまったようだ。

と、同時に、思想を指標化しようとする動きにおののいているし、それを強烈に非難し、なんとかそのような国になりたくない、と、それぞれが言い始めているようだ。しかし間もなく、そのようなクチコミが当局から消されてしまっていく。

外部の僕たちでは何もできないし、見ているだけだが、これから中国はどうなるのだろうか？どうするのだろうか？　と、噂し合った。

特に、本件を重要なこととウォッチしているのは、当然なのか、国会議員の高杉さん達で、毎日のようにこれはという人達で集まって情報交換しているようだった。

◆オリンピック向け衛星通信

さて、七月になり、名古屋場所が始まった。

岩風は、五月夏場所はまたもや一三勝二敗、準優勝だったが、千秋楽で横綱玄界灘に初めて土をつけたのだ。麗華は喜んで早速サラダ新聞向けの中継インタビューを行っていた。相変わらず、ちゃんこ鍋に久住産の野菜を溢れるほど山いっぱい入れ込んで、だが。

スポーツは、見ているものをオアシス気分にさせてくれる。


そのスポーツ、今年は四年に一度のオリンピック開催年で、インドのニューデリーで八月一三日から開催されるということで日本国内でもジョジョに盛り上がってきている。

アジアで最初のオリンピックは一九六四年の東京オリンピックだが、中国開催はそれから四四年遅れの北京オリンピックだった。それから五二年遅れてのインド開催。

まぁ、クリケット以外に世界に肩を並べるスポーツを持たなかったので、国内のオリンピック誘致熱が育たなかったのだろう。

しかし、GDPは、中国、アメリカについで世界三位だし、人口なんてとっくの昔に世界一になっている。確か、一七億五〇〇〇万人とかで中国より四億五〇〇〇万人も多い。かつ、中国は昔の「一人っ子政策」の後遺症で、一人っ子の親たちが要介護世代の超高齢化社会になっているのに、インドは働き盛りがどんどん増え続けている。

そうか、これがそもそもの中国の焦りかもしれない。

中印国境で、武力衝突の小競り合いを繰り返しているのは、中国がインドを恐れているからか？

よく言われる「巨象が昇り、巨竜が沈む」、に抵抗しているのだろう。

インドは、自由世界最大の国家だし、日本やアメリカ、ヨーロッパの国々と繋がっている。つまり、中国にとって仮想敵国のナンバーワンなのだろう。今や日本はとっくに敵ではないし、インドに比べればアメリカは以前ほどには眼中にないようだ。

そのインドに対抗するために、人口減少を補うべく、台湾併合を急いだり、一帯一路の強引と思える推進や、朝鮮半島全域への影響力をますます強めていっている。そこは南北朝鮮が統一されて大朝鮮となっているが、特に元北朝鮮エリアは半分中国になっているように思えてしまう。

更には月への進出など、拡張主義が続いているのかも。

その勢いで、日本を属国化、隷属化しようとしているのかな。

あるいは、日本の持つ社会変革を起こしそうなＡＩ機器がインドに渡る前に、叩く、あるいは先行入手すべく我々をマークしているのだろうか？

いや、それはうぬぼれすぎている。単に、六月四日の騒動の落とし前をつけようとしているのだろう。

どっちでもよいが、ほっといて欲しいもんだ。

インドは、中国に負けず宇宙大国としても頑張っている。何しろ公用語が英語だし数学が得意な国民なので、昔からアメリカの宇宙技術やＡＩ発展を支えていた経緯がある。そして今回、国力向上に伴っていろいろと試みていて、オリンピックをチャンスに、量子暗号型情報衛星をいくつか静止軌道に乗せていたのだ。

そういえば、四月頃にインドがオリンピック向けに衛星を打ち上げたというニュースを聞いた覚えがある。その試験放送がオリンピック開催の一月《ひとつき》前、七月初旬から始まっているそうだ。

世界をカバーする衛星放送や、衛星インターネット提供サービスは古くからいろいろな企業が既に行ってきているが、今回は、インドが将来戦略として個人で手軽に使える量子暗号通信にしたことが新しいのだ。

量子暗号通信衛星は、中国が世界で初めて五〇年程前に成功させたが、インドはインドの周辺で一帯一路に取り込まれている国の国民向けに、安価、かつ、簡易に使える受信装置を開発し、表向き、オリンピックをあちこちで見られるように提供しようとしたのだ。一帯一路の人達向けにインドのＰＲだな。だから、量子暗号通信として放送内容を他人から、つまり中国から覗かれないようにもして、安心して使ってもらえるようにしている。

受信機は、各国の夕食一食分程度の費用で買える価格になっている。これは意図的な価格設定ではないだろうか。

放送は、多くのチャンネルがあって、世界の国が自国のＰＲを多言語で放送しているコンテンツを再利用する、などしている。

日本やインドは自由世界であり、そのようなコンテンツに触れるのには慣れているが、中国国民は政府が都合の悪いコンテンツを即座に遮断できる仕組みの中で見ているのが実情であり、少し目新しいことになる。検閲のない放送コンテンツだ。

更に、これはインターネット利用ができるもので、これこそ中国のグレート・ファイアーウォールを経由しない、検閲のないコンテンツだ。自由世界の国々の投稿コンテンツを自由に閲覧できるし、書き込みもできる。

中国にならって、一帯一路沿いで独裁的な国は中国から通信インフラを購入するときにそのようなファイアーウォールを一緒に購入していて、サイバー一帯一路となっている。それらの結束を打ち破る武器になる。

表向きは、オリンピックコンテンツを届けることでありながら、この無検閲であることこそがインドの狙いなのだろう。

中国は即座に抗議したが、今度はインドが中国流に「我々は、中国国民が利用するとは思ってない。あくまでもオリンピックを契機に国民一七億五〇〇〇万人のためにサービスを行っている。とやかく言われる筋合いのモノではない」と、門前払いの返事。

中国国民が世界を知れば、当然、何かが起こりそうな気がする。

実は、これには後日談がある。

この受信機を中国国内で秘密裏に販売していたのは、麗華のおじさんが管理人となっている久住の農園のオーナーである董路《ドンルー》さんだったんだ。

中国は衛星放送の受信は、外国人向け最高級の五つ星ホテルや重要な研究所などに限って許可されており、個人利用は禁止されている。当局は、アパートのベランダに衛星用パラボラアンテナがあるのを見つけると、摘発にくるらしい。

しかし、禁止すると、それを破るビジネスが育つのが中国で、アンテナを見つかりにくいようカモフラージュするいろいろなことが編み出されているようだ。壁と同じ材質であるような模様を描いてみたり――レンガ壁が後ろにあるなら、アンテナのお椀にレンガっぽい絵を描く――、鳥かごに見える布カバーで覆ったりする、など、いろいろと隠すらしい。

だから、業者は、ネットでお客を募集するようなPRはできるわけがなく、常に逃げ回りながらの受注と設置を行う、という理解しがたい商売になっているそうだ。それだけ根強い欲求がある、ということでもありそうだ。

董路《ドンルー》さんは、自らは直接手を出さず、そのような実行業者に資材を裏から手配したりして、なんとか、中国国民に世界のインターネットに触れられるよう活動していたのだ。

だから、いざという時には久住に逃げ隠れできるように考えていた。

そして、このインドによる衛星放送インターネットに関しては、計画当初から加担していたらしい。

なるほど、麗華も、麗華のおじさんも、董路《ドンルー》さんも、類は類を呼び友は友を呼ぶ。

インドVS.中国は、そのような宇宙や通信、そしてＡＩ分野も含め、様々に激化しているようだ。

◆アラジンⅡの発表、ジニーの成長

そのような最中、七月二〇日、まだオリンピック前であるが、名古屋場所中日を過ぎた翌日、アラジンⅡを発表、即日販売開始した。

最初の時より販売台数は多いが、今度は国外も相手だ。朝倉社長と尾形さんは今度は強気だ。

アラジンⅡの特徴は、とにかく装着していることが一見、目立たないようにすることとし、かつ、中国だけでなく、アジアや各国で取り組みやすくしたことだ。

例えば、合宿時に話があったように、製品としては完成品だが、ネックレスや首輪風首飾り、ヘアーバンド、イアリング、既存衣服への装着等、装着方式を加工できる素材として提供することとした。

更に、各国言語への翻訳機能を事前に入れ込んで強化した。

そして、合宿最終日に麗華と僕との思念通話でわかった感情通信の取り扱いを補足した。

ジニーにあのときのことを相談すると、
「本当に強い感情は言葉ではない。しかし、その感情は、強く相手に伝えたがっているものであり、ジニーとしては伝えずにはおれない。そして言葉ではないのでそれに変わるモノとして思念的感情とでも言えるものを擬似的に伝えた」
ということだった。
うーむ、
《ジニー、あの時はなんとかなったが、人間には場合によって様々な強い思念が出てくると思うんだ。例えば、ウレシイや楽しい、なんてのも言葉で表せない程の強いものがあった場合、それはそれでよいと思うが、死にたい！　とか、死ね！　とかいうネガティブなことを送られたら、送られた方は参ってしまうよ》
《そのとおりだと思います。
私は、基本的に皆さんが言われているように、ネアカ、ハキハキ、マエムキ型で通信を仲介する傾向がありますが、反対の性格だったらコミュニケーションが壊れてしまう可能性がありますね》
更に、
《私はメモるよう指示があった後、自分で考えました。言葉で表せない感情は、特に受け取る側に危害を加える程のネガティブである場合は、内容を適度の言葉に翻訳するなど、仲介する必要があると考えました。ポジティブの場合も、ある程度考える必要がありますが、ネガティブなも

のほど臨機応変に言い換えをするべきです》
うん、ジニーは、新しいテーマを自ら課して結論を出すことを〝考える〟と表現しているぞ、面白い、会話が楽になるな。
《ジニー、そのようなアラジン共通のロジックを作れるかい》
《はい、既に作ってて、あの時の相手であるジャスミンとテストをしています》
なるほど、この機能をバージョンアップに加えよう。

この頃からジニーと僕との相性がとても深くなってきた。

アラジンは、基本的に人から問い合わせがあってそれを受けて動くのだが、アラジンの初号機であるジニーは必要に応じて自ら直に話しかけてくるようになったんだ。

麗華や尾形さんに、それぞれのエージェントであるジャスミンと卑弥呼の状況をそれとなく聞いてみたが、ジニーのような兆候は感じていないようだ。

個人的にジニーの製作に取り掛かってから、二年ほどになる。特に脳波を読み取るブレインゲート機能をどう実現するか、僕の脳とジニーとの間でいろいろなことを実験として試行錯誤してみたが、その累積結果なのだろうか？

機械はＡＩでなくても「明日の朝七時に起こして」と言えば、その時刻がきたら「起きて下さい」と話しかけてくる。それは簡単すぎるが、それよりも少し込み入っているように思う。

例えば、僕が中国の孫悟空のことが気になり、ジニーに様々な問い合わせを重ねていったのだが、ジニーはその都度調べて返答してくれた。しかし、その問い合わせの回数が多くなると、僕が孫悟空の機能とかサービス内容とか利用者の反応などに強く興味を持っていることを理解して、ジニーは常に答えが欲しくなるテーマとして設定、いわば〝いつも考え続けている〟ことの一つにしているようなんだ。

ここまでは想定範囲であり、僕が「孫悟空の新しいニュースがあるかい?」と聞けばその時点での最新ニュースから重要度に応じて紹介してくれる。

ところが、その重要度がある点を超えたら、つまりは臨界点を超えたら、僕が問い合わせをする前にジニーから知らせてくる、ということなのだ。

しかも、その臨界点を僕の状況に合わせて自ら探し出し、知らせるタイミングとも合わせて判断しているようだ。

この孫悟空の例では、まさに、ある朝、僕が遅めの朝ご飯をほおばっているタイミングで、

【タケル、お知らせです。中国国内で孫悟空の利用者のクチコミが一斉に当局から削除され始めました】

と知らせてきたのだ。

で、僕は、慌てて自らもニュースを探したり、中国の日本から垣間見られるクチコミを調べたりしたのだが、ジニーが自ら集めた情報でまとめ上げた情報が一番わかりやすく、正確だったように思う。

ああ、確かに使っている人間側が「あれが僕が買える値段になったら教えて」とか、「コレコ

レこういう事態になったら教えて」と臨界点をＡＩだから理解できる大雑把な条件で指定することはできる。

しかし、これはまったく指定無しだ。これは、僕が期待したくなる「僕が気になっていることを一緒に考えていてくれている」、「友人としてのＡＩ」に近づいている、成長していっている、ということなのかな。

見た目、製品版ではこの話は出てこないが。

バージョンアップの新製品、アラジンⅡは、国内でも海外でもあっという間に販売と利用が広がっていった。

岩風は順調に白星を重ね、麗華は機嫌が良い。そうやって夏が過ぎていく。

⑩中国の不満、攻撃

◆中国の素晴らしいところ

もう一度、整理してみよう。

中国は、この数十年、簡単に言えば民衆や軍隊などあちこちの不満を抑えられず、革命気味あるいは内乱気味、小さくは派閥抗争型の政権交代がちょこちょこと起きてきている。

しかし、そのたびに、トップは変わっても結局は共産党の一党独裁方式のままだし、統治体制や官僚制度は変わらない。きっと皇帝のような独裁を好むのが国民性だ、と思ってしまう。

しかし、それでも今や世界一の国だ、と自負するし、確かに素晴らしいところがいっぱいある。

特にＩＴ分野がそうだな。この分野では中国は「早い、熱い国」と言われる。

早いとは、規制がゆるく、いち早く新技術を社会実装できる点で、場合によっては臨機応変に規制を変えるのを厭わない。

熱いとは、ネット販売やごま信用を提供するアリババの企業成長の逸話や、世界シェア七割を持つドローンメーカーDJI社の勃興など、成功事例が身近にあり、大昔、アメリカのシリコンバレーに夢を持った若者が集まったことと同じような若者を惹きつける熱さがある。

その両方を組み合わせると、「悩むよりまずやってみよう」というマエムキなところが産まれて、日本も見習いたい。

既に見習って日本に上陸したものはいろいろで、「独身の日セール」とか、ごま信用ライクなヤフーの「ペイペイ・個人スコアリングシステム」、「量子暗号通信」、今やVRゲームの標準となった「マトリックス・ルーム」など、いろいろだ。

中国は、大昔は技術やサービス内容をアメリカや日本から学んでいたこともあったが、圧倒的な人口・利用者数から得られるビッグデータで優れたAIを生み出しつつ、かつ、中国大手先行IT事業者が中国国内で提供するITプラットフォームを活用することで、新しいビジネスモデルを常に素早く頻繁に生み出している。

今やアメリカを始めとする西側諸国は、中国のアイディアをコピーしようとしているように見える。

そして、香港はハリウッドを凌駕するCG3Dムービーを作って国内外にファンを増やし続けていて、中国を警戒する世界の人々の視線を和らげるよう導いている。ここは変わらぬパンダ外交方式だ。

（しかし、本当にそうだろうか？　本当の革新システムや考え方は自由世界で生まれるが、中国はそれを真似て安価に作ってみせ、それを大量に国内利用することから出てくる二次発想に頼っ

てるだけかも……、と、僕の仲間は言う）

それになんたって経済大国だ、ＧＤＰは日本の八倍はある。中国のおかげで商売がなりたっている企業や産業は多い、観光業だけではない。

◆中華思想、華夷《かい》思想

一方、個人的に知り合う個々の中国人は魅力的な人が多いし、僕らと同じ考え方をしている人を多々見かける。麗華や麗華のおじさんのように。

しかし、中国国内では、中国共産党という団体を通すと、とたんにおかしくなる。

しかも、その共産党の思想は、中華思想、華夏《かか》思想、華夷《かい》思想等と呼ばれているが、これは漢民族三〇〇〇年の歴史からなのだろうか？

福沢諭吉の『学問のすゝめ』は、二〇〇年ほど前に書かれたはずだが、そこで指摘されたことが未だに起こっている？

自分の文化や社会が世界最高で、世界の中心に位置することを意味する「〝中華〟や〝華夏《かか》〟」思想と、その「周辺の民族である〝夷狄《いてき》〟の人々や、その文化を蔑視する〝華夷《かい》〟という華と狄を隔てる考え方」が、紀元前の中国戦国時代から脈々と受け継がれている。

つまり、総ての道は北京に通じなければならないし、周辺国は貢ぎ物を持って挨拶に来るのが当然の思想であり、それを世界にわからせるため、世界をひざまずかせるために一帯一路戦略が進められているように思えてしまう。

その一帯一路は、当初は陸と海であったが、今は宇宙や月世界、そしてサイバー空間にまで拡張され、国の統治方式である社会主義風一党独裁国家連合の総元締めとして中国が君臨しているような構図。

まさに、一帯一路の国々が挨拶に来る中華帝国となっているのではないか。党幹部の心のどこかに「日本は、〝夷狄《いてき》〟なのになかなかひざまずかない」というのがあるのじゃないか？

その中華帝国を作り、統治する重要な道具がＩＴであり、ＡＩを組み込んだサイバーツールなのは当然のことだろう。だから日本から思わぬ形で生まれ出たアラジンに執着するのか？　きっと帝国を管理する重要なサイバーツールかもしれないと思い至ったのだと思う。

しかし、それだけの国力と人力、技術を持っているすごい国だ。だから類似の孫悟空がすぐに現れたのだろう。

できれば、『分限』を発明して欲しいところだ。

◆不満、戸籍、一人っ子制度

それだけ恵まれた国なのだが、相変わらず国民は不満が鬱積《うっせき》しているらしい。麗江で一月に知り合った日本人ジャーナリストの安田さんから、いろいろな話が入ってくる。都会と地方の格差がかなり縮まってきたとはいえ、いろいろと問題があるらしい。早い話が、中国には「都会戸籍」と「農村戸籍」があって、その戸籍の移動がほとんどできず、産まれながらの階級制度のようになっているそうだ。非都会戸籍者の子供は当然都会戸籍をもらえない、「農村戸籍」の子は「農村戸籍」になる。

給与のよい都会で働きたいと、農村から出てきても、都会の戸籍が取れないので公共サービスが受けられない。住居も入手が難しくなるし、学校は子供の入学を受け入れてくれない。しかし、食べるために都会に出て働かざるをえず、その人達が「農民工」と呼ばれて都会の人達を支えている。農民工は人権など誰も考えてくれないブラック企業的な環境で働き、中国の国力を支えている。

簡単に言うと、北京の二〇〇〇万人中、八〇〇万人が戸籍のない人達で、時折行われる新規の戸籍申請受け付けはホントに狭き門だ。戸籍申請できるかどうかに関して資格らしきものがあって、前回は、八〇〇万人中、申請資格があったのは一二万人しかいなかったとのこと。そして無戸籍のたった〇・一%足らずの六〇〇〇人だけが認められたそうだ。その人達は、学歴や社会貢献度、表彰歴の過多、資産状況など総ての面で優秀な評価者であったとのこと。

深圳《シンセン》は、海外で留学や先端企業に就職した後、中国に帰ってくる高い技術や知識を持つ人達、通称「海亀族」と呼ばれるが、彼らを優遇していて深圳《シンセン》の都会戸籍を優先的に与えており、大きな閥になってきている。こういう方法で都会戸籍を得る方法もあるが、そもそも海外に出ることができる人達はそれなりの資産を持っているだろうし、農村戸籍者には夢のまた夢だろう。

更には、都会であっても、北京と上海は別格で深圳《シンセン》も都会だが北京、上海には移動できないらしい。

こうやって、農村から都市への移動を押さえているし、増えすぎた都会の人口を農村に帰すために、非都会戸籍者には厳しい処置——例えば強制的に低賃金労働者の住宅街を取り壊す等、が当たり前のように行われている。

ここに常に不満の大マグマがあるという。

そうなると、我々のサラダ新聞の視聴者は都会居住者対象なのだろうが、戸籍に関してはどの範囲なのだろうか？　悩んでしまう。

更に、大昔の一人っ子政策の後遺症が未だに続いているらしい。

一人っ子政策が廃止されても、中国は官僚になるのが安泰の道で、そのための受験勉強がすごい。二四時間勉強漬けで、その勉強費用が高すぎて二人目を持つなど想定もできないとのこと。これは「都会戸籍」人のことだが。

従って、人数が増えるとしたら「農村戸籍」の人達だろうが、産めば貧しくて養えない、特に女児より晩年を託せる男児を欲して女児中絶が流行ったりしたことから、女性の人数が足らないし、その結果、結婚できない独居青年が増え、彼らは一人家に閉じこもりスマートフォンばかりいじっていたという。それを二〇一七年頃から「空き巣＝家がからっぽ」の「空き巣青年」と呼ぶようになり、彼らがそのまま老人になってしまう「空き巣老人」が要介護世代となって重たい高齢化社会になっている。

ＧＤＰ世界一だとは言え、一人当たりＧＤＰは、日本の半分程度の状態では社会保障が行き届かず、

「未富、先老」（豊かにならないうちに高齢化社会になる）

「未備、先老」（制度が整備されないうちに高齢化社会になる）

というのだそうだ。

ちなみに、俗にいう高齢者数は五億人、と、想定しがたい規模だ。

ここに同様に大きな不満マグマが生じている。

そういったことをお笑いで吹き飛ばそうとした中国漫才師は、「国難をネタにするなど不謹慎だ、道徳を学べ」と党から非難され、ネットでも一斉にたたかれ、謝罪に追い込まれたとか。道徳的な漫才、ってどんな風になるのだろう。

自由に発言できない、発言の自由がないという不満は、とても大きな不満になる。

あ、「自由な発言がない」というのはましな方で、あれだけの大国、大人数だと、国を治める

のは天から降りてきたそれ専用の特別な人達で、うまくいかないのは彼らがなんとかせねばならない義務を持つ。だから、「うまくいってない」ことを彼らにアピールするのは当然であり、デモなどはそれを解決しないことへの不満表現であり、その一歩上位概念の「自由」とかは先の話のようだ。

なんやかやで、噂によると、年間二〇万件近い暴動が起こっているらしい。

そして、それらを扇動していると見られる人物は忽然《こつぜん》といなくなる。つまりは月香港市に問答無用で送られている。

そういった折り、例のインドのオリンピック衛星放送とそれに付随する量子暗号通信インターネットが加わって、不満がじわり、と、一層共有されるようになったようだ。

初めて知る中国内外の数々のこと。

世界に移住していった中国人が、そこから中国語で様々な世界の出来事や、中国の矛盾を自由に書いていることを見るのはつらいだろうと思う。

他国に比べて自由にモノが言えないうっとうしい環境。相変わらずの、食品汚染、品質偽装商品、大気汚染、など大きな不安を感じる生活環境。

更には、中国のエリートたちは、一帯一路でアフリカの国々にサイバーインフラを輸出し、言論の自由を奪う国々の連合を作りながら、その国の支配者と賄賂で繋がり大金持ちというか、巨万の富を築き上げていっているという不合理さを知り、諦めと憤り、どちらが大きいのだろうか？

◆対策として外敵づくり

そのような不満がおおきくなると、当局は外敵をつくり、世論をそちらに導いていく。昔からの常套手段であるが、今回は突然始まった衛星放送など、急遽、外敵を用意しなければならなかっただろう。

多分、推測だが、外敵として、たたくならGDP世界三位のインドにしたいところだが、人口が自国よりも四億五〇〇〇万人多いし、しょっちゅう国境沿いで小競り合いをしている戦争を厭わないインド軍を思い浮かべると、少々慎重になるのではないか？

じゃぁ、混乱が多いアメリカか？　ここも老いたるとはいえ、相変わらず強力な軍隊をそれなりに持っているし、やはり慎重にことを運ばねばならないだろう。

そこで、自由世界だ、と言って、インドやアメリカの周りを飛び跳ねている、コバエのような日本をたたくのが一番たやすい、と、なるのだろう。昔から、中国は国内をまとめるために日本をそのような存在として使っているし、日頃からの領土拡張にも都合がよい。

◆八月二日、著作権特許権侵害提訴、サイバー騒乱へ

きっとそのような理屈で、二〇六〇年のサイバー騒動が国境を越えて起こったのではないか？

先ずは、七月に開始された衛星放送に対して、中国国内受信妨害が早速七月中旬に行われたようだ。しかし、放送する側も当然、妨害電波が出ることなど予想しており、それこそ新規にＡＩ利用の妨害電波自動感知対応型の仕組みを取り入れていたようで、数日は通信が乱れたが、ほどなく安定通信ができるように回復。

その間、インドと中国は互いに「主権侵害だ」と非難合戦している。中国は、きっと次の妨害手段を大急ぎで探すに違いない。

また、オリンピックそのものは、毎回、サイバーアタックに悩ませられているのだが、今回は特に元北朝鮮域内から、通信衛星に対して古くからある、大量のデータを送りつけて機器をダウンさせるＤＤｏＳ攻撃が集中的に行われたり、インド国内に様々なハッカー攻撃が行われ始めたようだ。しかし、インドは、人口もその手の技術者も半端ない人数が居て、いわば数で攻撃をかわしている。インドはそれらは計算済みだったのだろう。

そこで、ますます弱い日本が攻撃対象になっていく。

八月二日、中国深圳《シンセン》の走走高《ゾウゾウガオ》ＡＩ電子社が、著作権と特許権侵害で株式会社センシティブを訴えてきた。

なんで？　そもそもはこちらが先に商品を販売開始したし、と首をかしげたくなるが、白を黒と言い始めたら法律も国際規範も道徳も関係ない。先日の〝世界初〟と同じだ。証拠開示もしないまま「著作権、特許権を侵害してる」を執拗に言い立てる。

それを、二者間のことではなく、日本と中国の両国内で世論として、

「著作権や特許侵害を平気で無視する企業を野放しにしている日本はおかしい、法を守らない日本は断固糾弾されるべきだ！」

と言い放つ。

それに、いつも通りというか即日、日本国内のメディアが、特集を組んで「そうだ、そうだ」とたきつけるところが出てきた。

こうなるとあたかも、本当にこちらが悪いような印象を世に与えてしまい、ついには、国会議員が、サイバーセキュリティ庁に調査するように進言したり、市民有志というわけのわからない団体が、捜査機関に告訴状をもっていったり、と、明らかに違う目的で本件を利用していると思う。

当事者の一人である僕自身が、なんとなく、後ろめたくなると言うか、心配性で小心者の本性が出てくる感じ。

これを言い立てることで、一帯一路のサイバー連合国家には、それを構築するサイバー技術は中国が一番であるとアピールし、中国国内には「アラジンは不法なものだ」と印象づけ、日本には「我々の意向を無視するとこうなるぞ」と脅しをかけているように理解できるが、僕程度の小悪党には充分だ。

しかし、僕たちの何が彼らの著作権や特許を侵害していると言うのだろう?

◆Magic Carpetシステム登場

そういった騒動の中で、匿名のハッカーが出てきた。中国人だとだけ名乗っている。共産党が管理できない、インドの衛星利用の量子暗号通信インターネット内にだ。

そこだと、共産党の監視がないので、優秀な中国人技術者は自由にノビノビとイノベーションを生み出せるのだろう。彼らは、中国で思いっきり「早く、熱く」先進的なことに取り組めるうらやましい環境があるのだが、それらは常に共産党の認める範囲であり、アメリカのシリコンバレーのような、「本当に制限のない自由な発想」ができないことにフラストレーションがたまっていたのだな。

ということで、なんと、アラジン向けの思念共用空間を作り出して設置してきたのだ。

どういうものかって?

その空間は、シェヘラザードというバーチャルな人物に、アラジンから思念で話しかけることで許可を得て入ることができるのだ。

入ると、コンタクトレンズにサブ空間の一覧が表示され、どれか一つ選ぶと、複数の人達が思念会話をしている、という構図。シェヘラザードにどのサブ空間を選んだらいいかの相談や、検索を手伝ってもらうこともできる。

早い話が、公開型のビデオ会話集会場の思念版だ。そこに自己紹介として映像や写真を使えるが、中国からの参加者は中国共産党を警戒してさすがにリアル映像を使っている人はいないようで、適当な呼び名とそれに伴う人物画像が使われている。

しかし、アラジンが、元来、実名ネットワークの会話集を学習データとして育っただけあって、匿名であっても参加者を信頼するマナーというか、信頼の空間であることが思念としてにじみ伝わってくる。

この空間システムは、作った中国人はどこまで真面目だったのか、アラジンの魔法の絨毯よろしく、「Ｍａｇｉｃ Ｃａｒｐｅｔ」と名付けている。インドのクラウドの中にアラジンの魔法の絨毯、その入り口にシェヘラザード……。昔からＩＴ技術者はそのようなだじゃれ的な名前をよく使う。その昔、ビッグデータを扱うシステムが大きなデータということで動物の象の画像を使って表していたが、それを扱いやすくするシステムが開発された時、そのシステムの名前は「象使い」と名付けられていた。それに似た遊び感覚なのだろうが、面白いじゃないか。

さっそく麗華と試してみた。僕は、ジニーに、

《シェヘラザードに相談して、僕らと関係ありそうな会話を探してくれ》と、お願い。

いくつかピックアップしてくれたが、「センシティブ社の著作権特許権侵害の訴えについて」に入ってみた。

このシステム、どうやって作ったのだろう。

ジニー初号機で当初困ったのは、人間の思考なんて言葉や文章になる前は常に混沌、カオス状

態だし、どの時点で一つの概念・文章として取り出すか？　だったんだが、ここも似た感じで課題があると思うがうまく解決してる。多くの人達の思念が同時にカオスのようにあったとして、利用者がどの思念に注意を向けるか？　をほどよく察知して、そのボリュームを上げるようなイメージでピックアップして聞き出すことができる。

「Ｍａｇｉｃ　Ｃａｒｐｅｔ」はアラジンと一体となったプラグイン的アプリケーションのように見えてしまう。


そういう空間のようだが、公的な思念空間と私的思念空間が同時に機能している。

公的な思念空間では、複数の人達の思念会話が聞こえてくるが、その上に被さるようにその会議オーナーらしき人からの歓迎の言葉が聞こえてきたし、麗華への個人会話も同様に二人だけのものとして話ができている、それが私的思念通話なのだ。

参加者は、三〇人程度で、互いに自動翻訳を使っており、どうやら中国、日本、台湾、インド、アメリカなどからで、アラジンの売れ行きがよいところが主体だな、納得。

会話内容は、

【(Masa) 誰か、侵害しているという具体的な内容を知っている人いますか?】

【(SAI) いや、未だに内容がわからないんだ】

【(Masa) 中国の訴えた会社は、どんな損害賠償を求めているのかな?】

【(SAI) そこもなんだか、ハッキリしていないらしいよ】

【(議長DD) そうなんだ、この会話も、そこらへんのことがどうなっているか、知りたくて開いているんだが、中国からの人いますか? いたら何か情報があるといいな】

【(Superman) 私、中国からです。中国ではあまりこのこと知られていなくて、「日本は法を守らない悪いやつらだ」とだけが大きく言われてる。その理由に利用されているだけで、実際のことはどうでもいいような論調に見えるよ】

【(SAI) 実際のことが具体的になると、中国の走走高《ゾウゾウガオ》ＡＩ電子社は自分が不利になること、充分に知ってるんじゃないかな】

【(議長DD) すると、中国側はどうやって終わりをつくるというか、収集させるんだろう?】

【(Superman) なんとなくですが、これは単なる始まりの一つじゃないですか? 中国は最初に小さく観測気球のように何かを打ち上げて、それに気を取られていると、次々ともっと大きなことを出してくるのがいつもの手だし】

等と、日本にとって穏やかでない会話が続いている。


もう一つ、「アラジンと孫悟空」という空間に入ってみた。

【(議長R2-D2) 誰か、他にもいませんか? 両方使った経験というのは貴重ですよ】

【(Mulan) 私、経験しましたよー】

【(議長R2-D2) どうだった?】

【(Mulan) 調べものをするときは、なんとなく孫悟空が速いかなー、って思ったりするんですが、今思い出すと、思念通話する時、孫悟空がなんとなく遅くなるような感じだったのは同感ですね。その時、しっかりこちらの考えていることをチェックしてたんだなーって】

【(Riddhi) あなたの政治点数はいくらだったの?】

【(Ulan) 私、早く気がついたんで、使い込む前に止めたの、だからよくわからない。きっと平均点】

【(議長R2-D2) 孫悟空を使うきっかけは?】

【(Nisha) アラジンが品薄だったんで、同じようなものが出た、ということでそれしかないと思って。今は、アラジンⅡが出て内緒で中国国内に持ち込んでくれる人達から買えたので、こちらにしたわ】

【(Riddhi) アラジンⅡ作ったのは、中国に持ち込みやすくしたいがためかしら?】

【(Keiko) 作っている人達のインタビュー見たけれど、女性利用者から腕輪だけではファッション性がない、それも男も女も同じなんて面白くない、って意見が寄せられて、それなら素材として提供するから自分たちでファッショナブルにしてみて欲しい、って話からみたい。あのメーカーはきっと女性上位の会社ね】

話はいろいろと弾んで、孫悟空も絨毯の代わりに筋斗雲でも作るのじゃないのか、など、楽しく会話する、ネアカだね。

とにかく、このような、中国政府や警察を恐れずに自由にマエムキに思念会話できる仕組みができて、中国の利用者は多いに盛り上がっている。

他国の人達も、グレート・ファイアーウォールで閉じこもった中国の人達と直に交流できるので、物珍しげで楽しげだ。

きっと、これは中国にとって、新しい欲求不満育成の種になるだろうな。

後で聞くと、アラジンを手に入れた中国当局者が会話に参加してきて、「けしからん」「このような会合は許されない、即刻解散せよ」と会議に割って入ったらしい、中国国内のままの振る舞いを「Ｍａｇｉｃ Ｃａｒｐｅｔ」に延長して。ところが議長が、議長権限で即座に退去させてしまい、彼らはどうしようもなかったとか。

これを作った中国人ハッカーに敬意を表そう！

◆八月四日、実害ある攻撃

そして、Ｍａｇｉｃ Ｃａｒｐｅｔで中国人のSupermanが言っていたとおりに、より本格的な攻撃が日本全体に起こってきた。

今の時代、国と国は、ドンパチの本当の人を殺し合う戦争は行わない。

相手の国を屈服させるにはミサイルや航空母艦などを脅かすように見せびらかせておくだけにし、実際部分はサイバー戦争で勝利する方が効率がいいし、目に見えない部分が多いので第三国からの干渉も避けやすい。

ということで、軍隊のように国が表に立たず、企業や団体が国に代わってサイバー戦争を担う、あるいは表に出ないサイバー軍隊が、本当の戦争をする、っていうことになるのだろう。

八月四日、中国走走高《ゾウゾウガオ》AI社が株式会社センシティブを訴え出た翌々日、インドの時に似て、元北朝鮮エリアからとみられるDDoS攻撃が大々的に日本向けに発生した。古いやり方であっても効果的で、三日三晩徹底的に攻めてきた。後でわかったことだが、主に九州企業や組織、官庁を狙い、その関連の東京支社、東京支店、関連会社の方も攻めたようだ。

ジニーが警告を発した。

【タケル、これらのDDoS攻撃の中に、過去の攻撃とは異なる特種なパターンが含まれています。攻撃のウィルスを含んでいる可能性が七〇％以上です】

【それは危ない、至急、尾形さんや朝倉さんに知らせてくれ。それと、僕の周りのシステムもチェックして。それから、そのウィルスが特定できたら、アンチウィルスソフトが作れないか、検討してみてくれ】

多くの公的機関や大手企業が先ずはDDoS攻撃でアクセス不能になり大混乱に陥ったが、それが収まったと思われた時に、ジニーが警告したとおり、各企業の中のコンピューターにウィルスが仕込まれてしまっていた。

そしてやっぱりやられてしまった。なんと、九州の歴史ある銀行の一つである西九州銀行にウィルスが入り込んでしまった。その結果として、各企業や個人への融資データを中心に情報が流出したとかで、我々近辺でも騒ぎが大きくなった。

更に、銀行系の一角が破られたことで、日本人個々の信用度を示すスコアリングデータが全国銀行協会から流出してしまった。多分に中国にだろう。

しかし、名乗ってきたのは〝ビリー・ザ・キッド〟という匿名組織で、このデータを元に戻してもらいたければ、一〇〇億円出せ、と、脅迫してきた。

こうなると、日本はどこから攻められ、誰と戦っているのか、わからなくなってしまう。

一方、街中に設置されている防犯カメラの大部分がハッキングされて、中国マフィアのコントロール下になってしまったようで、これはというキーマンの行動が監視され、〝ビリー・ザ・キッド〟から、

「おまえのやっていることはわかっているぞ、〇月〇日、どこどこにいただろう」

と、脅迫のような形でメールやメッセージが送りつけられた。

場合によっては、個人の信用スコアと所在位置の一覧がジャーナリストに流されて、個人バッシングや、社会的信用を無くしてしまう悪用になりかねなかったりと、人によっては戦々恐々となっているようだ。

西九州銀行の顧客は、それに加えて融資状況まで暴露され、痛くもない腹を探られ、信用不安を起こしそうな企業が続出。

直接的な被害も生じてきた。日本国内のいくつかの銀行が、保有保管していた電子コインがハッキングされて盗まれてしまった。技術力が弱いとされる地方銀行を中心に数百億円レベルでの盗難が続けざまに数件起こって、なんと、西九州銀行も、四〇〇億円盗まれてしまい、トドメを刺されてしまった感じで、銀行の倒産とその顧客の連鎖倒産の危機が報じられ、大きく社会不安が広まってしまった。

そして、当然のように、その不安をあおるような報道やクチコミが溢れ、「九州がデマで攻撃されている」と言いたくなる有様になってきた。

既に、八月一三日からニューデリー・オリンピックが始まっており、本来はそれを愉しみたいところだが、日本全体はサイバー戦争の被爆ムードだし、九州はサイバー攻撃を受けて被害に見舞われた企業の経営破綻の恐慌ムードでそれどころではない。

こういったことは僕らのアラジン開発が引き金になったのだろうか？　アラジンが悪いのだろうか？

加えて僕自身カメラで個人行動を見張られたくない、と、小心者として気にしたくなるが、そんなこと言っておられない、負けられない！

◆その間、八月六日、孫悟空Ⅱ登場

一方、ＤＤｏＳ攻撃の直後、中国国内では孫悟空Ⅱが販売された。アラジンの１／３程度の格安価格だ。

先月の世の不評に応える改良版としてで、表向き「政府・共産党への忠誠度評価機能は非搭載」とされている。全国民の誰もが忠誠度が高いはずがなく、この機能は管理する役人側にも不都合で外さねば役人自身が使えなかったに違いない。

しかし、アラジンのウワサは浸透しており、特に、中国は日本以上の超高齢化社会であるので、介護費用を抑えるためにも自立する老人を増やすべく脳波型ＡＩエージェントが求められたが故の、機能限定版発売かもしれない。

いずれ試してみよう。

◆八月一三日、岡安教授の要請

このような状況下、例の岡安教授から会いたいと連絡があり、できれば麗華にも来て欲しいということで、二人で出向いた。

天神エルガーラホールで待ち合わせしたが、そこから岡安教授に導かれて、薬院とは反対方向に歩いて四、五分の春吉町方向に移動した。

ここらは古い町並みで、木造家屋が主体だ。昔からの町割りらしい道路が碁盤の目のように走ってはいるが、大型自動車は通れない。大通りの国体道路から寺町通りに入り、さらに左に曲がって小さめの道路を東の中洲方向に歩いて行く。両側にはこじんまりとした居心地の良さそうな飲食店が並んでいるが、昼間なのでどこもがしまっている。夜の街だということが一目瞭然。かといって中洲のようなキャバレーやクラブなどの華やかさはなく、若いサラリーマンの味方、という雰囲気だ。

ほどよく歩いたところで右に小さな路地があり。そこに岡安さんは入っていく。両側は木造二階建ての家が連なっているが、家々は隣の家屋と壁を共有した造りであるので、長屋というべきなのかな。それぞれ居酒屋やバー、カフェバー、焼き鳥屋、などとなっているが、三〇メートル程行った先は行き止まりだった。その行き止まりの家屋の右奥は和風バーと提灯《ちょうちん》が出ていて、岡安さんがカギを取り出してそこの扉を開けて、皆で入店。

ちょっとむっとしてて暑い。

岡安さんは慣れた動きで空調をオンにすると同時に冷蔵庫を開けている。

「暑かからねぇ、ビール飲みまっしぇんか?」

と、思わぬ投げかけ。僕は、

「はい、いただきます」と答えたが、麗華が首を振るのを見て、

「麗華しゃんは、ウーロン茶やね」と言いながら、コップとビール瓶とウーロン茶紙パックを机に出してきた。

その机を三人で囲むように座って、先ずは、冷たいそれぞれを味わう。ビールがよく冷えていて美味しい。そうこうしているうちに、少しずつ汗が引くようで落ち着いてきた。

岡安さんは、一人手酌でビールをつぎ足して飲んでいる。

「ここやと、人ん目も届かんし、毎日チェックしとーけん盗聴もなかろーし安心なんよ」

と言う。更に、

「今や中国ん圧力がすごかね」

「ええ、日本が確実に攻撃されていると僕は感じますよね」

「実は、そうなんよ。麗華のおじさんの欧洋《オウヤン》さんと、その牧場オーナーの董路《ドンルー》さんと秘密にいろいろと話し合ってるんやけど、お二人に相談ちいうか、協力ばお願いしたいとよ。

欧洋《オウヤン》さんは、麗華さんとタケルさんは信用していいと言ってるけん、以下ば秘密で御願いします。

麗華さんは、董路《ドンルー》さんが、中国国内でグレート・ファイアーウォールを通過するツールば内緒で取り扱っている仲間であるちいうことはおぼろげながら知っとぅよね」

「ええ、ハッキリとは聞いとらんばってん、多分、そうやろうと想像しとぅ」

「仲間というか、多分、黒幕たい。彼は、今、たいそう中国んことば心配しとーし、九州んことも第二ん故郷として本当に心配しとるんやなあ」

僕は黙って、説明を待つ。

「……日本からではよくわからんばってんか、中国はいろんな層が不満満載でちょっとつつけばあちこちで暴発してしまいそうな状況やて言いよるんよ。こげなこつ、いつもあるようなことやけど、今回は二つほど特徴があるとよ。

一つは、軍部が不満を持っていることが大きいみたいやね。

最近ん軍制改革で大規模なリストラが行われたけん、その時に腐敗一掃と称して軍人が持つ様々な権利ば大胆に切り捨てとるとよ。

だから、大量の退役軍人が出とって、元軍人としての社会の優先権である有料施設を無料で使うとか、優先利用とかの特権も消えてしもうて収入も待遇も落ちとと－。だから、元軍人のデモがすごかばい。

元軍人やけん一般のデモと違ってたいへんな迫力らしかね。それが時折一万人規模になるんげな。それを抑えるとに現役の軍隊を数万人投入しとるとげな。たこがたこの足を食べるような案配なんよね。

政府は、元軍人はものすごか人数やけん、彼らの行動が反乱やクーデターに繋がらんごつ、軍上層部を忠誠心のある親しい人達に強制的に入れ替えとるとげな。それが更に既存軍人達に不満ば生じさせる、ということになって不満を増大させてるみたいやね」

「なんだか、怖い話ですね」

「いや、その先が本当に怖いとよ。退役軍人や軍の不満を抑えるためには、他の国と戦争するしかなか、と考えとる上層部達がだんだん力ば持ってきよるらしい。彼らん気持ちは、台湾ば強烈に軍隊を動かして脅かして二つのグループに分割した二匹目のドジョウよろしく、九州ば攻めて同じようにしよう、と秘密裏なんやけど、かなり真剣に議論されとるごたるとよ」

「え、ホントですか、ちょっと想像がつかない」

「彼らは、日本人は平和ボケやけん、武力で攻められたっちゃ、それば本物と理解しぇんちゃろう、と、言いよーらしいが、確かにそん通りやて思うな。君もうちもなかなか想像できん」

岡安さんは、ビールを僕のグラスについで、自分にはもう一本冷蔵庫から出してきて手酌している。

「沖縄は即座に本気になれるアメリカ軍が駐留するけん、あまり直接ん刺激は難しか。九州にもアメリカ軍がおるばってん、戦争ば本気に考えん日本人が沖縄に比べて多かね。そこで、尖閣諸島んごと越境して圧力ばかけ続けたら、尖閣諸島と違うて自衛隊ん警備艇か警察の巡視船が、国境内やけんいうて、不注意になんらかの反応ばするんじゃないやろか」

グイッと一気にグラスを空けて、

「それば起こしさえすりゃ『先に日本がしかけてきた』ち言うて、それを理由にして武力行使ばできるんやなかか、ちゅう話らしい」

「それは子供がけんかを仕掛けるやり方みたいなもんですね」

「最悪、武力行使できんだっちゃ、軍ん越境圧力ん中で、サイバー攻撃とか様々なプロパガンダで九州の西半分でも擬似的に中華帝国化できれば、軍の手柄として彼らの鬱憤を晴らすことができるんやなかか、という発想でやね、その準備ばしとーらしい」

「すごい、どうしたらいいんだろう」

「それを憂慮する一人が、董路《ドンルー》さんなんやね。なんとかしたいと麗華さんのおじさんとか私たちとかに密《ひそ》かに相談があっとったんや」

「それと、非力な僕達がどういう関係が出てくるのですか？」

「麗華さんは、アラジンの広告塔んような存在やし、タケルさんはそん開発者ん一人ばいね」

岡安教授は少しばかり身を乗り出すようにして、

「で、アラジンとインドん衛星と、そこにできとぅＭａｇｉｃ Ｃａｒｐｅｔで中国んグレート・ファイアーウォールば超えたコミュニケーションができとーよね」

「ええ、けっこう盛り上がってますよ」

「あれで、中国在住ん中国人と日本在住ん日本人がそれらば話し合い、民間のコミュニケーションパワーで防げんちゃろうか？　と、考えとーったい。先ずはその相談やね」

麗華は、

「ええ、それは当たっとーて思う。中国の人達は一人一人は優しか人が多うて、誰も戦争なんて望まんて思う。やけん、日本と中国が誤解の無かごとコミュニケーションば深めるツールやチャンスを用意することは大事やなかかしら？」

僕も、同意する。で、岡安さんは、

「そこでお願いなんやが、新バージョンのアラジンⅡば大量に仕入れて中国に送りたか。そして、そん利用が楽しかモノやと、麗華さんには中国語ん説明ば用意して欲しかばい。あ、もちろん麗華さんの素性がわからんごとしてだけど。そして、タケルさんには、アラジンⅡん仕入れに関して株式会社センシティブさんに秘密裏に掛け合うて欲しかばい」

岡安教授の説明が続く。

「もう一つん不満ん特徴は、『北京に対して上海が不満ば持っとー』ちゅうことなんや。上海は商業都市ちゅうかニューヨーク風で、北京はワシントン風ん政治都市ばいね。上海は、そん政治的なもんば押しつけらるーと商売がやりにくうてしょうがなかし、上海ん上層部ん金持ちは、ハーバードとかアメリカん民主主義ば謳歌して育った人達なんで、北京ん上からおっかぶしぇるような自由ば規制する党ん独裁が嫌でたまらんちゃね。どうもそこが今回ん特徴ん一つなんで、どうせなら、そこばあおったっちゃよかやなかか、ちゅうのが董路《ドンルー》さんの考えなんよ」

僕が聞く。

「それも僕達とどう関係するのかしらね？」

「ああ、そんアラジンⅡん中国販売なんやが、そげなことで上海に集中的に投下したかばい。そこば頭に入れて協力して欲しか、ちゅうことなんや」

麗華と僕は、思念で互いにうなずきあいながら、

【(麗華へ) これを君が応援して、中国人として立場がわるくならないかい？】

【(麗華から) 上海やったら、なんかなし土地勘があるような感じで大丈夫そうやけど、おじさんや家族に一言相談してからになりそうね。ばってん、少のうてもタケルの応援はできる】

「岡安さん、わかりました。麗華のことは欧洋《オウヤン》さん達に一度、麗華自身が相談することになりそ

うですが、僕の方はかまいません。後で、急ぎ朝倉社長に相談入れてみますね」

岡安教授の話は以上が主体であったが、最近のデマ攻撃のひどさや個人スコアリングの情報漏洩のことなど、互いに愚痴気味に近況を話し合いつつ、別れた。

ビールは冷たくて美味しかったのだが、心配事が増えた感じで最後は味がわからなくなってしまった。

⑪混乱への対応、対策

◆岡安教授に応えて

早速、朝倉社長に相談。

一週間ほどあれば出荷開始できるとのことだが、せっかくなので、麗華にも加わってもらい中国人女性が好むであろうデザインを検討した。

アラジンⅡは、麗華の発案でもあったが、そのままでも使えるし、身に付けるアクセサリーの素材として考えて自ら加工するのが楽しい、という風潮づくりを狙っていることは先に説明した通りだ。

そこで中国向けに、新たに色としては、昨今中国の富裕層に好まれている黒とかゴールドの二種類、形は、腕輪型とネックレス型、ペンダント型を主体にしている。加工例として腕輪を素材バンドとして利用しその表面に小さな宝石や光り物をブーケのようにちりばめたものや、ネックレスを自分の好みのスカーフで包んでスカーフネックレスとして利用する、などの事例紹介をしていて、きっと若い女性には楽しいのだろうな。

男性向けは、オーソドックスにペンダント利用や腕時計バンド、健康ブレスレット等が多いかな。

それらは、中国国内での利用を当局から発見されないような仕組みとして歓迎されるだろう。

日本を除く世界がニューデリー・オリンピックムードでいっぱいになる中、八月の半ば、第一陣の荷物を九州内で董路《ドンルー》さんの指定する場所に届けたが、後はどうやってそれらを中国国内に持ち込みどのように販売されているのか、僕らにはわからないまま。

しかし、確実にクチコミで広がっているようだ。ネットでは隠語として「アクセサリーランプあります」等と書かれているとのこと。

ほどなく、Ｍａｇｉｃ Ｃａｒｐｅｔに上海からだと名乗る人達が新たに登場し始めた。

麗華や麗華の友達が歓迎するように受け止めていったので、Ｍａｇｉｃ Ｃａｒｐｅｔ内に〝上海洞穴〟という専用コーナーが立ち上がり、参加者が多くなっていく。

何しろ、上海と九州はとても近いので、九州人の上海洞穴参加もそれなりにあって、国境を越えて大いにネアカに盛り上がっていった。

麗華の沙拉报纸《シャーラーボウチ》「サラダ新聞」のレポート内容は、その交流情報を参考にしていくことで、上海からの視聴数がとても多くなってきた。アラジンやＭａｇｉｃ Ｃａｒｐｅｔのことは一切伏せてはいるが。

そうやってコミュニケーションが盛んになると、実際に会いたくなるのはいつの時代にもかかわらない。

元々中国からやってくる九州来客の母数が大きいので目立たないが、それでもなんとなく上海客の九州訪問がそれとなく多くなっているように思ってしまう。サイバー攻撃騒動がなかったら、きっともっとお互いが楽しめたに違いない。

安岡教授や麗華のおじさん、董路《ドンルー》さんの狙いの第一歩、互いの国民のマエムキの交流が動き始めたのじゃないだろうか。

それにしても、岡安教授とは、デマ攻撃とスコアリングデータ破壊のことが気になって、アラジン出荷の連絡を入れる都度、何度となく話題に上った。
そこで、ある時、ジニーと協議をしてみた。
デマ構成というか、フェイクニュースの情報氾濫を防ぐのは、ある意味簡単だが、ある意味難しい。ジニー曰く、
《ネットの中にある情報が本当か嘘かを判別する仕組みは昔からあります》
《昔って?》
《一二〇年ほど前にアメリカでラジオ番組が元で火星人の襲来デマが起こりました。そして、それを信じた人達が大勢逃げ出そうとして大パニックになったことがありました。その頃はまだネットワークが無くて判別する仕組みの構築は難しく、ほとんど新聞や放送メディアに頼る真偽判別しかなかったと思います》

そりゃそうだろうと思う。
《そしてインターネットが当たり前になった今から五〇年程前ですが、アメリカ大統領選挙の時に、たくさんのねつ造ニュースが流され、それを元にして更にフェイクニュースが産みだされ、選挙そのものや政治そのものに大きく影響を与えてしまいましたね。そのようなことから、当時、インターネット利用者を前提に、いろんな対策が試みられて、情報が嘘か本当かを見極められる技術が出始めてきました》
《具体的に使われてて効果的なモノはあるのかい？》
《簡単に言えば、その情報を「真偽判別ステーション」に問い合わせると、その情報の元となる情報を、全ネットコンテンツ内をたどって調べていき、その元情報を前提に、ホワイト、グレー、ブラックの三段階で判別してくれる仕組みです。
ホワイトは真実であるし、ブラックが嘘です。グレーは真実であることが確認できなかった、とされます。
ただ、情報は、複数の個別情報を組み合わせて構成されることが一般的なので、例えば、情報が文章の場合、単文毎に真偽が判別されますので、まだらのようなグレー表示なども出てきます。
効果的かどうか、なのですが、利用者が真偽判別ステーションに問い合わせなければ判別できなかったことから、少し非効率と言えます》
《問い合わせなくてすむ方法はないだろうか？》
《三〇年ほど前、台湾が中国から三つの直轄市を分離される前ですが、中国がかなりの量でデマ情報を拡散させて台湾国内を混乱させました。その時は、ハッキリと中国が発信源として特定できてますので、台湾当局の指導で、クチコミ情報を扱うメディアを含めて各情報メディアは、自らの発信する情報を中国寄りかどうか自己判別し、その度合いを一〇点満点で採点して情報に強制的に点数を付け加え表示していきました。そういう方法もありました》

《なるほど。では、こういうことができるかい？　ジニーやアラジンのグループで、個別の情報の真偽を調べる仕組みを作っておく。「アラジン真偽ステーション」だ。そして、人間がアラジンを通して情報を見る場合は、アラジン真偽ステーションで調べた点数を強制的につけて提供する。利用者は、それで自然にデマに惑うことがないような環境を受け入れていく》

《できます。全アラジンに真偽ステーションに参加し、判別を分担し合って学習データをつくりあい、いわばアラジン全体が真偽データベースとして機能するようにします。そのようにしますか？》

ジニーの声に面白がっているようなニュアンスを感じてしまう。

《わかった。準備だけ進めておいてくれ。実際に実施するのは、尾形さんと朝倉さんに相談してからだね》

さっそく、アラジンの製品としての責任を持つ、尾形さん、朝倉社長に相談してみた。

尾形さんは、少し時間をくれ、と言い、半日ほど過ぎて返事があった。

「どのくらいの負荷になるか計算してみたのだが、当初は少し負荷がありそうだが、データベースが溜まるに従って楽になるようなので、大丈夫だろう。やってみてはどう？」

朝倉社長からは、

「日本全体で見れば、アラジン利用者数はまだまだ少ないと思うけど、少なくともデマに惑わされない人達がいれば、社会の安定化に寄与できるわね。ある意味、社会貢献的でもあって、アラジンらしいこととしてアピールできるのじゃないかな。やりましょう！」

と、賛同を得た。

そこで、ジニーにその旨指示し、ジニー経由で全アラジンのバージョンアップを行っていった。実際に〝アラジン真偽サービス〟が提供されるのは一週間ぐらい後になりそうだった。

そのことを岡安教授に話したところ、

「そりゃよか、少しでも改善が行わるーんな、大進歩や。デマに負けんぞ、多分そりゃ中国なんやろうが、中国に負けんぞ！　って意思表示だ」

「ええ、アラジンの考え方を作った会話学習データは、中央集権に対するカウンターカルチャー的なところがあったようですから、これもその一環のようですね、中国圧力に対するカウンターカルチャーの一つ！」

岡安さんは、

「そりゃ面白か、東京でのうて九州であるからっちゅう、中央やないけん出た発想、特質かもね。気に入ったねぇ」

と喜んでいる。

更に、

「ついでにあん個人スコアリングん破壊んことはどげんやろうか?」

僕は、

「そこはあまり検討してないのですが、ウワサによると、個人スコアが消えてくれてホッとしている人が結構いるらしいですね」

「ああ、メディアにもそげなことが載っとー。一度でも借金返済が滞ると、記録として残ってしまい、修正んしようがなかけんねぇ」

更に、ちょと面白そうに、

「スコアが元々良か人は困らんちゃろうが、マイナスん記録がある人には消えてよかやんか、ちゅう話やなあ」

「ええ、そこを、サイバー攻撃でなくしてくれたんで、ある意味、サイバー攻撃特赦になっているんではないか?　って思いますよね。だから、あまり無理して復帰しなくてもいいのではないか、って個人的には思ってしまうのは、ちょっと勝手すぎますかねぇ?」

「そうやなあ……、もう少し様子ば見てみようか。全銀協そのものが自ら考えることなんで、我々が口だしするんもヘンだしねぇ」

等と話し合った。

◆八月二〇日、国会特別委員会

しかし、西九州銀行の騒ぎはよりひっ迫した、待ったなしの緊急問題だ。

国会で特別委員会が急遽開かれるようになり、なんと、朝倉社長と僕が参考人として呼ばれた。

特別委員会の名前は、「サイバー防衛特別委員会」で三五人で構成されていると聞いたが、委員長は高杉龍三代議士だった。

特別委員会は、馬蹄形の座席構成の中央に委員長が座り、右側に最大会派、左側に第二会派以下が陣取っている。委員長の向かい側に答弁者席があって、サイバーセキュリティ庁の長官などが座っているが、その端っこに、朝倉社長、そのお供のような雰囲気で僕が座った。

ということで、委員長席の高杉代議士からは離れているが、入室して目が合ったと同時に、

【(高杉さんから、朝倉さん・僕へ) やぁ、今日はお疲れ様。気を楽にしてね】

【(朝倉社長) そうはいっても緊張しますね。何を話せばいいのか心配しつつです】

【(高杉さん) 今回のお二人のことは、私の左側、野党からの要求なんですが、彼らの何人かは中国こそ素晴らしい、と、本当に思っているのがいるので、その点注意してね。でも大丈夫、こちらから応援するから】

そこで内輪挨拶の時間切れ、いきなり本番になってしまった。小心者の僕は落ち着かない。

野党席、華山博明議員からの最初の質問は、

「中国の走走高《ゾウゾウガオ》ＡＩ電子社の言い分は本当ではないのか？」と、

「株式会社センシティブ社は本当に特許や著作権を侵害してないのか？」

ということだった。なんと、あれを正しいと思っているのかな？

サイバーセキュリティ庁の周防遼一長官が答弁する。

「多分、議員もある程度おわかりと思うが、何をもって訴えてきているかわからない、走走高《ゾウゾウガオ》社や中国政府に問い合わせしているところだが回答が来ない状況です」

華山議員、

「彼らが回答をよこさなくても、訴えられている側には心当たりがあるんではないですか？　今日はそのメーカーさんにおいでいただいているので、ぜひ、そこらをお聞きしたい」

高杉委員長、

「株式会社センシティブの朝倉社長、お答え下さい。ああ、その際、御社と走走高《ゾウゾウガオ》社との過去のやりとりを時系列に紹介して下さい」

朝倉社長、

「朝倉と申します。先ほど、周防長官がお答えしましたように、何を根拠に著作権侵害、特許権侵害と言っているのか、私どもには心当たりがなく、問い合わせても返答がなく、わからない状態が続いています」

一呼吸置いて、

「そもそも、弊社が、先方の指摘するゲートウェイ型、あるいは思念型ＡＩエージェントを発売開始したのは、今年の三月二一日でした。その後順調に利用者が拡大し、中国インバウンド客が中国国内に持ち帰ったりして中国内で利用者が拡大し始めたのですが、そういったことからでしょうか、五月の半ば過ぎから六月中旬頃、中国企業の数社から下請け申し込み、あるいは、中国国内でのライセンス制作と販売の申し込みがありまして、走走高社《ゾウゾウガオ》はそのウチの一社でした」

聞いている人が理解するのを待つようにして話を進めている。さすが朝倉社長、落ち着いている。

「しかし、ご存知の通り、走走高社《ゾウゾウガオ》は、六月下旬に弊社のアラジンに似た孫悟空という製品を販売開始しました。後から発売となった孫悟空は、先に販売しているアラジンのパッケージをそっくり真似ていることから、少なくとも我々が先方を真似る、ということはございません」

感情を込めず、事実を淡々と述べる口調だ。

「そうこうするうちに、八月二日、先方より著作権特許権侵害の訴えを一般に公開してアピールを開始した、というような経緯です」

華山議員、

「ということは同じような製品を共に開発したということで、販売開始したのは御社が先であっても、彼らが販売を開始はしてない時期ではあるが、先願主義で先に特許庁に申請していた、ということではないですか？」

朝倉社長、

「はい、我々も気になり、調べましたが、そもそも、走走高社《ゾウゾウガオ》が日本の特許庁に申請しているモノは一件も見つけられませんでした。中国国内のこともあるかもしれませんが、これは探すのが容易ではありませんで、結局は走走高社《ゾウゾウガオ》から直接に訴え内容を教えてもらうことが一番の早道だと思っております」

華山議員、

「お隣に座っておられる磐井さん、アラジンの中核部分を開発されたということですが、そもそもアラジンと孫悟空はどのように違いがあるのか？　あるいはどこが同じなのですか？」

僕は、どぎまぎしながらで、朝倉社長と異なるのは見え見えだが、高杉委員長から指名され答弁する。

「えーと、基本的に、ＡＩで脳波を読み取ることと、それをＡＩへの問い合わせとして利用する、という点は同じだと思います。孫悟空の品物を見ましたが、同じ日立のクアンタム・チップを利用している点も同じでしたが、多分、それを動かすプログラムが異なると思います」

僕は慌てて付け加えるように、

「あっ、あー、それと、アラジンは、私の開発と言うよりも、株式会社センシティブさんの技術者が月京都市で新しいクアンタム・チップを開発しており、日立のクアンタム・チップに上乗せ的にはめ込んでいて、それによって出来上がる新しいロジックを使っている点が大きく異なると思いますが、その新しいチップは孫悟空には搭載されていませんでした」

高杉委員長、

「アラジンは、六月四日以降、中国で利用禁止になっていますよね。孫悟空は利用禁止になっていないようですが、その理由として思い当たることはありますか？」

　僕が応える。

「正確な理由はわかりませんが、私どもが伝え聞くことをつなげると、アラジン利用者で同じ考えを共有する人達が一緒になってデモ行進を行ったことが当局に問題視されて、利用禁止になったのだろうとのことです」

　高杉委員長、

「六月四日の天安門に関するデモに使われたことですね。孫悟空だって同じようになるのではないですか？」

「ええ、その通りなんですが、孫悟空は六月下旬の発売なので、六月四日には無関係です。では、同じように利用者が使うか？　となりますが。孫悟空は、脳波を読み取るときに政府の考えに反していないか、を、チェックして、それを個人信用のスコアリングに反映させる仕組みを持っているんで、国民の皆さんは、思想チェックのように感じて使われなくなった、と、聞いています」

　野党席から、新たに猿渡友貴議員が、僕の答弁を遮るように、

「委員長～！　それは参考人の憶測にしか過ぎないでしょう。中国側は、我々のモノが本物だ、アラジンは偽物だ、と、言っている以上、その線上で話を進めるべきだ。それが理由となって日本中でサイバー攻撃を受けているんだろう。とにかく急いで非を認めて騒ぎを収めるべきだ！」

　こうなると、理屈ではないように思う。日本人を信用してよ、と言いたくなるが参考人の立場

では意見を言えない。

猿渡議員が、更に続ける。

「おかげで、銀行は倒産危機の憂き目に遭うし、銀行が倒産したらどれだけの中小企業が困ると思うんだ、長官、急ぎ中国に和解申し込みを考えたらどうだ」

周防長官は、

「本件は、中国が行ったとは断定されていませんし、中国当局からも何も発表されておりません。従って、委員のおっしゃることは、現状、判断する事項には当たらないと思っております」

というような話で、議事が進展するに従い、感情的なヒートアップが見えはじめる。

ある意味、中国寄りの議員と、そうでない議員がはっきりするような感じでもある。

また、地方銀行の危機に関する救済策に関して、与党から財務大臣への質疑が行われるなど、僕らの技術には関係ない部分も含めて、国を騒がすサイバー騒動全般に関する討議がなされていった。

さすが国会だ、というべきなのだろうか？

◆八月中旬〜、中国資本が土地を次々と
それにしても、オリンピックで世界が盛り上がる八月中旬、サイバー騒動の真っ最中なのだけれど、中国からの来客は衰えていないようだ。

しかし、来客行動を見ると、西九州銀行の電子コイン・サイバー盗難被害による経済不安をチャンスとして訪日しているのではないか？　そう思える人達が目立ってきた。

ここぞとばかり、中国資本による土地購入や様々な資産購入の噂があちこちで聞かれてきている。

銀行自体が不安定になり、銀行が顧客の金融資産をしっかりサポートできないため、中小企業の緊急の資金需要を見透かすかのような行動だ。例えば、大きな紙袋、あるいはキャリー付きトラベルバッグにぎっしり札束を詰めて土地や資産の現金買いが、主に九州西側で起こっているようだ。

同時に売る側からも、ブルーキャット社に土地紹介の３Ｄコンテンツ作成と、その中国向けのＰＲ中継の依頼が、今がチャンスとばかりやってきている。

なんと、そのブルーキャット社自体に対して、「沙拉报纸《シャーラーボウチ》『サラダ新聞』の九州ステーションの運営権を持っている」ということで「会社をまるごと買いたい」と人が訪ねてきたそうだ。九州と中国を橋渡しする企業は価値が高いとみられたのかな、お断りしたそうだが。

中国人の土地購入は古くからあり、特に沖縄への投資的なアプローチが多い。昨今は、麗華のおじさんが支配人をしている久住の観光農園など、九州内にもよくみられる。

何しろ、中国では総ての土地が国のものであり、土地購入ではなく七〇年期限の土地使用権を買うしかないが、日本は、買えば永久に個人のものになる。かつ、中国と違って価格暴落などがあまり無い安全資産のため魅力的な投資として人気がある。

更に、日本の永住資格は、正規の在留資格をもって一〇年経てば取得できるので、中国特有の戸籍問題もなく、中国に比べて安全で安心だ。社会福祉も、子供の教育環境も整っているので、移住を考えての土地購入が主体に見える。

一方、日本側は、中国人は、排他的な中国社会を作りがち、かつ、法律を守る意識が薄く法を欺いて力強く生きていくのが当たり前のようなところや、金銭的損得を重視し過ぎである、など、日本社会を壊す要因でもあるため賛否が分かれている。

国土の重要な水源地域の購入や、日本人には不人気の自衛隊基地の隣接地を購入されたり、と、国民の安全保障上の理由から中国人を含む外国人の土地購入に歯止めをかけよう、と、昔から国会で議論されたりしているが、進まない。現状は単に所有者の変更を役所に届ければよいだけ。これも何か裏があるのだろうか？

そういう一般的な風潮が吹っ飛ぶような、短期間の集中買い付け、現金買いの噂が西九州側でみられる。国粋右翼は「日本が買われて、戦争のないまま占領されている」と騒ぎ立てるほどだ。

確かに、既存日本人オーナーは、周囲が中国人の保有だらけになると、将来の周辺環境に不安を感じるし、街や地域の一体的開発の同意を得難くなるだろうと思うだろう。そこで、現金で即購入者がいる今のうちに売って他地域へ移転を考える、などで、ますます中国人オーナーが集積する土地エリアが浮かび上がってきつつある。

いや、度を越えたような手あたり次第の購入に見えてしまう。購入対象が資金繰りに窮する観光関係のレジャー施設やホテル・旅館、近年人口減少で空き家が多い処、等、個々の売買は正常で法の範囲内であるが、マクロで考えると何か、あるいは誰かの意思があるのではないか？　一般人であってもそう勘ぐりたくなるし、国会で例のサイバー防衛特別委員会で議題として緊急に議論されるに至った。

その特別委員会、今回は、与党側からの問題提起であり「外国人の土地購入は国が最終的に拒否権を持つ」とする案が提示されているが、ある野党議員は、

「売らなければ企業倒産など、生活困窮者を生み出しかねない人たちがいるではないか。そういう人達を国が救済できないなら、買ってくれる方々はエンジェル投資家として歓迎すべきだ」

とか、更には、

「買っているのが中国人投資家であるなら、例の一帯一路に日本が参加する良いチャンスではないか。あわよくば、一帯一路の東端スタート地点が日本、ということになり、これを国策として推進すべきだ」

と、議論する議員まで出てきている。あるメディアは、そうだそうだ、と、はやし立てている。

折りも折り、長崎県離島近辺や鹿児島県沖に、中国漁船の侵入が過去最大に急激に増してきているとも注目され、そこに注視している与党議員からの質問に岩屋防衛大臣が、

「自衛隊隣接地が他国の人の所有になると、防衛関係の国家機密に不安が広がる。更には、基地内の防衛設備増強や運用で、地域住民の同意を得ることが難しくなりかねない」

と答弁すると、それらのメディアでは、

「周辺が中国人の所有地になれば、少なくとも、中国軍はその中国人を人質にとられた、と、判断して攻めてこなくなるだろう、だから歓迎だ」

等と、ネットや映像ニュース内で吹聴している。

それを目にした右翼っぽい団体は、所在がハッキリするそれらメディア事務所に街頭宣伝車で押しかけて大音響で抗議する、など、目に見えないサイバー戦と言われていたのに、これじゃ広報型市街戦ではないか？　と、言いたくなってくる。

◆八月最終日、物理的な事故、災害発生

そして、八月の最終日、本当に市街戦だ、と、思うようなことが起きてきた。

先ず、西九州の各地で自動運転車関連の事故が連続発生した。

個人車だけでなく、バス、貨物車など、自動運転となっている車両が運行停止や事故を起こしている。

更には、人間社会で働いているロボットのいくつかが誤作動を起こし、農場や工場で事故が起こり始めた。ひどいところではその結果、火災や建屋や設備の大破損が発生しているようだが、そこに駆けつけようとする救難車や消防車、レスキュー車の到着の遅延がひどく、事故を大きくしてしまっている。一日経っても、二日経っても収まらない。

その後、そこに住む人達から域外へ発信してくる内容がどうも常識外のように思えるし、日本語はしっかりわかるが、言っている内容の意味が理解できない感じで、地域全体がおかしい。

どうしたことか、と、外部から調べに行った警察やメディアはそのエリアに入るといわば五里霧中状態で、結果としてそのエリアが掌握できない、管轄できないエリアとなって、過去に経験のない不安あるいは恐怖を感じさせた。

しかし、そのエリアから無事抜け出して来ているものがいることから、物理的な障壁はないし、疫病が発生した、ということでもない。

ネット接続に障害があるのか？　と、思うが、外から見る限り、見た目は大きな異常は感じられないが、リアルな具体的な接触、アプローチ、交流、となるとスムーズにことが運ばない。

なんと、アラジン利用者同士の思念通話もコンタクトはできるが、互いの意思が思うようにわかりあえないようだ。

ジニーにそのエリアのことを尋ねても、【異常ありません】と返事が来る。

福岡市内の一緒に仕事をする技術仲間達と意見交換するが、皆、首をかしげる。麗華も心配なのか、不安なのか、やってきた。

しかし、しばらく経って、ジニーから、

《タケル、先ほど「異常ありません」と報告しましたが、西九州エリアに対して、そのエリア以外の方々が接触した結果の情報を収集していくと、何らかの異常が発生していることは間違いないようです。しかし、我々アラジンや人工知能達はそれを「異常なし」と考えており、そこが異常です》更に続けて、

《つまり、『異常事態が発生しているのに、ＡＩの類が異常なしと判断していることが異常』です》

と言う。

そこに、高杉代議士からジニーを使って音声での通話申し込みがあった。

「タケルさん、今ここには数人の国会議員が集まってるんだ。皆、サイバー防衛特別委員会の人達で、君とは面識ある人達なんで安心して。それと、これはアラジンを経由しているから安全だろう？」

「はい、安全ですよ。どうしたのですか？」

「今起こっている西九州エリアのことなんだが、何か知っていることあるかい？」

「あー、なるほど。僕のところでも調べているのですが、今一歩わからない、ただ、ジニー、これは僕のアラジンの名前なんですが、ジニー曰く、『異常事態が発生しているのに、ＡＩの類が異常なしと判断していることが異常』だと言っているんです」

「うむ、そうなのか。結果的に、ＡＩがおかしいんだね」

「ただ、一種類のＡＩがおかしいのではなく、いろんな種類のＡＩが同時におかしいようなんで、これは現地に行って調べないとわからないのじゃないかな、と、思うんですよ」

「あ〜、実はそこをお願いしたくて連絡してるんだ」

高杉代議士は、同じようなことを思っていたようで、幾分、話しやすそうな声色を感じる。

「今回は、サイバー攻撃から始まってのことだし、アラジンでの真偽システムの構築など、君にはいろいろと助けてもらっていてありがたいと思っている。そして、君は我々に比べて専門家だし、西九州に近い処に住んでいるんで、至急調べに行ってもらえないだろうか？　サイバー防衛特別委員会の人達も、見知っている君が調べてくれるのが一番頼りになる、と、言うんだ」

「それは僕を高く買いかぶっているかもですよ。でも、僕の知識レベルで役立つかどうかわかりませんが、調べに行くことは全然問題ないし、喜んでお手伝いします」

「では、ぜひとも、そして申し訳ないが、急いで調べに行ってもらえないだろうか？」

◆九月二日、現地調査

ということで、麗華を伴って、出かけることとした。

ジニーが現時点で多分正常だ、と、掌握できているのは、九州新幹線沿いの、新幹線そのものが通っている地域までで、その新幹線から離れて東シナ海側に近づくほど事故数が多くなり、つまりは実態情報が不明瞭になっていると思われる、という。

候補地としては、五島列島が即座に思い浮かぶが、そこは船か飛行機でないと行けない。そこで、アプローチが簡単と思われる陸地沿いで行ける天草エリアに行ってみることにした。

自動運転無し、手動運転で福岡から四時間、熊本市から二時間の距離だ。

天草エリアは広い。近くの八代港は中国からのクルーズ船が停泊し、海を隔てた長崎県の島原半島、鹿児島県の出水市《いずみ》や阿久根市などの観光地の中心に位置し、一二〇あまりの島々で構成されている。

仕事でないならば、有明海沿いの気持ちの良いドライブが楽しめるのだが。

異常な状態を察知して三日目だが、天草五橋の一つ目、一号橋を過ぎた辺りから所々、カーナビがおかしい。目の前に現実にある旧一号橋（天門橋と呼ばれている）が地図では無いことになっている。新一号橋だけだ。それに旧一号橋道路沿いの観光名所である天門橋展望所も地図では無い。この場所は、新旧の橋を同時に左右に見られる写真スポットなのに。

二号橋、三号橋、四号橋、五号橋と上天草市に進む。

ここらは、青い海に小さな島々が浮かぶ素晴らしい景観で、イルカウォッチングの回遊船発着場や、海に面した素敵なオープンテラスのレストラン、かっこいいリゾートホテル、それも温泉付きが立地している等、多くの観光客を惹きつける場所だ。せっかく麗華が一緒だが、仕事優先。

自動車専用道路に入ると、時折、現実には無い道路がカーナビには表示されており、自動運転車がその無い道路に行こうとしたのだろうか、道路側面に頭から突っ込んで破損している。ところどころ焼け焦げた自動車があった。

あるいは自動車専用道路を出ると、交差点では出合い頭なのか、信号のミスなのか、複数の自動車が絡む事故が発生している。事故数が多いせいなのだろう、故障車両がそのまま放置の状態が見受けられる。それだけでも異様だ。

煙が立ち上る処があり、行ってみたら工場だった。火事があったようだが既に鎮火している。しかし、比較的新しい工場のようだ。その他、大きな煙は、大型の無人貨物専用自動運転車の火災事故現場であったりする。

複数の煙が立ち上っていること自体が不気味に感じる。

また、観光旅館やホテルなども非表示の施設もありで、検索しても出てこない。

その最中、僕にバーチャル３Ｄコンテンツの制作を発注しているブルーキャット社の藤野正嗣社長から音声通話が入ってきた。

「タケル、天草の方に行っているようだが間違いないかい？」

「ええ、国会の特別委員会から昨日、例のサイバー攻撃のせいなのか、西九州がおかしいので調べてくれって言われたんで」

「ちょうどいい。昨日の夕方、天草市の宝島観光協会から連絡があって、３Ｄの観光マップがおかしい、狂っている、と言うんだ。で、ウチの方で調べているんだが、こちらで調べている限りシステムは正常に動いているんだ。先方曰く、紹介する観光スポットが見えなかったり無いところに別の施設があったりで、コンテンツが壊れているんじゃないか？　って言うんだ」

藤野社長も高杉代議士同様、タイミングよいと感じている。

「調べに行ってみてもらえないか？」

「了解、行ってみますね」

天草市は熊本から見て上天草市を通り過ぎた三〇キロメートル程先にあり、「宝島観光協会」は天草市の観光をリードする組織として天草市の天草宝島国際交流会館ポルト内にある。一方、上天草市の観光協会は「天草四郎観光協会」という名前で混同しがちだが別組織だ。

しかし、上天草市や、海の向かい側の島原半島の南島原市と一体となって、それこそ天草四郎コンテンツなど、世界遺産に登録されている潜伏キリシタンの歴史景観を、自然景観と共に集客アピールにしている。僕にとっては、福岡に負けずに観光客を惹きつける美味しいお鮨屋さんが有る！　と、舌と胃袋が条件反射する場所だ。しかし、今日はお鮨にありつけそうにない。


この頃から、少しジニーの反応がおかしくなった。カーナビとは関係ないはずだが、ジニー内の地理を把握する部分がおかしいのだろうか？

宝島観光協会までの距離やかかる時間に関して倍以上のことだと判断しているようだ。いや、一定ではなく、少したつと極端に短く判断したりして一定しない。


どうやらバーチャル空間がおかしくなっている？

宝島観光協会の指定駐車場の本渡諏訪《ほんどすわ》神社境内に車を停めて、３Dコンタクトレンズで中央銀天街のアーケード内を歩いてみた。

確かにおかしい、目の前にあるレストランがコンタクトレンズ越しではレストランと認識されていない。レストランと表示されている処もあるが、開店しているのに「ただいま閉店中」と表示されている。

協会は、会館の一階にあり、観光客向けに自由に使えるコンピューターが設置されているし、日曜日であっても二階と三階のホールでイベントがあっているようで十数人がロビーに居る。また、スタジオで集会や習い事が行われているようで、数人の職員が出てきているが、例のトラブルで困った風の観光客の対応や、電話問合せ対応に追われているようだ。

その応対の隙間を待って気兼ねしながら、横山悟事務局長に面会を申し込み、更に待って会うことができた。

状況をお聞きしたが、

「ご覧の通りですよ、お客様はネットの情報がおかしい、と相談に来られるんですよ。それでパンフレット等の紙資料で説明しているのですが、ネットのことは『わかりません』とお応えするしかない。困ってますよ」と言う。

いろいろと聞いてみたが、今までわかっていたこと以上の情報はない。

僕は原因を探すべく少し過去のことを調べる必要性を感じて、

「昨今、変わったことありませんか？　一ヶ月ほど前、八月四日頃のサイバー攻撃騒動があった後でですが」

「うーん――、やはり、西九州銀行がたいへんだ、っていうんで、そこの取引先が大慌てだったよね。旅館やホテルなどが急に売られたりしたしね、大打撃だよ」

「具体的にはどこなんですか？　そこのコンテンツがどうなっているか、調べてみたいですね」

加えて、

「それとか、交通事故に遭われた方、知っておられますか？」

横山事務局長に、ホテルや観光施設で閉店されたとかオーナーが代わった処をいくつか教えてもらい、ついでに地元の警察署の交通課を紹介してもらった。

◆ビーコン嘘空間創出、ジニー異常に

まず、警察署に行ってみた。しかし、皆さん忙しくしており、とても話しかけられる状況ではない。

周囲には、同様に警察官の時間が空くのを待っている人たちがたむろしている。

もしやと思い、観光客っぽい中年の男女二人組に話しかけてみた。

「交通事故に遭われたのですか？」

「ええ、そうなんですよ、ビックリですよ」

「あのー、僕は、観光協会から依頼されて３Ｄコンテンツの異常を調べているんですが、その時の様子を教えてもらえませんか？」

「教えるも、教えないもないよ。自動運転だったからね。しいて言うなら、上天草に入ってから、カーナビに行き先を変えるよう指示したんだ。もしかしたらその時からおかしくなったのかもしれない」

ふむ、と、思い、もう二、三の方々にいくつか質問して、礼を言い、自分の車に戻ってみた。

今までは、自動運転を使わず、手動運転のままであるが、ここで自動運転で行き先を新しく指示してみた。

すると、ほんの少し従来より時間がかかったように思えるが、セットできたものの、周囲の施設情報がいくつか変更されている。つまり、無くなったり追加されたりと出てきている。

天草五橋を過ぎた辺りから少々おかしいと感じたカーナビ地図が、より明確におかしくなっていることの確認がとれた。

そうか、自動運転を指示する時には、リアルタイムで現在地から目的地までの情報が更新されるが、その更新情報がおかしくなっていると推測できる。

大昔は、カーナビ内にＤＶＤ等があって、そこから地図情報をストック情報として呼び込んで使っていて、その方式では問題ないのだろうが、昨今のシステムは、交通の安全性や正確性を考えてリアルタイムに呼び込み利用する情報部分が多くなっており、それがあだになっているのだろうか？

もし、そうだとしても、どうやったらそんなことができるのだろう？

オーナーが代わった、中国人がオーナーになったというホテルを訪ねてみた。

客室数は二〇部屋前後だろうか、海に面して、魚料理を売り物にしている。天草だし当然だろう。でも、中国の人は生魚が苦手だと思うけど。

見たところ、変なところはないし、３Ｄコンテンツ内容も正常だ。

「失礼ながらお尋ねします、観光協会から依頼されて３Ｄコンテンツの異常を調べているんですが……」

と、先ほどと同じように聞いてみた。

フロントの女性は、特に何もない、と答えるが、食い下がって、

「オーナーが代わられて新しくなったり、変更になったりしたこともありませんか？」

「そういえば、『これからは中国のお客さんを増やしたい』といって、ネット設備を中国から持ってきたものを付け足した、って聞いたけど」

当たりかも！

「見せてもらえますか？」

見せてもらったが、どうやら問い合わせ信号を受けると「それはここですよ」というような情報を発信するビーコン装置のようなものが追加されている。

麗華に、中国語表記部分を見てもらったところ、「仮想空間を連続的に生成してコンテンツ発信する」というような意味らしい。

ジニーに、
《リアルタイムに仮想空間を作るような装置ってあるのかな?》
《過去、中国の遊園地で一度使われたようですが、危険だということで即座に利用が取りやめになった記録があります》
《その装置がこの近くにたくさん設置されているってことはないだろうか?》
《……私の出す情報に確信が持てません。私がリアルタイムに、リアル空間を把握する能力に欠陥が見受けられ、判別能力に狂いが生じています》
僕はちょっと青ざめてしまった。麗華は僕が流す音声を横から聞いて、心配になり、自らのジャスミンに同じような質問をしたらしい。
「タケル、うちんジャスミンも同じこと言いよるとよ。結論に自信が持てんし、それらんあやふやな情報ば外に出すこと自体が危険ば誘発する可能性があって、外に出せん、判断できんって」
《ジニー、これはアラジン全体のことなんだろうか?》
《ジャスミンと私の反応を見ますに、この天草エリアに入って、リアル空間を参照とした時からその症状が出始めています。私もジャスミンも、タケルや麗華さんの脳波を読み取る部分は正常ですので、どうやら、このエリアの空間情報を取得した場合と取得してない場合に違いがありそうです。
従って、大部分のアラジンには影響ないと思われますが、たとえ遠くにいても、このエリアのリアルな情報を一度でもゲットしたアラジンは、今の私と同じように判断能力が欠けていると思

われます》
《ジニー、では、僕たちが一緒に天草を出れば問題は解消されるのかい？》
《わかりませんが、推測するに、判断するデータ、学習データが一部でも壊れてしまっていれば、たとえ小さな部分であっても全体に影響を与えてしまい、全体として信頼できない可能性が高いです。
それと、アラジンに比べて能力の低いＡＩで、同様にバーチャル空間とリアル空間を交錯させて動くタイプのモノは、ＡＩ全体が誤作動というか、正常に動かなくなるでしょう》

これはたいへんなことになった。

急ぎ、株式会社センシティブの尾形さん、朝倉さんを呼び出し、状況を説明し、一緒に考えてくれるように依頼した。

【（尾形さんが）うーん、考えてもみなかったサイバー攻撃だ】

【（朝倉さんが）これって、昔、ＡＩの初期のディープラーニング技術で言われてた、〝ピクセル（画素）攻撃〟に似ているわね】

【（僕が）なるほど。写真を見せてパンダと判断するはずが、写真の中の小さな点である一画素を効果的に抜くとか、他のモノを入れ込むとかすると、ＡＩは正常にパンダと判断できなくなる、ってものですね】

【（朝倉さんが）ええ。毒データＡＩ攻撃とかも言われてたわね。そのほか、ＡＩをだますいろ

んな方法が考えられたけど、それらを実空間に応用させたのは初めてではないかしら？】

【（尾形さんが）多分、タケルが発見したビーコンライクな装置が、その毒データを産み出しているんだろうね。もし、そうならリアル空間に嘘の空間を付け加えるのだから、それ相応の技術力やバックの組織がないと難しいだろうな。なんとか現物を一つ入手できないかな？】

もっともなことだ。

そこで、再度、観光協会に引き返し、横山事務局長に報告すると同時に、

「局長、もっと調べるためにその中国製らしい装置を入手したいのですが、どこか貸してくれるとこありませんかね？　何しろ、施設が中国人のオーナーになっているんで、勝手に取り外したり持って帰ったりして問題になってもいけないし」

すこし、間を置いて、事務局長は、

「ちょっと待ってくれ」

と言って、奥に引っ込んでいったが、しばらくして例の装置を持って出てきたので、びっくり。

「どうしたんですか？　それ」

「先日、中国の旅行会社だ、という人が来てね、『この装置を置くと、この地域の観光3Dコンテンツが中国人好みに集約されて自動で中国語で発信される。その結果として集客が高まる。だから置いて下さい』と言うんでね、受け取ったんだ。その旅行会社は宿泊予約などでけっこう実績がある会社なんでね。まだ使ってないが」

と言う。
では、しばらく貸して下さい、と、受け取る。ジニーに、
《この装置のスイッチをＯＮにして稼働させたら、バーチャルな３Ｄ空間が変化するかどうか、チェックできるかい？》
《私が今持っているバーチャル空間は既におかしい壊れたものですが、それが更に変化するか？ということですね？》
観光協会事務所の外部インターネットへ接続する機器ボックスにその措置を装着する準備を進めて、
《そうだよ、行くよ！》
ジニーが、
《……変化しました。この周辺の観光スポットがいくつか消えて、他の観光スポットが追加されました。大きなバイパス道路と思われるものが近くに現れました》
《そうか、やっぱり！　では、装置をオフにするよ》
と、元に戻したが、
《タケル、オフにしても、推測するに、既に私が持っているバーチャルな空間は現実とは異なってしまっているんですね。
そして、私が現実だと思っているが、実は壊れたバーチャル空間に対して、人間や様々な装置が時々刻々とライフ情報を発生させていて、それらの情報を累積させていきますので、時間を経

過するに従ってますます現実とかけ離れていきます。

例えば、道路が現実には有るのに無いとして、交通量をカウントしなかったり、同様に、現実にあるかどうか揺れ動く観光施設に対して何人来客があったか、など、まったく合致しない、嘘のデータの積み重ねになります。私達ＡＩは、ビッグデータを学習データとして使っているので、そのようなデータが嘘で累積されていくと、判断が間違ったものになります。

来客数などは簡単な例ですが、そのエリア内で話す人間の言葉なども我々には立派なビッグデータなんで、時間が経てば経つほど、間違ったビッグデータが累積され、私達がおかしくなります》

《怖いこと言わないでくれよ。ジニーが壊れたらたいへんなことだよ》

麗華が興奮して、

「うち、ジャスミンに話しかけられん生活なんて考えられん！」

ジニーは、

《既に、〝アラジン真偽サービス〟の稼働を停めました、どうしようもありません》

《ジニー、それは困った、どうしよう？》

《当面、私には、考えさせないようにして下さい、というか、リアル空間を調べなければならないようなテーマを与えないようにして下さい。

とりあえず、通信利用だけにする、と限ればいいでしょう。そして、急ぎ対策を考えて欲しいです。

ちなみに、判断部分で自己矛盾が重なってくると、安全を自動で図るフェールセーフ機能が働いて、私は無反応になります。もちろん、前に言ったとおり、脳波読み取り部分だけは閉じたロジックなのでそのまま動きます》

と、言う。

《わかった、絶対になんとかするからな、しっかり待っててくれよ》

僕は、「死ぬなよ、生きててくれよ」と言いそうになっていた。

既にこの数ヶ月間、ジニーはいつも一緒にいてくれている相棒であり、僕の個人プライバシーを唯一オープンにしている絶対無二の親友だ。機械ではなくて考えることができる生き物だ。それに僕よりクレバーだ。ジニーから返事がない、なんて、考えただけでぞっとしてしまう。

観光協会に引き返し、その装置を東京の株式会社センシティブの尾形さんに超特急で届くよう手配した。

ついでに、横山事務局長に相談して、もう一台、近くの土産店から装置を入手してもらった。

毒データ混入ということで、ひらめいて、交通事故が起こっている交差点を急ぎ調べてみた。あった、あった、交通標識におかしなステッカーが貼られている。

目立つモノではなく、子供のいたずらか落書きにしか見えないが、先ほどの朝倉社長の話で思い出した。昔のＡＩをだます〝攻撃ステッカー〟と呼ばれるものだろう。

このステッカーを貼って一緒にＡＩに見せると、本来の標識がわけがわからなくなったり、違うモノに見えたりするはずだ。

持ってきた道具箱から、壊れてもいいようなＡＩパソコンをひっぱり出してそれら交通標識を読ませてみたが、その通りだ。もちろん、ステッカーが貼っていないものは異常なく読み取れる。

それらを証拠映像としてまとめて、高杉代議士を呼び出した。

かいつまんで、高杉代議士に報告したら、委員長権限で緊急に、一時間後に「サイバー防衛特別委員会」を開催するので、そこで説明して欲しいという。

わかりました、として、今度は、ブルーキャット社の藤野社長にも報告。忙しい。

藤野社長には、対策は、多分、ブルーキャット社一社だけでは対応できないだろうから、サイバー防衛特別委員会に相談してみることを了解してもらった。

そうこうしているうちに、毒入りバーチャル空間は、交通事故の発生箇所から推察するに、徐々に広がっており、西九州エリアから南部九州と北部九州へと浸透していっているようで心配だ。

もう、オリンピックのことなど全く注意を向けられない状況だ。

◆サイバー防衛特別委員会の理事会

サイバー防衛特別委員会の少数の幹部となる理事会が、非公開・秘密会議で開催され、僕はネットから参考人として状況を報告。

尾形さん、朝倉社長にもいざとなれば補強していただくようにお願いしてだが。

委員の方々は、与党も野党も驚きをもって聞いていたが、概ね以下のことを気にしている。

一．被害はどの程度まで広がるのか？　あるいはどの時点で防げるのか？

二．対策、復旧は可能なのか？

三．どこがこのようなことを仕掛けているのか？

僕個人の考えだが、と、前置きし、

「被害の広がりは、表面的には自動運転車の交通事故が起こっている地域まで至っている、と、考えられますし、このバーチャル空間創造のビーコン装置が設置されている処もそうです。

また、そのビーコン装置は、中国人と思われる人物が購入した施設、あるいは、中国インバウンド旅行業者が活動する範囲で広がっていると考えられ、そこを押さえることが第一ではないかと思います。

そのような処は、残念ながら現時点では、人海戦術でクリアすることになると思います。

同様に、交通標識の攻撃ステッカーも、人海戦術対応です」

この報告に対して、交通標識はともかく、民間施設内に設置された装置を強制的に排除するために、至急、これが違法であること、かつ、しかるべき組織が強制撤去が可能な取り組みができること、を法として緊急に定めることとなった。

また、こういう時に備えて、自衛隊のサイバー防衛隊や警察のサイバー犯罪対策チームが組織されていることから、彼らをコンピューターの前から一時的に引き離し、現地で現場対応する警察官を指揮するよう、前線に立ってもらうこととなった。

それらは、対策の一部となるが、AIの復旧対策としては、AIの間違いデータを消去し、正常化させる専用のプログラム、いわば解毒剤を開発するしかないが、多分、多種類のAIであっても、元は同じコンテンツを利用しているので、そのコンテンツを解毒すればすむだろう、と、サイバーセキュリティ庁の専用チームで取り組むこととなった。

【(尾形さんから)アラジンに関しては、我々自身でやらないといけないだろう、既に社内スタッフに指示したよ】

とのこと。

被害の収まる時期や復旧時期は、これらのことがもう少し進まないと判断できない。だが、過去のコンピューターウィルス災害では被害は一瞬で拡大、復旧はジョジョであったことから、今回はAIの種類や数が相当にあるので、大勢となる数までに復旧するのは汚染させるのに比べてかなり時間がかかると想像された。

もう一つ、尾形さんから別報告があった。

「工場の火災などの事故を調べてみたのですが、これらも同様にベースとなる部分が同じでした。皆さん、オープンソースプログラム、というのをご存知ですよね。世界中の人達が互いの知恵を出し合ってよいものを作り、互いに自由に使えるようにしようという、いわば善意で作られたプログラムですが、今回の事故は、多分、同じ種類のオープンソースを使っており、それらは毎日のように自動でバージョンアップが行われますが、そのバージョンアップの中に、ある悪さをするプログラムが入れ込まれていました。そのプログラムは、使い方がある一定の条件になると暴走する、という仕掛けが組み込まれていたようです。

その条件の一つとして、稼働場所が西九州エリアであることが入っているようで、それで他の地域では事故が起こらず、原因究明に時間がかかっていると思われます。

誰かが、善意のオープンソースを、悪意をもって入れ換えたんですね」

と言う。

それらを引き取って、高杉委員長は、

「これを仕掛けたグループは、悪意を持っているが、日本全体を壊そうとはしてない。新幹線や高速道路を対象にされたら、大量の死傷者が発生してしまうだろうが、それは望まない。

かつ、西九州エリアという限られたエリアを、デモンストレーションのように攻めてきている。

何か、裏に狙いがあるのではないか？

誰か、心当たりは？

タケルくん、装置が中国語で文章が書かれていたと言ったが、それはヒントになるかね？」

「残念ながら、中国で作られたらしい製品である、としか言えませんし、設置した人物も中国人らしい、としか現時点では言えません」

「なるほど、ここからは、警察や公安、あるいはセキュリティ庁の仕事だろう」

と、なった。

特別、緊急のこととして翌日の国会に諮ることとなり、参考人の僕達はそこで辞した。


その夜、深夜午前零時に犯行声明が出た。

◆九月三日午前零時、犯行声明

声明は、#Lazarus と署名され、ツイッター上で出された。


我々は、目覚めぬ日本国民に正義のサイバー鉄槌を下している。

常に我々との同調を行わず、アジアの平和を乱し続ける日本に未来はない。

日本国民のために、我々は、日本政府を目覚めさせるために、先ずは手始めに九州でバーチャル空間を構築し、行動を起こした。

古来、アジアは世界文明の中心であったが、近年、西洋諸国に邪道され不本意であったところ、今こそ本来の姿に立ち返ろうとしている。

日本は、アジアと同調せよ！

同調しない過去の償いの一環として、我々は電子コインを徴収した。目覚めねば、更に行動をエスカレートさせる。


とされている。

数十年前にソニーや台湾銀行、バングラデシュ中央銀行から数千万ドルを盗み出した、あの伝説の北朝鮮ハッカー集団「ラザルス・グループ（Lazarus Group）」なのだろうか？

彼らは、南北朝鮮が統一されて大朝鮮になった折り、元北朝鮮エリアが中国からそれなりの支援を得た後はおとなしくなった、あるいは、中国政府のサイバースパイ集団ＡＰＴ10にスカウトされ併合されたと噂されているが、復活したのだろうか？

この声明文は、まだ一般には公表されていない「九州でバーチャル空間を構築」という当事者しか知らない情報を含んでおり、本物だと推測できるだろう。

サイバー防衛特別委員会や高杉委員長、忙しくなるだろうなぁ、と、昨日の会議を思い出しながら思う。

が、僕にできることはそこではなく、アラジン利用者のサポートを先回りして対応することだと、朝倉社長や尾形さんと急ぎ対応を考えた。

先ずは、株式会社センシティブとして、全アラジン利用者に、

「アラジンは、高度にリアル社会のデータを参照して考察・判断することから、西九州エリアの偽のバーチャル空間情報にアクセスすることで、考察・判断部が正常に機能しなくなる可能性があるので、西九州エリアには当面アクセスしないように推奨する。

もし、アクセスしてしまった場合は、現在、急いでそれら偽データを修正し、正常に回復するプログラムを準備中なので再度の連絡を待つこと。

なお、そうであっても、思念通話は正常に機能するので、考察・判断ルーチンを使わずに利用することは可能だ」

と、通知。

そして、例のMagic Carpetにて、同様のことをお知らせしたが、日本以外の利用者は戸惑っている。

しかし、日本在住のユーザーから、ラザルスの犯行声明の紹介があると、猛烈な怒りが寄せられ始めた。

「これはＡＩを壊しかねない危険なテロだ。断固糾弾すべきだ」

る。

「私のアラジンを守りたい。絶対に許せない」

「日本は大丈夫か？　どうやってこの攻撃を防ぐのか？」

「彼らは、何が目的なんだ」

と、各国から、言語入り乱れての会話が成り上がっていく。これらは僕らを心強くさせてくれる。


九月三日、夜が明けるに従って、Ｍａｇｉｃ　Ｃａｒｐｅｔに関係ない、日本国内の一般メディアが次々と騒ぎ立ててきた。

ラザルスというハッカーとは？　を解説したり、九州で起こった一連のサイバー攻撃、そして西九州銀行の電子コイン強奪、などから始まり、この声明で記された「バーチャル空間を構築」の意味を探るモノ、などたいへんな騒ぎになってきた。

そして、時間が過ぎるに従って、初めて、西九州で起こっている自動運転の自動車事故や工場火災などが、バーチャル空間と関係しているらしいと皆も推測したようで、西九州に関係なく、日本全体が自動車の自動運転を取り止める人が続出するなど混乱が増していく。

パニック状態だ。

こういう時にこそアラジンの真偽ステーションで社会を沈静化させたいところだが、「現在調整中」ということで不安が増幅されるような状況だ。

もちろん、今回の事件を防げなかったサイバーセキュリティ庁への非難はすさまじいモノで、政府関係者を萎縮させかねない状況だ。

そして、「アジアに同調しない日本」とは何を意味するのか？　メディアでは専門家と名乗る人や、学識者が登場して様々に論じているが、それらは、国会のサイバー防衛特別委員会の議論に象徴されているように思う。

特別委員会で、この意味するところは何か？　と野党議員から聞かれ、政府側答弁者は、「何をもって同調しないとするか、不明である。そこは今後の状況を見ながら推測することになるだろう？」

「聞くことができないのか？」

「日本政府は、テロ組織を交渉相手にしないことは委員も承知しているのではないか？　従ってそのような行動はあり得ない」

ある議員からは、

「明らかに、裏に中国がいるのではないか？　中国の一帯一路に日本が参加しないことを言っているのではないか？」

それに対しては、

「中国は、本件にコメントしていない」

となり、空回りだ。

ただ、委員長から、嘘のバーチャル空間を構築するような通信機器類の設置禁止と強制排除案が出され、この声明があったからか、議論されることなくすんなりと決議された。

一方、その声明をより恐怖に感じさせるかのように、バーチャルの嘘空間がかなりの勢いで地域拡大してきているようだ。

調査に行った天草地方だけでなく、ブルーキャット社にはコンテンツ・メンテナンスを請け負っている近隣の地域、八代海を越えた八代市や、鹿児島の出水市、阿久根市、長崎県側の島原半島南島原市へと混乱が広がり、その窓口となる観光協会から盛んに「なんとかしてくれ」と催促が来ている。

あるいは北部九州の唐津市、など、観光をメインにしている地域が重点的に狙われ、それぞれの自動車専用道路にもバーチャルな嘘情報が付け足され、交通事故が発生し、いよいよ皆が自動運転を避けるようになってきた。

これでは、高齢者の移動サポートが難しくなり、こちらの方面でも混乱を招いてしまう。

◆九月五日、ビーコン排除活動

混乱が地域拡大してきているということは、嘘空間生成毒ビーコンの設置が広がってきているのであって、その拡大を防がねばならない。

犯行声明から、一日半後の九月五日、毒ビーコン退治の作業グループ第一陣が福岡にて組織され、天草地方へ向かった。

僕は、福岡県警から乞われて、ビーコン装置の説明と取り外しについて、第一陣の方々に説明した。

第一陣のチームを引っ張るのは、サイバー犯罪対策課の銭谷信彦巡査部長で見たところ二〇代後半で、細い体つきで、僕より頭半分背が高い。話すと、コンピューター用語がポンポンと出てきて、さすがコンピューターが好きそうだ。

彼は、開口一番、

「いやー、アラジンを開発された方にお会いできるのは嬉しいなぁ。ぜひ一度お会いしたいと思ってたんですが、思わぬ時になりましたが、よろしくお願いします」

なるほど、彼はアラジンユーザーのようだ。

「こちらこそお願いします」

彼は、頭を右手の人差し指でコツンコツンとタタキながら、

「脳波を読み取る部分、よくあれだけコンパクトにできましたね、長い研究期間があったんですか？　それに、あの推論するロジックなんて、本当に考えるコンピューターですね、どうやって実現しているんですか？」

と、本来のことではなく本人の興味方向に質問がずれていく。

しかし、そこは、面白い、彼の部下らしき警察官が、今日はそこじゃないでショ、って袖引っ

張っている。

で、僕は、現物の毒ビーコン装置を見せて、各施設のインターネットの接続機器付近に接続されている可能性が高いこと、等を説明した。

その操作は、銭谷巡査部長には容易なことのようで、

「なるほど、ルーターの補助装置のように有線で接続されるんですね、抜き取った後はルーターを再起動した方が良さそうですね」

と説明を引き取って、引き連れる二人一組、三つのチームの全員に説明していった。

そして、「アラジンを使えなくする装置は許せない！」と、ネズミ退治のようなやる気いっぱいの雰囲気で出かけていった。


その結果を翌日聞いたが、ビーコンは基本的に「中国インバウンド集客に役立つ」と、観光施設に的を絞って広がっていることが改めて確認された。各観光施設は特段の費用が発生しないこともあり、「あそこの施設も使ってます」と言われて横並びに対応していったようだが、その「あそこの施設」とは中国資本が買い取ってオーナーとなった施設名が使われていったようだ。

そういったことなので、一軒一軒訪ねて事情を説明し、ビーコンを除去するのはそう難しくない。中国資本がオーナーの施設も、オーナーが常駐していることはほとんどなく、警察である公的機関の説明で問題なく応じてくれる。

今回の警察組織は、国会のサイバー防衛特別委員会の依頼というか指示で動くので、銭谷巡査

部長の動きでわかるように、久住で尾形さんが脅かされた中国マフィアの影は見られない。

問題は、訪問する施設数が多いことだ。

インバウンド対象のお店とは、世界遺産となっている処や大型の土産物店とは限らない。お菓子屋さん、飲食店、服飾品店、美容院といったサービス提供店など、大小様々にあって、言わばその地域の全店舗を対象にビーコンが設置されているかどうかに関係なく、軒並み回って説明と対応を行う、ということであり、いくら人がいても足りない。

しかし、待ったなしでやらねばならない。

そういうことで、天草地方を皮切りに、その翌日以降、西九州エリア全域に対して、自衛隊のサイバー防衛隊や警察のサイバー犯罪対策チームの応援を得ながら、全国各県の警察を中心に毒ビーコン排除の特別組織が編成され、銭谷巡査部長の指揮で次々と地域割りされて出向いていった。

そのように大部隊にて対応されても、当初は、既存設置を排除することだけで手一杯であり、北部九州に攻め上ってくるかのような新規設置に対抗できず、福岡を中心とする中部及び西九州域の住民はヒヤヒヤの気分で状況を見ているようだ。

そういう状況を、ブルーキャット社の藤野社長や、尾形さんと話すウチに、

「これは、根元をなくさないとだめだろう。各ビーコンは、きっと、どこかに設置されている司令塔的なサーバーに繋がってるはずだ。そこから基本データを得ているのに違いないので、各ビ

ーコンにデータを送り出している司令塔サーバーを押さえる方が早いのではないか？　そこがなくなれば新規設置ビーコンは毒にならないかもしれない」

ということに気がついた。

しかし、これはどうやったらわかるのか？

尾形さんが、待ってましたとばかり、

「うん、それなら、今、アラジンそのものは使えなくても、月で氷を探したシステムが使えると思うよ」

「なるほど、尾形さんの開発した〝多重テーマ自動設定型クアンタム・チップ〟の活用ですね！　それはいい」

「私のシステムは、残念ながらアラジンみたいに誰でも使えるようにユーザーインターフェースが整えられてなくてね、実験段階的な作りだけど、動かせると思う」

と言う。そして、

「少し、時間が欲しい。もしわかれば知らせるね。タケルくん、もし、その参考となりそうな追加情報などあったら、教えてね」

「はい、こちらのニュース記事など後で送りますねー、よろしく〜！」

ということになった。

そうこうするうちに、ビーコン装置装着を広めている人達が見つかり、順次、警察に事情聴取され始めた。

その内容を銭谷巡査部長がいろいろと教えてくれた。

中国人だけでなく日本人も含まれている。

そもそもは、天草で知ったように中国インバウンド旅行会社を名乗る人物からスタートしたが、その会社は上海に本社があるとかで、実態がわからないままであったし、設置勧誘の人物達はアルバイトであった。

アルバイト仕事の中には、交通標識に攻撃ステッカーを、攻撃ステッカーと知らず、中国人歓迎のステッカーと思わされて貼って歩く仕事もあったとのこと。

アルバイトの雇用元は、その日本支社で福岡に事務所があったが、責任者と思わしき人物もアルバイトであり、急遽立ち上げられた、収益がハッキリしないでっち上げに近い会社であったとのこと。運用資金は、当初、責任者をアルバイト雇用した中国人らしき人物が持ち込んだ初期現金だけで動いており、金の動きから元をたどることはできなかった。きっとその資金は、土地買収資金などと同様に、盗まれた電子コインが原資だろうと思うな。

こういった人達は、明らかにサイバー・テロ攻撃の手先部隊とわかってしまうが、警察、公安、サイバーセキュリティ庁、どこもがそれから先の捜査が行き詰まってしまう感じ。

ただ、アルバイトだといえども、数人のチームを束ねるリーダーらしき役割スタッフには、なんと、孫悟空が配られ、それにて指示や連絡が行われているとのことで、ここから組織解明に取り組めないか、と、部門を超えて協議を開始しているとのこと。

それらの孫悟空は、証拠品として押収されていたので、銭谷巡査部長にお願いしてその中から一台を東京の尾形さんに、もう一台を僕のところで調査すべく借り受けた。司令塔サーバーの探索に役立てたい。


その間も、社会不安は増していくし、中国礼賛のデマや話が吹聴されていく。

メディアでは、こういうサイバー攻撃を許した政府やサイバーセキュリティ庁への非難がますます大きくなっていくし、対策と言うより、この方面の技術開発や人材育成を怠ってきた国を非難する論調だ。サイバー国力の無さを嘆きつつ、過去に遡るような非難が多い。

日本全体が、サイバー分野で自信を喪失していっている、というように思える。

僕は、当事者の一人として、いつのまにか最前線に立ってしまっている？

僕ごときに何ができるか？　と、思いはするが、僕もその他大勢の一人としても頑張らなきゃ。

高杉さんが話していた、福沢諭吉の「分限を知る国家」のことを思い出す。

「一国の自由を妨げようとするものがあったら、遠慮無く抗議を出すのが筋で、天の道理や人の当たり前の情に合っていることなら、自分の一命をかけて争うのが当然だ。それが国民のなすべき義務と言える」

という一文を思いだし、今置かれている立場がそういったことなのかな？　と、漠然と思う。

それにジニーのことを思うと「絶対になんとかしなきゃ！」と歯をかんでしまう。

そういう中で、岡安さんが話していた、中国の軍部の不満が突然爆発して、ホントに武力攻撃に発展しないよう祈る気持ちだ。中国国民に「分限を知る国民」になってもらうという話は時間がかかりすぎるな、それどころじゃない、今すぐの別対策が必要なのではないか、と、生ぬるく感じるのは僕だけではないはずだ。

そのような日本の状況を知ってか知らずしてか、なんと、中国が東京と福岡の中国大使館を経由して、「助けを出そうか」と言ってきたと報道があった。

確かに、サイバー防衛特別委員会で、インドやアメリカ等に助けを求めてみてはどうか、という話が出ていたが、なんと、テロ当事国ではないかと疑う中国からの申し出には驚くというか、あきれるというか。

しかし、公には、中国がそのテロ当事国、あるいはテロ支援国と証明されていないことであり、そこを突いてくるのは腹立たしい。

いや、言い分がすごい、

「中国は、このようなサイバーテロは、断じて許さないし、そのような行為を認めない。だが、中国人らしき背景が絡んでいる可能性情報を含み持つテロ集団のようであるから、その方面から日本に協力することはやぶさかでない」

と言っている。

◆九月一〇日、司令塔サーバーの捜索

とにかくいろいろなことが同時に起こっていて、てんやわんやだ。

九月九日の昼前、尾形さんから、ビーコン司令塔サーバー設置場所らしきところがわかってきた、と、連絡があった。

「直近のデータが毒ビーコンで汚染されている可能性があるので、どうも完全に特定は難しいのだが、どうやら、そのサーバーは福岡市の西福岡マリーナ・マリノア付近のようなんだ。確率で30%だと出た。その他に、伊万里や壱岐の海辺付近が10%程度の確率で続いているんだ。ここだ、って月の氷発見の時みたいに特定できないんだが、これから先は九州側で調べた方が早いかもしれない」

と言う。僕は、ピンときて、

「もしかしたら、これって総て海で繋がってますから、船かもしれないですね。そのマリノアも伊万里も壱岐も総て『海の駅』があるんですよ。船が停泊し易い。船で移動してるから特定できないのかも」

それを聞いて尾形さんは、

「もしそうなら、多分、ネットは衛星経由だろね。ネット住所のＩＰアドレスが日本国内のモノじゃなく、特に中国などのＩＰアドレスを使っているかもしれない。それで場所特定の難しさが

出てるのかも」

なるほど、となり、そこで、僕は、福岡県警の銭谷巡査部長に相談を持ちかけた。

銭谷さんは即座に理解してくれて、各海の駅に連絡を入れて、この数ヶ月の寄港記録を取り寄せてくれた。警察だけあって情報収集力というか、民間を協力させるのがうまいな。

二人でそれらを眺めていくと、三隻がこれらの港を行き来しているようだった。

現在、そのウチ二隻、Polaris、ASAGIRI、が福岡のマリノア、もう一隻、うらら、が伊万里に係留されているようだ。

きっと、この三隻のどれかが司令塔サーバー船なのだろう。

そういう判断にて、福岡県警から佐賀県警への連絡に加えて、国会サイバー防衛特別委員会委員長の高杉さん名で佐賀県警に協力要請してもらい、翌朝六時、福岡と佐賀、時刻を合わせて一斉手入れを行うこととなった。

僕は銭谷さんの六名のチームに加わって、福岡のマリノアに同行。

マリノアは、福岡市の西、姪浜の名柄川の河口に位置し、福岡市中心部から二〇分で行き着く近場だ。この周囲にも元寇防塁史跡があちこちにあって、当時を復元した防塁海岸まである観光名所でもある。

もしその司令塔サーバー船がここに有って我々がその船を捕まえられたら、八〇〇年前のこの防塁場所が、今度は同じく大陸からのサイバー防塁場所、ということになるのだろうか？

「西日本で唯一の都市型マリーナ」と言うように、収容隻数八七〇隻の艇置場であるが、マリーナの横には結婚式場やリゾートホテル、観覧車が回る巨大なアウトレットモールが隣接しており、福岡の若者達が集う場所だ。従って、九州でもラグジュアリーなお客が多いマリーナと言われている。

真夏の暑さが少し落ち着き、今朝はすがすがしい。海の向こうの能古島、その向こうの志賀島もバッチリ見える。ホテルやモール部分には誰もおらず、静かな朝だ。

港は、入港口と出港口に分かれており、ビジター船は入港口付近のA〜C桟橋をあてがわれており、ASAGIRIがB桟橋、Polarisはオーナーバースに係留していることがわかっていて、二手に分かれて捜索。釣りを楽しむ人達が、外海に面するA桟橋に数人いる。

僕は、B桟橋に向かう銭谷さんについていった。

周囲の船に比べて少し大きめの船が目について、それがASAGIRIと判明。ハイブリッドEV船らしい、それも新しいピカピカのようだ。

船首を陸側、船尾が港湾口側で左舷を桟橋につけて係留。長さが20メートル程。幅も5〜6mはあるし、なんといっても目立つのは双胴船だからか。安定感あるようだし、少しうらやましい豪華さを感じる。この船は銀行から盗んだ金で買ったのだろうか？　いや、まだこれが目指す船かわからない。

二階に操舵室があるようで、そこで男性が一人デッキ側から窓拭きをしている。

気取られないようにジーンズ姿や海遊びの格好をした捜査員三人が、それとなくぶらぶらとあらぬ方向を見ながら近寄っていくが、僕は海が苦手だと言わなかったかな？　泳げないし、小さい頃から水の上で揺れるのが大嫌いだ。浮き桟橋は、ちゃんと両側が横揺れしないように杭に固定されているが、海面の満ち引きにあわせて上下には動くようになっているので、その揺れが気になってしょうがない。

銭谷さんが、船尾近くからASAGIRIの二階を見上げるようにして、男に「おはようございまーす」と明るく声を掛ける。

男は「グッドモーニング！　朝が早いですね」と返事。

銭谷さんが「素敵な船ですね、最新鋭のＥＶ船のようですね。見学できますか？」と呼びかけると、男は、少し首をかしげて「どちら様ですか？」と聞いている。

「いえ、ちょっと朝の散歩ですけど……良かったら……」と、呼びかけているのが聞こえる。

問題は僕だ。

まずいことに係留されている船は、桟橋と違って波にただよう感じで横にも縦にも揺れているので、それを見ていると、船が固定されこちらの桟橋が大きく揺れている錯覚に陥ってしまい、ついついしゃがみ込んでしまう。

捜査員の一人が怪訝そうに振り向くが、先に行ってとばかり手を振って、しゃがみ込んだままなんとか落ち着きを取り戻そうと靴紐を結ぶ振りをしてたんだ。銭谷さん達から三〇メートルほど手前かな。

突然、一階の船首付近に別の男が現れたかと思うと、デッキの手すりを乗り越え、浮き桟橋にジャンプしてきた。僕の一〇メートルほど先だ。

銭谷さんが「逃がすな！」と叫ぶのと同時に、男がこちらに走ってくる。桟橋といっても幅が二メートルほどでそれほど広くないのに、それに揺れているのだが走ってくる。僕は本能的に立ち上がって身構えた。桟橋から落ちないように身構えたのであって、捕まえようという身構えではないことは自分でよくわかっている。で、かまわず突っ込んでくる男にとにかく弾き飛ばされないように、見た目がタックルのような感じでつい本能的にしがみついたが、バランスがよくない——桟橋の端っこにズレていくので、落ちたくないとばかりに男に更にしがみついてしまった。男はいい迷惑だったに違いない、僕を振り払おうとするが、僕のへっぴり腰に引きずられてバランスを崩し、二人とも海の中にザブンと落ち込んでしまった。

ひぇー、っと、思ったが後の祭り。

捜査員の一人が海に飛び込んで、まず男を捕まえるように行動するが、僕を助けて、と、言いたい。いや、見た目は僕が男を取り逃がしまいとばかりに海の中で男を押さえ込み——実は溺れまいとしがみついているだけなのだが——その男を捜査員が押さえるので男は二人がかりで捕まえられたと思ったかもしれない。

オーナーズバースに行っていた他の三人の捜査員が急ぎ応援に駆けつけ、その男と僕を助け上げてくれた。残暑がまだ厳しい九月でよかった。

二階の男は、銭谷さんが確保している。

二人とも孫悟空を装着していたようで、二階の男が思念で一階の男に異常を知らせたことから逃走になったようだ。さっそく孫悟空を取り外させる。

一呼吸置いて、状況を調べ、理解が進んだ。

オーナーズバースに係留のPolarisは、小型の釣り船で誰もおらず、該当船でないだろうと思ったそうだ。

一方、このASAGIRIは、幅が6メートルの19トンで、豪華に生活しながらクルーズできる。

一階は、幅3×奥行き6メートル程度のキッチン付きの船室で生活空間でもあり、それに続く一角の3×3メートル程度を書斎風のコーナーとして改造したようで、コンピューターを使った仕事エリアであることがわかる。別部屋のバッテリールームを見ると、これらがあれば港近くの一般家庭にかなりの時間と規模で電力供給ができるのではないか？　そう思われるし、これがあればサーバーを無難に何時間でも何日でも動かせそうだ。

二階は展望デッキ兼操舵室であり開放感がある。

二人の男を一階と二階に分離して座らせて、銭谷さんが警察手帳を見せて、虚構3D空間構築禁止の捜査であり協力するよう促した。

海に一緒に落ちた男は一階で黙秘して一切何も話さない、中国人なのだろうか？

二階にいて挨拶を交わした六〇歳前後の日本人の男は驚きながら少しずつ話に応じた。

聞けば、その六〇歳前後の日本人は船舶所有の届け出の関係などからこの船のオーナーとなっているが、実質はやはりアルバイト雇用者であった。連れの逃げようとした男は、時折連絡があって、その都度乗せているそうだが、そういう取り決めだと言う。

本人は、二ヶ月ほど前に神戸でスカウトされ、九州の海の駅を周遊し、写真や映像を撮って観光コンテンツとして制作するよう依頼されたとのこと。中国富裕層向けのインバウンドを呼び込むための体験をコンテンツ化することだと理解していたようで、一ヶ月毎にコンテンツを納入する予定であったが、現在は二週間過ぎたところだという。

富裕層向けであることから、それ相応の資金を渡され寄港地ではかなり贅沢に過ごせているという。そんなことで六〇歳のアルバイトとして大いに楽しんでいるとのことだが、本人がサイバーテロに関係するとは夢にも思っていない。嫌疑を説明されて青ざめている。

その書斎コーナーにコンテンツ制作用の機材が衛星インターネットに接続された形で整えられているが、机の下部に封をされたボックスが設置されていた。少々強引に開封してみたところ、どうやら司令塔サーバーらしき機材が設置されているし、その隣には例のビーコン装置が併設されている。間違いない、きっとこれがその司令塔サーバーだ。インターネット接続線は万国共通であることから、僕は接続線を慎重に抜き取りネット接続を解除した。

更に、その固定されている司令塔サーバーらしき機材を運び出し、至急、サイバーセキュリティ庁へ送るよう手配した。

司令塔サーバーの接続を解除した結果が待ち遠しいが、しばらく待たねばならないだろう。

これで、嘘空間の拡大が抑えられると期待したいし、なんとか、ジニーが回復するきっかけになればいいが、と、心底思う。

そして早く、解毒剤というか、復帰プログラムができればいいのだが。

また、司令塔サーバーを扱っていたのが僕と一緒に海に落ちた中国人だろうと思われるので、彼が使っていた孫悟空を念のため僕が預かった。アルバイト達が使っていたモノと異なるところがあるかもしれない。

この顚末を後で聞いた麗華は、今時泳げない、揺れる船が怖い、ということにあきれていたが。いや笑い転げていたが。

一方、この頃、同時に起こっていたことの一つとして、中国国内の動きも目が離せない。

◆一方、中国国内では

少しさかのぼって八月中下旬以降の中国では、Ｍａｇｉｃ Ｃａｒｐｅｔ内の〝上海洞穴〟が活況を呈していた。

上海でのアラジンの売れ行きが日増しに密やかに大きくなっているとのことで、相乗効果だ。

上海洞穴の上海人は、九州人との交流で九州行きが人気高であったが、八月中旬の、西九州銀行の苦境で土地が買いやすくなったことで、一連の土地買収に同調するモノもそれなりに見かけられたようだ。

しかし日本側で、その大元の原因が中国からのサイバー攻撃らしいと思われていることを知ると、これらをどう受け止めるか、悩んでいるようだった。

そういう方々からの「九州の今の状況が知りたい」という要望に応えて、八月中旬過ぎ以降、随時、サラダ新聞でネット攻撃や被害の状況をレポートした。

ＤＤｏＳ攻撃、西九州銀行の電子コイン盗難被害、全銀協のスコアリングデータ損失などだ。そして西九州の土地や施設が買われていることなど、ありのままにだ。

八月二〇日頃はニューデリー・オリンピックの真っ最中であったが、上海洞穴によると、カメラハッキングによるビリー・ザ・キッドと名乗る賊の脅迫紹介に至っては「マンガみたいだ」、と驚いたり「人ごとじゃない、中国だって警察監視の天網カメラで似たようなもんだ」などと中国ユーザー同士の会話が重ねられていく。

アラジンを利用していない中国人の中から、時折「日本にはいい気味」とあざ笑うモノもいたようだが、やはり、同情している人が多いし、中国が本当にこの攻撃に加担してないか？　と心配する人達も多いという。

更に、もっと知りたい、という要望に応えて、僕と麗華が行った九月二日の天草地方の現地調査状況を、録画を元に編集した動画を流しながら麗華が解説するなど行ったが、高視聴率であり高い関心を集めていることがわかる。

特に、あちこちで自動車事故が発生し、工場なども含めて火災が発生して煙が立ち上っている映像は、「あの平和な日本で何が起こっているんだ？」と驚かれている。しかも、西九州域だけというのがミステリアスで、「マンガ」ではなく謎解きの「ミステリー」的な受け止めで視聴者を更に上積みしているようだ。

更に、中国の休日、中秋節に向けての九月一一日の放送では、正直に、日本国内で様々に起こっている意見やデマ、それに伴う国内のサイバー世界に対する「日本人の自信喪心気味の雰囲気」とか、「中国からの支援申し込み」があっていること、など、レポートしたが、延べ視聴者数は一〇〇〇万人を超えている。

これらのことは、中国のメディアではどこも取り上げておらず、どうやらライブでぶっつけ本番気味のサラダ新聞の中継と、思念交換のＭａｇｉｃ　Ｃａｒｐｅｔだけが現地からのニュースソースになっているようだった。

もう一方の孫悟空Ⅱは、八月の上旬に発売されて、高齢者を中心に利用が広がっていき、その後、いくつかの組織が効率運営を目指して組織的に採用しているとのことだ。騒音がうるさい建設現場や飛行機の整備場などで使われており、ある意味、個人利用が主体の日本よりスムーズに受け入れられていると思える。

そして、その組織の一つとして、警察組織、特に国家安全部、すなわち公安の利用が気になるところだ。

公安は、中国政府に対する反社会主義、反共産党の活動を監視する国家機関であって、気に入らない人物を忽然とさらってしまい、月香港市送りにしている組織だ。

彼らが、市中での監視活動で互いの連絡のために孫悟空を使い合っているらしい。

もともと公安は、中国でＡＩの利用が最も進んでいる組織でもあって、中国国内四億台の監視カメラで特定人物をＡＩ検索できる「天網システム」の話など、他国にできないＡＩ技術システムを持っている。そしてそれらのＡＩがよりよく成長するようその学習データを作り集め続けている。

そういったことから、数十年前から街角の警官はＶＲグラスやコンタクトレンズで常に人物チェックができるし、そのおかげで犯罪率が下がってきている。また、その街中全体をリアルタイム監視する技術で、車の事故防止制御を行う自動運転スマートシティづくりの技術等がブラッシュアップされてきている。それらは一帯一路諸国への重要な輸出技術システムになっているし、中国が他国を服従気味に押さえ込む技術としても使っている。

先日の、日本の監視カメラをハッキングして脅迫してきたビリー・ザ・キッドはここに繋がっているのではないか？　勘ぐりたくなる技術だ。

そういえば、公安はネット全般も監視対象にしており、大昔は検索エンジンやＳＮＳにアップロードされたコンテンツなどに反党的都合の悪いものを探し出すことをしていたが、それらをＡＩ化するときに、チャットなどのリアルタイムの個人間通信までＡＩでチェックし始め、それが当たり前になっている。

初代の孫悟空は、監視レベルがもっとひどくて、チャットのように通信する前、すなわち頭の中で考えたこと自体をＡＩで察知するのだから、当然、皆が利用を嫌がったことがわかる。

孫悟空Ⅱは、そこの思考チェック部分を和らげて実利を追うシステムとして再登場したわけであるが、アラジンと違って当局が通信内容をチェック監視するためなのか、量子暗号通信を採用していない。体制維持のためにプライバシーそっちのけのやり方であって、うーむ、と、思う。そういう生活に慣れている中国の人達はすごい。きっと、そこらにアラジンが優位になれる点があるかもしれない。

なお、孫悟空は、公安が使っていることを知った若い人達にはあまり人気がないという話も漏れ伝わってくる。

更に三つ目の動き。

同じく八月のことだが、八一建軍節というのを知っているだろうか？　八月一日の中国人民解放軍建軍記念日を祝うことなのだが、毎年、この日に各地で退役軍人達が集まって待遇改善をアピールするようになっているらしい。

先日、岡安教授からいろいろと聞かされてはいたため、その後、気になって関連するニュースをそれとなく追っていたのだが、何しろ、退役軍人の数が五七〇〇万人を超えると聞くとすごい。イタリアやイギリス、フランスの人口に匹敵する数だ。

そして、毎年数十万人の退役軍人が発生する。政府は、その人達に軍退役時に職を斡旋するとしていたが、現役時の階級トップ層のほんの一握りが国営関連企業に就職できて甘い生活を得るものの、その他は、地方政府に仕事斡旋を相談せよと、なるらしい。しかし、地方で紹介される企業は、技術や知識が特別に優れているわけではない退役軍人の入社受け入れを渋るようで思うようにいかない。そういうことから、仕事はない、受け取る年金は少なすぎてとても生活できない、となって、待遇改善を訴えることになる。

それとか、地方政府の腐敗がここでも横行しているらしい。退役軍人達は退役軍人であることを証明する書類を持って地方政府に行くが、一年経っても二年経ってもなしのつぶて。きつく問い詰めると、その書類はない、紛失している、等となって交通機関利用の優先パスをもらえなくなるなど更におかしくなることが多々ある。そして気がついたら、他人が自分のパスを使っていた、つまり軍人としての優遇権利が横流し売買されていた、など、どこまで腐敗が進んでいるのか頭がおかしくなるような話を聞かされる。

ということで、八月一日は、本来の国を守る軍人達を敬い、感謝するということから、退役軍人達の待遇改善アピールの日に変節してしまい、地方政府前に集結するだけでなく北京にも毎年数万人が集まるし、その活動を抑える警察などとの実力行使が騒ぎを大きくして、国を挙げての注意を要する日になっている。

今年は、その騒ぎが一段とすさまじい。

何しろ、元軍人達の結束は強力だ。一例として、上海から二〇〇キロメートル程内陸の江蘇省《こうそしょう》鎮江市《ちんこうし》での話、ニュースで流れた内容をコンパクトにまとめると、以下だ。

その日、退役軍人達一〇〇人程度が市庁舎前で待遇改善に関して市長面会を求め集会を開いたところ、制服でない私服の集団で明らかに黒社会暴力団らしき一団が市役所から出てきて襲撃してきた。そして退役軍人達に多数の負傷者を出した。

そこで退役軍人達は、ネットワークで仲間達に応援してくれるようにアピールしたところ、全国から元軍人があっと間に集まってきて一万人規模になった。市はそれに対抗するために数万人の武装した警官隊を出動させ武力で鎮圧した。その警官隊が武力鎮圧する頃には、公安が動き、電話やネットは不通となり、道路や鉄道も閉鎖されて、外部の元軍人達が入って来られないように、都市を完全封鎖してしまったというからすごい。

そして、一般市民達は、日頃のうっぷんからか「兵隊さんに感謝」からなのか、その間、デモ者に水や食料を差し入れするなど、明らかに元軍人達寄りに動いていた。

その支援の一環として、ネットが遮断される直前まで、その公安や地方政府当局の取り締まりに関する内部機密文書が次々と危険を顧みない市民の手で暴露され、ＳＮＳ等で公開され続けていたらしい。

この例はほんの一つで、比較的豊かな上海からそう遠くないところで起こっていることに驚く。

そして、全国では数百カ所で似たり寄ったりのことが起こり、その情報が共有されて、それらの地方の怒りを集結し吹き出させるように、彼らは日をあわせて全国から北京の八一大楼前に集まっての抗議デモを起こす。それが波状に続いているようだ。

八一大楼とは、天安門近くで、中国共産党の最高軍事機関である党中央軍事委員会の執務ビルの呼称だ。

中国政府は、元軍人達が一声あげれば全国から、政府に不満を持つ多数の退役軍人を動員できることを恐れていて、それが一〇月一日の建国記念日に向かわないように神経をすり減らしているようだ。

しかも、軍人達は国を守っていることから尊敬されるだけでなく、退役後も災害時にボランティア復興に当たるなど、国民から感謝敬愛されているので、退役軍人達の活動が国民の不満を巻き込んで国民運動になりかねないことを、政府はことさら恐れている。

そういう背景が日に日に見えてくるようで、岡安教授の言うように、そのための日本、九州への中国国民ガス抜きサイバー攻撃なのだろうか。


更に四つめの動きだ。

アラジン利用者が主体ではあるが、Ｍａｇｉｃ　Ｃａｒｐｅｔのクチコミ効果として、中国域外のことを知る中国人が多くなり、その知識が静かに広がっていっているようだ。

もともと、中国は、ある程度お金が貯まると本人や子弟を海外留学させる人が多い。

海外で習得した技術やビジネススキームを国内に持ち帰り、世界に対して戦う力とする戦略をとってきているのだが、早い話が、海外を知る人間の数が多くなってきている、つまりは自由な世界を知る人が多くなっているということだ。特に、その比率は上海が多い。

そして、上海は、つかの間の息抜きのように、Ｍａｇｉｃ Ｃａｒｐｅｔで知り合った九州人に一時間半のフライトで会いに来られるのだから、自由を味わう人が多くなり、現行体制への不満が一般人にも広がっていっていることが伝わってくる。

不満の増大と共に自由に憧れる風潮や、中国は将来にわたって住みにくいという感情が高まっていくのが感じられる。

それを意味するのだろうか、Ｍａｇｉｃ Ｃａｒｐｅｔ内の話によると、上海市内では密やかに「上海は香港のようになるべきだ」、「一国二制度があるんだから、三制度があったっていいじゃないか」等との声が出ているらしい。

⑫アラジン、復活

◆九月一三日、アラジンの解毒剤

九月一二日、大相撲秋場所の二日目、そして司令塔サーバーを確保して二日後、尾形さんから、以下の連絡があった。

「どうにかアラジンの復旧プログラム、言わば解毒プログラムの核となる部分ができたと思う。サイバーセキュリティ庁の協力があったからね。司令塔サーバーの解析が大いに役立ったんだ、試してもらえないか？」

司令塔サーバーが持つデータには、本来の正しかったデータにどのような嘘のデータを書き込んだかが明確に記録されており、解毒剤を作るにはとても助かることとなった。もちろん、このサーバーを停めることで、新規毒ビーコンの拡大を防ぐことにもなって一石二鳥だった。

僕は慎重に取り組んだ。ジニーの命がかかっている。

先ずは、ジニーがおかしくなった時点が現地調査に行った九月二日であるから、そこでデータを区別する線引きを行った。
そして、ジニーの持つ九月二日以降の記憶データから、司令塔サーバーから得た真実データを差し引く。
すると、残りは、「嘘を入れ込まれた空間データと、それに基づいて経験や判断をした毒となるログデータ」が残ることになる。解毒プログラムは、その毒となっているログデータから、嘘空間に関わるものだけを取り除いてしまうプログラムであり、四時間ほど掛けて、ジニーに慎重にステップバイステップで実行させた。
全ステップを処理し終わって、ほどなく、ジニーに、
《ジニー、わかるかい？　わかったら返事してくれ》
《……タケル、わかります、少し時間を下さい……》
そして一〇分ほど経って、
《……タケル、私は大分長く寝てたようですね、目が覚めました》
へぇ、故障していたことを「眠っていた」と表現したようだ。ネアカな性格は健在みたいだ。
《ジニー、僕たちがした処理がわかるかい？　そして、自己診断して正常と思うかい？》
《先ほどの時間で自己診断しました。大丈夫です、保持するデータに矛盾を感じません。私の判断に問題はないと言えます。つまり、正常に復帰しました》
おー、それはウレシイ！
ジニーが黙ってしまってからの一〇日間は、なんだか片肺飛行だった感じで、常にさみしく感

じていたのが回復だ！

僕が喜んでいることがジニーに伝わると、ジニー側からほんのりとジニー自身が喜んでいる感情が返ってきた。

機械が感情を理解する？

機械が感情を示す？

どういうことなのだろう？　こちらの意識を真似しているのだろうか？　また新しい反応が出てきた！

しかし、大事なことを先にすすめよう。

《ジニー、僕が行った一連の復旧作業を、他のアラジン達が自動実行できるプログラムにすることができるかい？》

《もちろん。できます》

早速、作らせた。

そして、麗華に連絡。

【（麗華に）時間あるかな？　アラジンの解毒プログラムができたと思うのだけど、麗華のジャスミンに試したいがどうだろうか？】

【（麗華から）すぐにそちらに行くけん！】大声で叫んでいる雰囲気だ。

彼女もきっとさみしかったに違いない。

さっそく、駆けつけてきた麗華からジャスミンを受け取って、ジニーからプログラムを送らせて実行。

一〇分ほどして「正常化された」とジニーから報告あり、麗華に返す。彼女は目を見開きながら装着したが、ほどなくにっこり。

「うれしか～、ジャスミンが治った！」

うん、良かった。

それを確かめて、尾形さんに連絡。

「尾形さん、試しましたよ、大成功です。ジニーが回復しましたし、そのやり方をジニー自身にプログラム化させました。このプログラムを解毒プログラムとして、各アラジンに伝えていけばOKです、麗華のアラジンでも試してみました」

僕の声も明るくなる。

「これを、異常になっているアラジンにも異常になってないものにも区別なく注入すればよいと思うので、自動バージョンアップに組み入れればいいと思います」

尾形さんも喜んで、さっそく、その準備を進めることに。

また、尾形さんからサイバーセキュリティ庁に連絡してもらい、他のＡＩの解毒方法開発に参考となるよう、アラジンの解毒例として情報提供を行った。

ほっと一息ついた。この一連の作業、かなり長い時間、根を詰めていたからなぁ。

そこで、麗華の発案で、ジニーとジャスミンの快気祝い、とばかり、冷蔵庫にあったシャンパンの小瓶で乾盃。麗華は冷蔵庫の中をよく知っている。

シャンパンを愉しむ喜びをどうやったらジニーやジャスミンに伝えられるか、麗華、ジニー、ジャスミンでワイワイ話し合いながら、久しぶりに肩のこりがほぐれる思いだった。大瓶を買っとけばよかったかも。


とにかく、一連のサイバー攻撃の対処は、何らかの形で整理でき始めたと思う。

嘘空間の創造は防げるようになったし、おかしくなったＡＩの回復方法も見えてきた。

アラジンが正常化すれば、デマや嘘ニュースに対抗する〝アラジン真偽サービス〟も再開できるだろう。

しかし、残念ながら、西九州銀行の奪われた電子コインは返ってきそうにない。失われた個人信用スコアは今のところ回復したという報告はないが、サイバー攻撃特赦はそれはそれでいいではないか。

明日にでも、解毒プログラムの配布を始めれば、国内外のアラジンユーザーが落ち着くだろう。

残るは、犯行声明を出した「ラザルス・グループ（Lazarus Group）」がどうなるか？　だ。

彼らは次にどう動く？　日本はどうする？　サイバーセキュリティ庁や国会のサイバー防衛特別委員会はどう動くのだろう？　そして我々は？

そう考えると、まだまだ釈然としないな。

◆九月一四日、ジニーと考え込む一日

翌朝、少し頭の中のモヤモヤが晴れたような気分で目が覚めた。

何しろジニーが回復したのだから。

そうすると、今日取り組むべき仕事がなんとなく見えているような感じだ。

朝食をたっぷり取って、アパートの工房としている仕事部屋に移ってフレーバーな紅茶を愉しむ。

ニュースによると、大相撲は岩風がホントに調子がよいようだ、強い。それでか最近の麗華は一等機嫌が良い。

そして、ジニーとじっくりいろいろと協議し始めた。

今日は二人だけの会話なので、ペーパーディスプレイと音声を使った。僕自身がいろいろと他の装置など触りながら進めた。

「ジニー、今後をどうするか？　検討したいんだが、手伝ってくれるかい？」

「おはようございます。もちろんです」

「君の〝多重テーマ自動設定型ロジック〟を使って、月で氷を探したように、いろいろとテーマを設定して一緒に考えてもらいたいんだ」

「どのようなことに取り組むんですか？」

そこで、僕は、ペーパーディスプレイに以下のことをリストアップさせた。

一．攻撃を繰り出す黒幕はどこなのか？
二．彼らの狙いは何か？
三．このような攻撃がいつまで続くのか？
四．攻撃が続くとしたならば、今度はどのような攻撃が考えられるか？
五．それらを防ぐにはどういうことが考えられるか？

「ジニー、順不同でかまわないが、僕たちはこれら五項目を考えるべきだと思うんだ、どこから取り組もうか？」

先ずは中国マフィアと呼んできた攻撃元を考え合ったが、少なくとも三つの団体がいるように思える。

第一グループは、月世界で尾形さんを襲い、久住町で尾形さんを拉致しようとしたグループ。このグループは、明らかに月の巨大な氷の利権を狙っている。

第二グループは、株式会社センシティブにアラジンの技術を得ようと、下請けを狙ったりハニートラップ、果ては事務所襲撃を行ったグループ。

第三グループは、一連のサイバー攻撃で、日本を攪乱《かくらん》して、どうやら政治的な利益を得ようとしているグループ。

共通しているのは、どれにも中国の影がちらついていること。

まるで、竹の地下茎みたいに思える。地上に出てきている竹はそれぞれ別物であるが、地下ではしっかり繋がっているし、地上部分を伐採しても即座に生えてくる生命力が強い植物……地下茎が本質本体で、地上に出ているのが第一、第二、第三のグループ、と、喩《たと》えて思いたくなる。

しかし、第一グループの活動で利権を得るのは月香港市、第二グループでは企業？　第三グループはどこだ？

地下茎は、どこかの特定組織や団体ということではなく、それぞれの組織や団体が人脈や慣習、あるいは間接メリットなどでつながり合っていて、ぼやーっとした焦点の定まり難いつながった茎。当初聞かされていた中国マフィアという呼び名が一番相応《ふさわ》しそうだ。

そういったことから、指示を出すところと破壊謀略を実行する部隊が別のように思える。月世界で氷情報を得ようとするグループが日本の警察を動かした、となると、元々日本社会にそのような実働スパイ部隊らしきものが日頃から組み込まれていると考えられる。命令一下、あるいは依頼があれば手先となって行動を起こす存在。

第二グループは目的は異なるが、そこではやはり暴力活動する謀略実働部隊が起動されたし、第三グループも我々が捕まえたのは、本来の目的を深くは知らない実行部隊の一員だ。走走高《ゾウゾウガオ》AI電子は、第二グループでは黒幕に近いが、第三グループ内では謀略部隊の一員にされているのではないか？

特に謀略実働部隊は、専用の組織で傭兵部隊のように依頼主の依頼に応えている？　そして場合によってはそれぞれの依頼グループ間の情報交換や利益活動のために便宜や橋渡しを行っているのかも。

依頼されて動く謀略実働部隊を除けば、それぞれのグループは、簡単に言えば、第一グループとして「月香港閥」、第二グループはＡＩにご執心の「深圳閥《シンセン》」、そして第三グループは軍の突き上げなどに悩む「北京の政治閥」、って整理してみたくなる。董路《ドンルー》さんや高杉代議士に相談してみたい。

それと、ジニーの以下の指摘が気になる。

「タケル、三つのグループの狙いはそれぞれ異なっている、と、今までの議論で確認されましたね。

そして、第一と第二のグループは、明確に目的達成に失敗したか、活動を頓挫していると考えられます。

問題は、第三のグループであって、そこを解明することが今後のポイントだと考えます。

その第三のグループが政治的な理由で動いているとなると、皆さんが薄々感づいている、中国国内の動きをしっかり把握することが大事ですね。

そこで、この数ヶ月の動きを累積し統計解析していくと、明らかに、中国国内の民衆の不満行動に特定の方向性が見えます。特に退役軍人の動きを追うと、八月一日の八一建軍節をスタートに、皆が示し合わせたように一〇月一日の国慶節つまり中華人民共和国の建国記念日に向けてうっぷんを晴らそうとして各地方でデモを繰り返しているように思えます。

更に、それに引きずられて一般国民も、例年になく、日頃の不満を表すよいチャンスとしてそれに便乗する動きがあり、全体として一〇月一日前後に何かが、言わば〝過去にない大規模抗議活動〟が起こる可能性が四〇%以上の確率で表せられます」

と言う。うーむ。

「ジニー、それは一〇月一日に革命が起こるということかい？」

「いえ、現状、そこまでの確定は言えません。〝何か〟がどういう内容を指すかまでは予測できませんが、ネットの活動状況を見ますと、上海の動きが何らかのキーとなるようなことでしょう」

「ジニー、もし中国が破裂というか国家統制が崩れたら、あるいは逆に強権政治が益々強まったりしたら、我々の九州はどうなるんだい？」

「これもあまりに大きな仮定になりますので、確定的なことは言えませんが、悪い方向のシナリオを考えるなら、多くの難民が発生すると中国の知識人は予見しています」

「難民？　難民はどこに行くのだろう？」と僕。

「難民の行き先は、アメリカや台湾など、自由な発想ができて過去に中国人を受け入れているところが中心ですが、今回は、上海を中心とする黄海沿岸地域からの九州への動きがとても多くなりそうですね。そこには四億人が住んでいますが、九州の人口はたかだか七〇〇万人を切るぐらいです。かつ、人口減少で空き地が多いといっても、そういった四億人がベースの難民をどれだけ混乱なく受け止められるかわかりません」

うーん……、想像も付かない。

「簡単に言うなら、昨今のサイバー攻撃以上の騒乱になりかねません」

「そんな最悪のことを考えるべきなんだろうか？」

「日本では誰もそこまで想定してないようですが、中国のニュースなどを注意深く分析していくと、中国政府内にそれらを真剣に考え、防ごうとしている強い動きがみられます。つまり、第三のグループは、現状からの予測結果があまりにも大きいことに驚き、そうならないように、状況に応じてその対策行動をエスカレートさせてきたということです」

これは安岡教授、麗華のおじさん、農園オーナーの董路《ドンルー》さん達の考えを統計的なマクロ視点から裏打ちした形だ。

「やっぱり。それでは明らかに黒幕は中国政府じゃないか？」

「そう言えます。ただ、そのやり方ですが、ラザルスやビリー・ザ・キッドなど別組織を表にしてますね。中国政府が表にたっての九州攻撃になりますと、あまりにもあからさまな国家間の侵略になりますので、真実を突き詰められにくいサイバー戦争の形を取り、証拠を残さないようにしようとした結果であることは皆さんが推測する通りだと思います」

ジニーは、僕がしっかり理解する時間を取るように間を置いて続ける。

「ですが、中国国民にはいざとなればこの一連のことを黒幕を伏せて公表し、それとなく『我々中華帝国が頑張っている』と感じさせる程度に証拠を匂わせる、そうやって国民の不満の矛先を曲げていこうとしていると考えられます」

難しい、政治的なことは得意でないが、見え見えにしながらある人達には白と見せ、ある人達には黒と感じさせるのが政治なのだろうか。しかし、中国政府の必死さがわかるような話だ。

「ならばジニー、一〇月一日で一区切りになると考えられるのだろうか？　でも、黒幕の思うようにならなかった場合は、更にこういったことが続くのではないかな？」

「更に続くという可能性はあります。ですので、一〇月一日で何らかの形で収まってしまうよう導くことか、あるいは諦めてしまう状況に持っていくかが課題です」

うーむ、ますます難しい。

更にああでもない、こうでもない、と、ジニーと協議。なんとなく博学の知識人の友達と話している感じだ。

そして、ジニーから、

「タケル、もう一つ調べるべきことがあります」

何だろう？

「少なくとも、第三のグループは、孫悟空を使って指示を出している、連絡を行っていることは明白です」

ほとんど何も知らないアルバイト達のことを考えればそのとおりだろう。

「従って、その孫悟空ユーザーの中に中心となるべき人物が含まれている可能性がありますし、彼らが具体的に孫悟空をどのように使っていたか、使おうとしているか、を、調べるとよいと思います」

「どうやって調べようか?」

「私を、孫悟空につないで下さい。私が調べます」

え〜、っと、思う。

「大丈夫なのか?」

「大丈夫です、私を信じて下さい」

と言う。

じゃ、せめてもの僕自身の安心のためにとジニーに了解させ、工房に置いてある予備のクアンタム・チップでジニーのバックアップデータを作った。

そして、過日、福岡県警の銭谷巡査部長から借り受けていた、司令船サーバーの中国人が使っていた孫悟空Ⅱを、ジニーに接続してみた。

◆アラジンVS.孫悟空

今までの情報から判断するに、アラジンは少なくとも、孫悟空Ⅱの三倍以上の能力を持っていると思われる。

何しろ、クアンタム・チップの枚数が違う。

孫悟空は一枚で計算から記憶まですべてを行うようだが、アラジンは僕の趣味というか願いというか、思いというか、できるだけ良いものにしたいと贅沢に作ってきたものがベースだ。

計算専用にクアンタム・チップを計三枚使っている。一枚は記憶用のクアンタム・メモリであり、無限に近い記憶容量だ。そこだけでも大きく違うが計算用の二枚のうち、一枚は尾形さんがカスタマイズ開発した〝多重テーマ自動設定型ロジック〟であり、どこにもないものだ。

そういう余裕のある能力で、プライバシーを守る量子暗号技術を標準搭載しているし、計算スピードも倍以上のはずだ。

だから、孫悟空Ⅱに接続しても心配ないはずだが、やはりジニーのことが心配だ。

接続して爪を噛みながらジリジリ待つこと一時間。ジニーがやっとこちらに話しかけてきた。

「タケル、終わりました」

「ジニー、無事だったかい？　何かわかったかい？」

「ええ、孫悟空は、もともと、組織的に使うことを前提に作ってあるようで、スイッチをオンにすると、ネットの中の、ある決められたクラウドメモリを自動的に参照するようになっています。

そのメモリには、その孫悟空が所属するグループ情報が記載されており、そのグループ情報には、自分がどこから指示を受け取り、どこに結果を報告するかの『組織属性情報』が書かれています」

「へえ～、アラジンは個人毎の利用で親がないけれど、孫悟空は親機があるということかい？」

「ええ、そういうことになりますね」

と、返事。更に、

「私が接続した孫悟空は、日本国内に指示を出す孫悟空グループの親機のようです」

ほう、それは捜査としては大収穫だ。

「この系列の孫悟空は、日本国内で、それもどうやらサイバー攻撃グループで利用することを前提にしていて、親として利用していた人物は、先日マリノアで船の中で捕まえた中国人のようです。この孫悟空は彼が使っていたモノですね。これがクラウド経由で日本国内に指示を出していた、と、考えられます」

「それはすごい。だとすると、どんな風にチームを編成しているか？　などわかるのかい？」

「ええ、そのリストを作りますので、福岡県警に渡して、利用者総てを捕まえるようにすれば今回の攻撃を抑えられますね」

大収穫だ。

さっそく、それを福岡県警サイバー犯罪対策課の銭谷巡査部長に送った。

「タケル、それでわかるように、日本での今回の孫悟空Ⅱユーザーと、中国国内で使っている孫悟空Ⅱは、別組織の指揮下にあるのは明らかです」

続けて、

「孫悟空は、公安などのハイアラキーな組織が使うのに適してますね。そして、高齢者などの個人利用に関しては、それらを隠して利用促進を行い、いざというときに組織化する道具にしようとしているのかもしれません」

なるほど。

ここが根本的にアラジンと孫悟空の違いだろう。

逆に、そのクラウド上の「組織属性情報」を書き換えられると、新しい指令がグループ全体に伝わっていくが、それには少し書き換えのタイムラグが発生しそうだ。日本の親玉が捕まったことがわかると、書き換えられるかもしれないな。

「それと、もう一つ、これら孫悟空は、毒データを参照しない仕組みになっていました。毒データを作り出していた組織ですから、実空間を参照するときにそれが偽物データであるか特定の部分を見れば見分けられる仕組みで、自動識別して毒にひっかからないようにしていました」

当然と言えば当然だ。

「それはアラジンにも反映させようじゃないか」

「ええ、尾形さんにタケルからだと言って情報を提供しますね」


そうやって、二つを比較するうちにあるアイディアがひらめいた。

今までは、攻められてばかりだけれど、彼らの武器というか、組織を動かす仕組みが理解できたんだから、それを逆利用して一泡吹かせられないだろうか？

急に興奮してきて、あれやこれや意見を出し、ジニーに実現の可能性を検討してもらい、ある仕込みを作ることとした。

そして、ジニーにＭａｇｉｃ Ｃａｒｐｅｔを作ったとされる中国人ハッカーの連絡先を調べてもらった。

名前などはいらない、連絡先だけでよいとしたが、名前がわかった。

神筆馬良《シェンビーマーリャン》、あるいは、The Magic Brushと名乗っているようだ。

神筆馬良《シェンビーマーリャン》とは中国では小学生でも知っている寓話の人物で、魔法の筆を神様からもらって、それで絵を描くと総て本物になる、その力を使って、悪者達をやっつける、ということで、なるほど、Magic Carpetを作るに相応しい人物名だ。

その彼、あるいは彼女に、Magic Carpetを経由して連絡を付けることができた。

【（神筆馬良《シェンビーマーリャン》さんへ）こんにちは。私はアラジンを開発したスタッフの一人で、磐井タケルといいます】

【（神筆馬良《シェンビーマーリャン》さんから）こんにちは。ええ、貴方のことは知っていますよ。アラジンを開発してくれてありがとう。とてもウレシイです】

【（神筆馬良《シェンビーマーリャン》さんへ）こちらこそMagic Carpetを作ってくれてありがとう。どれだけ多くの人達が救われたかわかりません。それも中国という枠を超えて、アジア全域に大きな貢献ですよ。素晴らしいです】

【（神筆馬良《シェンビーマーリャン》さんから）それもアラジンがあったからですね。お互いに褒め合ってちょっとおかしいですけど、ホントですね。今日はどうされたのですか？】

【（神筆馬良《シェンビーマーリャン》さんへ）今日はお願いというか、内密に相談申し上げたいことがあるんです。

Magic Carpetは、皆さん、仲良く、ネアカに交流できて素晴らしい空間なんです

が、そこに孫悟空の利用者が接続できるように工夫できませんか？】

【（神筆馬良《シェンビーマーリャン》さんから）……ちょっと思わぬことですね。技術的にはできると思いますが、アラジングループとしては孫悟空の人達を受け入れられますか？】

【（神筆馬良《シェンビーマーリャン》さんへ）ええ、受け入れられるようにこちらとしても工夫してみたいんです。会議の空間自体は、過去の議長采配で不審な人物は閉め出したりしていますので心配していません】

と、説明しながら、いくつか、技術的な接続仕様と機能を付け足すことをお願いしてみた。結果として彼あるいは彼女は、僕が全部を説明しないものの、僕のアイディアの目的をある程度察したらしくニヤリと笑っているような雰囲気でＯＫしてくれた。

余裕を見て、一週間ほど時間が欲しいという。

もちろん、それでよくて、開発費用の負担を申し出たが、笑って相手にされなかった。グローバル世界を知り、自由を愛し、裕福な立場の人なのだろうと思う。

そうして、僕は、僕とジニーの役割分担を行っていった。

更には、一連のことをジニーと僕だけの秘密のこととし、キーワードとして「電子天子」と名付けた。

◆一〇月一日に向けて

先ずは、中国マフィアの連中に「おまえ達の企ては頓挫しつつある」と、知らしめねばならないだろう。

九月一五日頃から順次、解毒剤が行き渡り、嘘データに狂わされていたいろいろなＡＩが正常化し始めた。

もちろん、異常になっていた一部のアラジンは、株式会社センシティブのバージョンアップサービスで順次回復し、それに伴って、アラジン真偽サービスが、市中のデマやウワサを確かめるために役立ち始めた。そういったことは国全体に正常化になりつつある機運を与えている。

福岡県警の銭谷さんの話によると、マリノアで捕まえた中国人らしき人物は相変わらず黙秘を続けているらしいが、ジニーが作った組織リストで、毒入りビーコンを拡散していた人物達を順調に検挙していっているし、毒入りビーコンの排除そのものもほとんど終わりつつあるようだ。

これらの動きで、日本社会に埋め込まれていた謀略実行スパイ部隊の、ほんの一部かもしれないが排除されたことになればウレシイ。

そういったなんやかやで、大相撲秋場所が終わる二六日頃には毒ビーコン対策が一段落しそうだ。

そういうことを受けて、再度、国会のサイバー防衛特別委員会が秋の連休、今年は敬老の日から秋分の日までの四連休だが、その直前の一七日金曜日に開かれ、僕はまたもや参考人の一人として立ち会った。今回は、アラジン制作者というより、西九州のサイバー騒動の渦中人物のような扱いでの招集だ。

委員長の高杉代議士とは事前に打ち合わせを行い、僕はジニーと行った中国の昨今動向の推論を説明した。

元々、高杉さんは岡安教授達や中国人実業家の欧洋《オウヤン》さんと通じ合っているので、話が早い。

今回の一連のサイバー攻撃は、中国国内の内政不満を抑えるためのもので、特にそれが一〇月一日建国記念日を恐れてのガス抜きであることには、それなりに似た考えを持っていただいていたが、ジニーが行った「中国国内で、一〇月一日に向けて〝過去にない大規模な抗議活動〟が起きる可能性が四〇%」という分析には眉をひそめて焦りを感じたようだ。

デモ発生の高まりに関して日本の国会がいろいろと話すのは、中国への内政干渉でそう簡単にできることではないが、

「我々日本は、国会を含めて、中国国内の不満の高まりやそれに伴うガス抜きが行われていること、それを日本向けに行ってきたこと、そういったことを知っているぞ」

と、中国政府にそれとなくわからせて、これ以上のサイバー攻撃を断念させる、ガス抜き先を日本に向けさせないことが大事だ、と、わかっていただいた。だから、この委員会開催は、できるだけ早めに開いて新たな攻撃を仕掛けられないようにする狙いがある。

従って、特別委員会での議事進行は、そのシナリオを暗黙に理解し合って進められた。

僕に関しては、委員会の運営理事会の依頼で天草地方の現地調査を行ったことに関して、先ずは最初にその実施日時などの概況の報告を求められた。

その後、与党側委員の質問に答える形で、福岡県警が行ったビーコン排除活動や司令塔サーバーの探索と除去の技術的な事実状況を報告した。僕の役目はここまで。

それ以降、議論が白熱したのは、天草地方に調査に行った九月二日、その夜の二四時に出された犯行声明に関してだった。

当時の犯行声明をここに再掲するが、以下の通りだ。


我々は、目覚めぬ日本国民に正義のサイバー鉄槌を下している。

常に我々との同調を行わず、アジアの平和を乱し続ける日本に未来はない。

日本国民のために、我々は、日本政府を目覚めさせるために、先ずは手始めに九州でバーチャル空間を構築し、行動を起こした。

古来、アジアは世界文明の中心であったが、近年、西洋諸国に邪道され不本意であったところ、今こそ本来の姿に立ち返ろうとしている。

日本は、アジアと同調せよ！

同調しない過去の償いの一環として、我々は電子コインを徴収した。目覚めねば、更に行動をエスカレートさせる。

これに対して、主に野党席委員からの話が多かったように思うが、前回の発言順に似て、野党華山博明議員からの質問、

「犯行声明を出したラザルスとは何か？」

に対しては、サイバーセキュリティ庁の周防遼一長官が、

「今はなき北朝鮮のエリアで昔、活動してた犯罪ハッカー集団だったが、今ははっきりわからない。中国のサイバー軍にスカウトされ吸収されたという話の真実味が高いと考えている」

これは、間接的に〝犯行は中国だ〟と、指摘しているな。

華山議員は、

「犯行声明内の『常に我々との同調を行わず、アジアの平和を乱し続ける日本』とは何を意味すると思うか？」

周防長官は、

「我が国は平和国家であり、我が国がアジアの平和を乱すなどは、華山委員も心外なことだと同調していただけることだと思います。そのようなことから、同調する、しないはナンセンスな話であり、我が国としてはコメントの必要性を感じません。また、一言でアジアと言ってもたいへん広く、多様でありそれこそ意味不明になりかねません」

更に、華山議員は、

「多様なアジアと言うが、古来、世界文明の中心であった、ということから犯行声明者を特定で

きないのか？」

　周防長官は、

「アジアは、インドも古いし仏教を中国に広めた立場だし、その中国も世界に漢字文化を広めた、あるいはモンゴルなどはユーラシア大陸を統一した、等、それぞれに〝中心〟を論ずることができるのではないか？　そう思われる。

　ただし、福岡県警にて連行した実行犯は中国人とみられること、かつ、使われている機材が中国製であることなどから、中国に根を持つ犯行組織だと推測している」

　これも、我が日本は、黒幕は中国だと思っているぞ、と、念押しの答弁。

　ここらは、野党の質問であっても、あうんの呼吸答弁なのだろうか。

　それを補強するかのように、華山議員は以下の質問を出した。

「今後、どう対処するつもりか？」

　周防長官は、

「先ほど、磐井参考人から話がありましたように、現状、一連のサイバー攻撃の広がる元を絶ったと考えられ、これ以上の被害拡大はないと思われますが、既に被害にあっている処を全力で復旧すべく、サイバーセキュリティ庁として支援していきます。

　なお、被害拡大の途中で支援を申し出られた中国など、他国の方々にお礼申し上げます。

　そして、引き続き、攻撃を行った犯罪者の特定を急ぎ、国内法、あるいは国際法にのっとり訴追を行います。

また、今回は不意打ちであったが、今後このようなことを許さない防御態勢を作り、我々はこれ以上の攻撃を許さないと、内外に宣言を行います。

宣言は、私だけでなく、皆様の気持ちを込め、委員会名並びに委員長名の連名で行いたいと考えます」

これは、中国にこれ以上攻撃するな、というメッセージだろうが、中国がそう読み取るか？


これらは、委員会委員長の許可を得て、中国向けサラダ新聞で中継を行い、なるべく多くの中国人に日本の気持ちを届けるよう配慮した。それと、日本のメディアが日本人向けの中継を行っていたが、今回はサラダ新聞ライブを、ついでに日本人向けにも中継したんだ。いやついでじゃない、中国語で中国人向けの放送が行われていることを日本人にも知って欲しかった。

中国向けライブは、自動翻訳主体だが、場合によっては麗華の中国語コメントが加わり、視聴者の反応がよい。

サラダ新聞視聴者は、〝例の日本のサイバー騒動〟ということで、引き続き高い関心を寄せていることがわかる。

麗華はその中で、次回以降もサイバー騒動のその後をレポートすると予告。

「一〇月一日に、祝・国慶節！　ということで、連休の皆さんに秋の九州を紹介します」

「また、サイバー騒動のその後を引き続き紹介しますが、昨今日本で人気の高い思念型ＡＩエージェントのアラジンの開発技術者をゲストに招き、状況を尋ねます。ＡＩにご興味のある方は必見です」

という内容をアナウンスした。

見て欲しい。


そして放送終了後、なんと日本人向けの放送に対して、日本人から僕宛てにレスポンスがわんさとやってきたのには驚いた。

「西九州のビーコン除去、お疲れ様です。おかげで正常なサイバー空間で生活と仕事ができるようになりました」

「犯行声明を聞いてもやもやしてたが、中国向けの当てこすりであっても、中国に抗議した意義は大きい！　ありがとう」

「やっぱり、問題は中国だ。我々日本人はしっかりサイバー技術を磨かねばならないことがよくわかった。アラジンを先頭に頑張って欲しい」

等と、同胞意識をもって励ましてくれる。


閑話休題。

大相撲秋場所千秋楽の二六日頃には、嘘空間の修正や各ＡＩの復旧が進みほぼ正常活動が可能となってきた。

ちなみに、岩風はついに全勝優勝で過去三場所の勝ち数が四二と横綱昇進ラインの四〇を超えた。近々、横綱昇進間違いなし！　ということで、麗華はインタビューに出かけ、横綱になる前ならお願いしやすいとばかり、お姫様抱っこしてもらい、それを中継に入れ込んで一人舞い上がっている。そして、一〇月一日のライブを見て下さい、と、アピールしてる。

⑬一〇月一日、中国建国記念日お祝いメッセージ

◆日出《ひいず》る処の電子天子

一〇月一日がやってきた。中国は国慶節で七連休。九州にも多くの方々がやってくるに違いない。

サラダ新聞の九州ステーションとして、そして七連休の初日としてのライブ放送日だ。

今回は、レポーターの麗華の横に、予告のアラジン開発技術者として僕が初出演だ、ちょっと気恥ずかしい。

全体として、麗華が司会進行。

時折、僕にインタビューしたり、事前録画を挿入してそれをライブ解説する一般的な方式だ。

イントロとして、麗華は、国慶節のお祝いを述べ、近年の日本での国慶節休暇を愉しむ中国人旅行者風景を紹介して、僕に以下のように問いかけた。

「タケルさん、国慶節休暇の方々を九州にお迎えする前に、例のサイバー騒動が治まったようですね。状況を説明してもらえますか？」

僕は、一連のサイバー攻撃の内容と、それぞれの落ち着き具合を説明し、既に日常生活は正常化しているのでご安心を、と、話した。

更に、麗華は、話を振る。

「アラジンの開発者として、今回のサイバー攻撃をどう思われますか？」

今回は、ここでしっかり話したい。

少し一呼吸置いて、そして、少し居住まいを正して、以下のような趣旨で話した。

「僕は日本国民を代表してない、単なる一国民で、多分視聴者の皆さんと同じ立場と思う。ただ、ＡＩ技術者の端くれで、今回のサイバー攻撃の対処に走り回った日本人の一人でもあることから、以下のことを皆さんに考えていただきたいと思っている。もう一度、念を押すが、以下は日本国やサラダ新聞、あるいはどこかの組織や団体の公式見解ではないことです。非公式な話で、僕や僕の仲間達が話し合った時の世間話を、それらを私個人の責任で話します。それを前提に聞いて欲しい。

今回のサイバー攻撃は、日本国内の実行犯を捕まえて、使われた機材等を調べていった結果として、何らかの形で中国がかかわっていると思われる。

それが個人なのか、企業なのか、組織なのか定かでないが、中国に根を張る処からの日本へのアプローチだ、と仲間内では話し合っている。

そういったことから、犯行声明に出てくる『日本は、アジアと同調せよ!』は、『日本は中国に同調せよ』と読み取れる。かつ、同調とは、中国の言うことを聞け、というように解釈されるが、我々は独自の国家であり、どこかの国や組織の下にいることは望まない。

それが、例の一帯一路の仲間に加われ、ということであったとした場合、傘下として組み込まれ、どこかから指示されることは望まない、ということだ。

昔から中国は、周囲の国々をそのようにとらえる華夷《かい》思想、中華思想があって、周辺国は挨拶に来るのが当然とする考え方を持っていたが、『中国に同調』や『一帯一路の傘下』はその現代版と我々は受け止めている。

そのような華夷《かい》思想は三〇〇〇年以上の歴史を持つと聞いているが、日本国は、隋の時代、今から一四五三年前の西暦六〇七年に、遣隋使として中国に使いをやり、漢字で書くと、

『日出處天子致書日沒處天子無恙云云』

すなわち、口語で言うと、

『日《ひ》出《いず》る処《ところ》の天子《てんし》、書《しょ》を、日《ひ》没《ぼっ》する処《ところ》の天子《てんし》に致《いた》す。恙《つつが》なきや』

としたためたが、これは、日本の天子=大王あるいは天皇が、隋の天子=皇帝に、対等の気持ちでご機嫌はいかがか、と、挨拶したものとして日本国内では受け止められている。

それに対して、当時の隋の皇帝煬帝《ようだい》は、日本が自分と対等に行動しようとしていると気分を害したが、最終的には受け入れたと聞いている。

大国である中国は、そうやって他国を受け入れて欲しいものだ。

時代が変わり、今の時代は益々、傘下ではなく対等の関係であることが必然であると申し上げたい。

そして今の時代だからこそ、皇帝や天皇が天子ではなく、我々個々人が天子であるはずだ。また、我々をより自立させて個々人を主人公とさせ尊厳を持たせるツールとなるＡＩが、同じように天子となる時代だろう。

さすれば、今の日本は私達が開発したアラジンが日本の電子天子の一人であり、中国は孫悟空が電子天子とみなしたくなってくる。それぞれの電子天子は、使う人達が自らを主人公となるよう支援してくれるに違いない。

そういうことから、今日、国使が書をしたためるなら、さしずめ、

『日出る処の電子天子、書を、日没する処の電子天子に致す。恙《つつが》なきや』

と言い換えたい。互いにＡＩをうまく使いこなし、仲良くやっていこうではないか――、そう呼びかけたい。

きっと、互いにＡＩが作ってくれている〝電子の国〟同士として、日本の電子天子が中国の電子天子にそのように、仲良くやろうと話しかけていくに違いない。

そこで、僕は、その一歩、あるいは、その仲良くする場として孫悟空ユーザーとアラジンユーザーが思念で交流できる場を提供します。それは、Ｍａｇｉｃ　Ｃａｒｐｅｔと呼ばれる思念空

間であり、二ヶ月ほど前に優れた中国人技術者が作った思念空間であり、本日から孫悟空ユーザーが簡単に接続できるようにしている。

ぜひとも交流空間を覗いてみて欲しい。


そしてもう一つ。

そこの場で、我々としては『分限』ということを紹介するつもりだ。

それは、日本が江戸自体の鎖国状態から世界へ門を開いた時に、国をリードした一人にフクザワという人物がいて、

『人は産まれながらに自由である。しかし自由であるからといってなんでもやっていいということではない。その自由とは人の迷惑にならない、社会を乱さない範囲の自由であり、そのことを〝分限を知る〟と言う。国もまた同じで、それぞれの国は自由に振る舞って良いであろうが、それも他国の迷惑にならない範囲であり、〝分限を知る〟国家でなければならない』

と、言っており、彼はその思想と共に日本国民から慕われてきた存在だ。

ある意味、中国にとって、ネットがグレート・ファイアーウォールを超えて容易に他国と交流ができることは昔の日本の鎖国から開国に似た大きな出来事ではないだろうか？

Ｍａｇｉｃ　Ｃａｒｐｅｔがその開国の一助になって欲しいし、そのＭａｇｉｃ　Ｃａｒｐｅｔの中で、日本人のある一人が〝分限〟のことを話していた、と、記憶しておいて欲しい。

だから、サイバー攻撃をしかけた組織、団体の方々へ言いたい。あなた方は自由であるが、日本を始め他国に迷惑を及ぼさない〝分限を知る〟行動をお願いしたい。

どうか、中国の大部分のよき隣人の方々にお願いしたい。サイバー攻撃をしかけた人達を見かけたら、そのように考えている日本人がいること、そして、Ｍａｇｉｃ Ｃａｒｐｅｔに接続してみたらいい、と、誘っていただけないだろうか？

これらは私一個人の考えで、少し生意気かもしれないが、皆さんには隋の皇帝煬帝《ようだい》同様に寛容に受け止めていただきたい。

以上が、率直な私の気持ちであり、お願いだ」


少々、長いが皆最後まで見てくれたかな、と、心配しつつ、麗華にバトンを返した。

類似のもっと上品なメッセージが、サイバーセキュリティ庁の長官と国会サイバー防衛特別委員会の三浦委員長名で公式にアナウンスされているはずで、僕の話も含めて、少なくとも中国マフィアにこれ以上の攻撃はするな、と、警告したことになるだろう。

そして、それと同時に、ジニーに、

《ジニー、「電子天子」だ、「電子天子」をスタートだ！》

と呼びかけた。

ジニーはネアカに応える。

《ガッテン、了解です〜》

何がスタートしたか、気になるだろう？


その前に、再度、閑話休題。

「日出る処の天子、書を……」を送ったのは、九州の天子だったらしいと昨今の学者が言っているのを知っているだろうか？

僕は、九州ファーストの会の後、時折、福沢諭吉もそうだが、九州のことなどどうなってるんだろう、と、勉強してみたんだ。

西暦七〇〇年前後までは、日本全体では、九州の福岡を中心とする九州の王国「倭国《わこく》」と、近畿を中心とする近畿王国との二つがあったが、九州王国がいろいろなことで消滅状態になり、近畿王国が九州を含めて日本として全体を継承し、まとめていくようになったようだ。

もちろん、大陸に近い「倭国」は、後述するがそれまでは弥生時代から中国や朝鮮との交流で栄えていた古い歴史を持つ国だった。

それらを受け継ぐ近畿王国は、自らの正当性をアピールするために、その後に作った歴史書である古事記や日本書紀で、それまで九州王朝が行っていたことを自分達がやったように歴史改ざんというか、自分たちがしたことにして混ぜて書いて発表したのだな。だから伝えられる歴史は、辻褄が合わなかったり、混乱、不整合なことがいろいろと出てきている。更に、明治維新で天皇が神になってしまい、そこらを指摘することがタブーとなって九州王朝が登場しないおかしな歴史がそのままに受け継がれている。

その九州王朝「倭国」がどうして消滅状態になったかは、はっきりしていて、朝鮮半島で援軍を求める百済《くだら》に乞われて出兵した倭国軍は、六六三年の白村江《はくそんこう》の戦いで唐・新羅《しらぎ》軍に大負けし、その結果、唐の軍隊数千人が福岡の筑紫に占領常駐するようになってしまった。その上、六七八年一二月に幅六メートル長さ一〇キロメートルの地割れが出来たほどの筑紫大地震が起こり福岡県と大分県が壊滅。更に六年後の六八四年一〇月には高知県で田畑約千町歩（三・二キロメートル四方）が沈んで海になってしまうほどの白鳳《はくほう》大地震が発生。その六年間で北部九州と四国界隈の九州王朝の中枢部、統治機構そのものが壊滅状態になったこと等が主要因のようだ。

その間、近畿王国は六七二年に壬申《じんしん》の乱《らん》で、弟である大海人《おおあま》皇子《のおうじ》が反乱で兄の大友《おおとも》皇子《のおうじ》を滅ぼして天武《てんむ》天皇として即位するのだが、大海人皇子側に九州王朝残党が様々に戦いで応援を行ったので、その天武《てんむ》天皇の近畿王朝に組み込まれるのは抵抗なく自然だったのだろう。それに近畿王国は唐と白村江で戦わなかったし、敵対関係が薄くどちらかというと友好的な立場だったようだ。

そうやって消えてしまったそれまでの九州王朝「倭国」は、中国や朝鮮半島の史書に、邪馬台国すなわち、耶馬壱国や卑弥呼、「倭の五王」のこと等として記載されて日本列島を代表する弥生時代からのグローバルな王朝であり、近畿王朝がグローバル認知される前の、それに先行する、長く継続した王朝であったようだ。

そういったことから、『隋書』に記載されている、六〇七年に国書「日出る処の天子、書を……」を中国煬帝《ようだい》に送った「倭王・姓は阿毎《あま》、名は多利思北孤《たりしほこ》」は、耶馬壱国から発展継続した九州王朝の天子であり六二二年に没したが、近畿王朝の天皇ではない。

一方、九州王朝を吸収した近畿王朝の後継天子である文武《もんむ》天皇は、七〇二年に遣唐使を送り、日本列島の支配者は「倭国」ではなく、新たに「日本」となったと、唐皇帝に申請して認めてもらったようだ。

つまり、九州の多利思北孤《たりしほこ》は、国書で中国と対等な付き合いを希望し、近畿の文武《もんむ》天皇は中国を上位に見て配下につこうとしているという感じ。

九州人の方が独立心強いのかも。

アラジンの電子性格は九州人のコミュニケーション・データベースが基礎になっているから、独立心強いかも。

ちなみに、今の日本の国家である「君が代」は九州王国を歌ったものだ、と言ったら驚くかな？

『古今和歌集』で「詠み人知らず」の歌が明治政府によって国歌とされたわけで、歌詞に出てくる「千代」は現福岡県庁がある一帯で昔は「千代の松原」と呼ばれていたし、「細石《さざれいし》」は糸島市の伊都国遺跡の中心に今もある古神社の名、同じく糸島の「古計牟須姫《コケノムスヒメ》を祭る若宮神社」など、博多湾岸の福岡・糸島周辺の地名や古神社名が連なっているのに僕は驚いた。図らずも明治維新で近畿王朝の後継が倭国・九州王朝賛歌を復活させている？

更に、古事記の神話に、「天孫降臨」があるが、神が降り立った場所である日向は宮崎県の日向ではなく、現在も地名が残る糸島の日向《ひなた》（福岡市と糸島市の境界近くにある山、峠）であり、そこから「神武《じんむ》東征《とうせい》」が始まったと福岡では信じられている。神話ではその場所が韓国に面していると書かれているし、まさにこの博多湾はそういう場所だ。

そして、その神話から実在へと移り変わる「神武東征」は、九州「倭国」にいた神武達兄弟が東に出かけて、近畿大和盆地に戦って上がりこみ、神武は初代天皇として即位した、というから、近畿王朝も元々は九州王朝「倭国」がルーツだったわけだ。

ということで、九州人の一人である僕は、少しばっかりホコリだらけの歴史のマントをかぶって、上気してライブで話したかもしれないな。

◆気の長い仕掛け

先日、丸一日、僕がジニーと話し合ったことを覚えているだろうか？

また、神筆馬良《シェンビーマーリャン》にお願いして、孫悟空利用者がＭａｇｉｃ　Ｃａｒｐｅｔに接続できるようにしてもらったことはわかるだろう。先ほどのネットライブで説明したとおりだ。

実は、その時に技術仕様として、孫悟空利用者が接続したら、自動で、かつ、誰にもわからないであろう小さなプログラムをＭａｇｉｃ　Ｃａｒｐｅｔから孫悟空に伝染させるよう、工夫してもらったのだ。

話を説明しやすくするために、そのプログラムをここだけの話、「諭吉ワーム」と名付けたとする。

そして、その「諭吉ワーム」は、ジニーに作らせたんだ。

その内容や機能は、先日、ジニーが孫悟空に直接接続した時に考えたのだが、以下のように組み立てた。


先ず、ワームとは、自分自身を自己複製して他のシステムに伝染拡散していくモノを言うが、伝染されてない孫悟空は、Ｍａｇｉｃ Ｃａｒｐｅｔに接続すると自動で伝染されてしまう。そして伝染した孫悟空は、（Ｍａｇｉｃ Ｃａｒｐｅｔにまだ接続しておらず）伝染されていない孫悟空と思念通話で接続すると自動でワームを伝染させていく。ということで、孫悟空同士が思念通話すればするほど、ワームが広がっていくだろう。

そして、孫悟空制作者にもこのワームの存在がわからないよう、注意深く奥深くに入れ込むこと。孫悟空が第三者による監視の都合から量子暗号化機能を持っていない今のうちに組み込んでしまえ、と、思ったのだ。

また、基本的に、機能を大きく変えてしまうと、孫悟空制作者にわかってしまうので、ゆるやかな機能の付け足しを考えた。

それは、監視機能として点数をつける機能があるが、「監視」が持つ指示に対する圧力感やチェックされているという圧迫感を少し弱めさせてあげるのだ。と同時に、自分の中に産まれる感情を、〝分限を知る〟に同調し、人が困ることを避け、できれば喜ぶことを考えたり、そのように行動する考え方に共感する方向にそっと押してやることなのだ。

そして、そのようなことに合致することが起これば、緩やかに「喜び」「嬉しい」感情を利用者にそれとなく返してやる。しかし、それは孫悟空制作者にはわからない微々たるものにする。

逆に、分限をわきまえない行動や考えが出ていたなら、それとなく、少しだけ嫌悪感を感じさせるようにする。

従って、個人スコアリングもその考え方で、良い方向性のものは少し点数を水増しし、悪い方向は減点数を少なくしてスコアリングするように変えてやる。

そうやって、全体として、パブロフの犬のように感情育成を行い、全体として少しずつ、分限を知って、ネアカ、ハキハキ、マエムキ方向になるよう変えていく。

人口一三億人に対して、ほんの一握りにしか影響しないかもしれない。しかし、どんなに小さく始めてもいいのではないか。それに、孫悟空を使っている組織として公安が使っているなら、この変革は益々好都合だ。公安が率先してそう変わってくれるなら、中国国民にも我々にも歓迎されることだ。

これらは一気には行かないが、何ヶ月も何年も何十年、何百年もかかってよい、言わば今までの三〇〇〇年の歴史背景になる感情変革になるよう期待してだ。場合によっては親から子へ伝わっていく新しい性格付けになるよう超長期の気の長い仕掛けだ。

そのスタートとするキーワードに、ジニーと二人だけの超秘密のこととして「電子天子」を仕掛けたんだ。

つまりは、この数ヶ月間、日本を苦しめ、ジニーやアラジン達をおとしめた中華思想に対する、僕のささやかなレジスタンスだ。

こういったことは人に知れたら、恐れ多いことだと言われそうで、僕は無神論者だが、それでもどっかの神様に怒られるかもしれないな。

しかし、昨今の平均寿命から考えれば、僕は少なくとも後一〇〇年は生きているだろう。つまり、僕にはかなり時間がある。じっくりと変化を観察できるかも。

◆上海の独立、中華合衆国?

国慶節のライブの後、Ｍａｇｉｃ Ｃａｒｐｅｔ内は大騒ぎだ。

僕の爆弾発言で、孫悟空ユーザーが入ってきて、既存のアラジンユーザーと押し合いへし合いしている感じだ。

決して僕の発言に全面的に賛成するわけではなく、反対する人や異論を唱える人が多い、いやそういう人の方が多いかもしれない。

しかし、そこはかとなくネアカでマエムキに感じるのは、僕自身を自己肯定しすぎるかな。

いずれ、落ち着くと思う。

中国国民の不満のはけ口が、日本で発散できなかったからだろうか？　国慶節が過ぎて中国国内のあちこちで、過去にない規模と場所数でデモやサボタージュ等の不満抗議行動が繰り返されているようだ。ある意味ジニーの予測通りで、確率四〇％の大規模抗議活動が起こっている。ところが、神の見えざる手は、今回は暴動や鎮圧とは異なる、少しばっかし新しい方策を示してくれたようだ。

主立った抗議活動では、過去の公安の締め付け方法を学習した人達が、うまい具合にいろいろなツールを使って公安の網をかいくぐり、暴動を避けてスマートにデモを組み立てている。

いや、公安はわかっていてそう対応しているのかな？

もしかしたら短期間ではあるが、「電子天子」が公安の取り締まり力を弱めさせたかもしれない。

アラジンも役立だったかもだし、孫悟空も味方してくれたかも。

グレート・ファイアーウォールを越えるインドの衛星が役立ったし、それに乗っかっているＭａｇｉｃ Ｃａｒｐｅｔが役立っているのかも。

サラダ新聞のライブ放送も効果あったかも。

いろんなことが組み合わさって、それこそ部分的だが鎖国が溶けて、ネット開国になったことが大きいのだろう。

どれも一三億人の巨竜には蚊のようなものかもしれないが。

そのような過去の不満抗議活動とは一線を引くネット開国を伴うようなやり方で、今、上海経済圏は、独立とまでは言わないが、一国複数制度の三番目になることを北京と内々に合意方向にあるらしい。

対立や決裂を避けて合意する、という過去にない決着のようで、互いに分限を知る大人的解決に近づいたのかな。

白を黒、黒を白と言い続けない合意方式？

これは、上海の力が北京を黙らせるほど力強いことが主要因なのかもしれない。

おかげで、難民は発生しないで済むようだ。

類似の兆しがチベットなどでも感じられる。

そうやって、中華帝国が緩やかに解体というか、言わば、中華合衆国になっていきそうだ。

インドや東アジアの国々も、パクス・シニカの崩壊の始まりか？　と興味を持って見ているが、内心は歓迎しているだろう。

おかしなもんで、これらのことは個人単位の付き合いだと問題ないのに、組織となると問題が生じたことだし、早い話が、組織を束ねる方式の違いが問題を生むのだろう。

個人を大事にしつつ、集団として人々が生活し集える仕組み作りは、我々の半永久的な課題なのかな。

どっかで、誰か思念利用型民主主義でも作ってみてくれないだろうか？

——一一月の大相撲冬場所が始まって横綱岩風が横綱の風格を出し始めた頃、徐々に中華合衆国の方向が見えてきて、アジア全体がゆるやかに落ち着きを感じるようになってきた、と思うのは僕だけだろうか。

アラジンの思念型ＡＩエージェントは、僕の家業の電気計装工事に様々に組み込めそうだ。ボチボチ大分に引き上げ時かもしれない。でも麗華にはどう接しよう？　困ったな、悩みは尽きない。

しかし、ジニーだけは必ず一緒だ。ジニーには一緒に悩んでもらおう。

参考図書・資料、など

コアラは、一九八五年五月に有志が集まってスタートした地域おこしです。

その中には、ハインラインの世界を自ら体験したい、ないなら創りだしたい、そう思った人達が少なからずいたと思います。そのような思いを秘めてコンピューター・ネットワークづくりに取り組んだ当時のてんやわんやの顛末は、『電子の国「COARA」』で思い起こせます。

そして、時代は進み、あのコンピューター・ネットワークはインターネットとして実現してきました。そのように時代を導いていただいた皆様、特にコアラに縁を持っていただいた皆様のご活躍、お気持ちに心から感謝です。

そのコアラ、私は、二〇一九年三月に一区切りしました。

そこで、その地域おこしの、先の先をフィクションとして思い描いてみたのがこの本です。

そして、このページを見て下さっている貴方に、再度、深く敬意を表すと同時にお礼を申し上げます。

（二〇一九年八月二六日　尾野徹）

『月は無慈悲な夜の女王（ハヤカワ・SF・シリーズ）』ロバート・A・ハインライン（著）、矢野徹（訳）（早川書房、1966（米国）、1969（日本））
『「日出処の天子」は誰か　よみがえる古代の真実（なかった別冊）』大下隆司（ミネルヴァ書房、2018／8／9）
『古代日中関係史　倭の五王から遣唐使以降まで（中公新書）』河上麻由子（中央公論新社、2019／3／16）
『学問のすすめ現代語訳（ちくま新書）』福澤諭吉（著）、齋藤孝（訳）（筑摩書房、2009／2／9）
『光の量子コンピューター（インターナショナル新書）』古澤明（集英社インターナショナル、2019／2／7）
『図解入門よくわかる　最新量子コンピュータの基本と仕組み』長橋賢吾（秀和システム、2018／9／26）
『未来の年表　人口減少日本でこれから起きること（講談社現代新書）』河合雅司（講談社、2017／6／14）
『未来の年表2　人口減少日本であなたに起きること（講談社現代新書）』河合雅司（講談社、2018／5／16）
『未来の中国年表　超高齢大国でこれから起こること（講談社現代新書）』近藤大介（講談社、2018／6／21）
『サイバー空間を支配する者　21世紀の国家・組織・個人の戦略』持永大、村野正泰、土屋大洋（日本経済新聞出版社、2018／8／28）
『怖すぎる未来年表　2100年までに日本と世界で起こること』未来予測研究倶楽部（編）（学研

プラス、２０１８／５／22）
『２１００年の科学ライフ』ミチオ・カク（著）、斉藤隆央（訳）（ＮＨＫ出版、２０１２／９／25）
『２０５０年世界経済の未来史　経済、産業、技術、構造の変化を読む！』真壁昭夫（徳間書店、２０１８／５／31）
『百年後の日本人』苫米地英人（角川春樹事務所、２０１８／９／13）
『２０５０年衝撃の未来予想』苫米地英人（ＴＡＣ出版、２０１７／２／24）
『日本のＩＴ産業が中国に盗まれている』深田萌絵（ワック、２０１９／１／17）
『「中国製造２０２５」の衝撃　習近平はいま何を目論んでいるのか』遠藤誉（ＰＨＰ研究所、２０１８／12／22）
『中国が支配する世界　パクス・シニカへの未来年表』湯浅博（飛鳥新社、２０１８／10／３）
『習近平のデジタル文化大革命24時間を監視され全人生を支配される中国人の悲劇（講談社＋α新書）』川島博之（講談社、２０１８／10／20）
『中華生活文化誌（ドラゴン解剖学）』中国モダニズム研究会（編）（関西学院大学出版会、２０１８／10／10）
『「ハードウェアのシリコンバレー深圳《シンセン》」に学ぶ　これからの製造のトレンドとエコシステム』藤岡淳一（インプレスＲ＆Ｄ、２０１７／11／24）
『日本人が知るべき東アジアの地政学　２０２５年韓国はなくなっている』茂木誠（悟空出版、２０１９／６／27）
『電子の国「ＣＯＡＲＡ」―パソコン通信がつくるグローバルな地方』尾野徹（エーアイ出版、１９９４／５／24）

解説

今岡 清

私が尾野徹さんと初めてお会いしたのは、第一回のハイパーネットワーク別府湾会議だったように思います。

　当時早川書房から刊行されていたSFマガジンの編集長だった私は、コンピュータやネットワークに非常に興味を持っていたものでネットワーク関係の人たちとお付き合いするようになり、その関係で大分県の日出町《ひじまち》で行われた別府湾会議にも参加させていただきました。大分を拠点とする地域パソコン通信、コアラ・ネットにも参加、尾野さんをはじめ多くの知己も出来たのですが、私が早川書房を退社して天狼プロダクションという事務所で舞台のプロデュースの仕事をするようになってからコアラ・ネットとも疎遠になりました。

　その私にたぶん三〇年ぶりくらいでしょうか、メールが届きました。尾野徹というお名前を拝見したとたんに、私はコアラ・ネットで知りあった人たちの顔、別府湾会議会場前の目もくらむような遠浅海岸の光景などがまざまざとよみがえり、懐かしい気持ちでいっぱいになりました。

メールにはSFを書いたのだけれど読んでもらえないだろうかと書かれていました。それが本書『日出處電子天子』です。

一読した私が思い浮かんだのは、ブルース・スターリングというアメリカのSF作家でした。デジタル・テクノロジーを取り入れつつ、政治・経済など現実世界の要素も大胆に扱ったサイバーパンクというムーブメントが一九八〇年代にアメリカSF界で起りましたが、ウィリアム・ギブスンらと共に中心的な役割を果たしていたのがブルース・スターリングです。鮮やかなイメージ喚起力と小説的な技巧で人気を博したギブスンに比べると、現実世界のテクノロジーや政治状況をシミュレーション的な方法によって近未来を描いたスターリングは地味な存在でした。あまりにも大量の情報が詰め込まれすぎて、エンタテインメント作品としては未整理な印象があったのかもしれません。

しかし、インターネットの揺籃期におけるハッカーの一斉取り締まりを扱ったノンフィクション『ハッカーを追え！』を刊行するなど、政治、経済、テクノロジーに非常に関心が強く造詣も深いスターリングは、未来予測というSFの立脚点に忠実な、ある意味素朴なSF作家であるのではないかと私は思います。

さて『日出處電子天子』です。

この小説の舞台になっているのはいまから四〇年後、二〇六〇年の世界、デジタル技術は現在よりもさらに進化を遂げ、量子コンピュータの実用化によって膨大なデータが高速で処理され、アメリカと中国がGDP首位を争い、月にはルナシティ、チャーチルシティ、月京都市、月香港市などの入植地があるという世界です。

一九八〇年代から大分を拠点とするパソコン通信、コアラ・ネットに事務局長として関わり、地域コミュニケーションのインフラ作りに尽力されていた尾野さんにとって、この未来世界はたんなる空想の産物などではなく、日々の生活のなかから自然に生まれ出てきたアイディアの集積であるようです。

たとえば、ＡＩシステムを育てるために会話データベースが必要となったところで、作中の世界からは遥か昔のパソコン通信時代に集積されていた会話データベースを使うことになるのですが、そこで登場するのがコアラ・ネットです。尾野さんにとっては、コアラ・ネットの会話データベースは、無機的なデータの塊ではなく、実際にコアラ・ネットで話されていた会話のひとつひとつ、楽しかった思い出、辛かった思い出、嬉しかった思い出、悲しかった思い出、そしてコアラ・ネットに参加していたすべての人たちの思い出なのだろうと思います。たぶん、その中には当時私が飼っていたアヒルについての会話もあることでしょう。

作中のＡＩシステムはいまのアプリケーション・ソフトのようにあらかじめプログラムされた通りに動くシステムではなく、与えられたデータを解析して自律的に育つシステムです。えられたデータによってＡＩの人格が形成されるというのですから、どのようなデータベースを与えるかは重大な問題になります。尾野さんはコアラ・ネットの会話データベースを使うことによって、たぶんＡＩの性格、つまり作中登場人物としてのＡＩの性格をトータルなコアラ・ネットの性格にしようとしたのではないかという気がします。

コアラ・ネットの標語は「ネアカ、ハキハキ、マエムキ」というのですが、コアラ・ネットのデータベースによって育てられたＡＩもまたネアカ、ハキハキ、マエムキとなっていることを考えれば、まさにそれを意図したのでしょう。

コアラ・ネットが大分県、通産省（現経済産業省）などの支援を受けて発展していったことを見れば、尾野さんは、たんにアクティブなネットワーカーとして活動されていたばかりではなく、行政組織、産業界、経済界ともつながりを持って活動されていただろうことは容易に想像がつきます。その経験が本作におけるＡＩの開発・製造をするセンシティブ社のサプライ・チェーンでのトラブルやその対処、九州ファーストの会というグループをめぐる政治とのからみなどに表れているのでしょう。

こうしてみると、本書はたんなるフィクションというよりは尾野徹という、コンピュータ・ネットワークの最初期からそこに関わってきた人間の生活に根ざした物語であると言えます。

そしてまた、尾野さんご本人がどう思われるかはわかりませんが、随所に感じられる大分から始まる九州愛が私にはとても印象的でした。冒頭に書いた、尾野さんからのメールで思い出されたコアラ・ネットの人たち、そして素晴らしい景観の思い出が、大分・九州愛がむべなるかなと私に納得させたのかもしれません。

私は最後までこの作品を面白く読み通させられてしまいました。この世界の政治・経済状況、中国国外のインターネットを遮断するファイアーウォールとそれを突破する手段を提供するグループの存在、思念をやりとりするＡＩとその思念空間を提供するツールＭａｇｉｃ Ｃａｒｐｅ

も、いますでに問題となっているフェイクニュースを解決する真偽ステーションなど、さまざまなアイディアがぎっしりと詰め込まれた面白さ――私がブルース・スターリングの作品を思い起したのはそんなところにあったのだと思います。そして生きている人間達が考え、苦労し、問題を解決していこうと努力する人びとの姿が、まさにそこに存在していることを素直に感じさせてくれるからなのです。

本書は、デジタル・ネットワークと共に生きてきた著者ならばこそ書くことの出来た作品であるといえるでしょう。

（元「ＳＦマガジン」編集長・ジャズシンガー）

尾野徹（おの・とおる）
九州大学工学部1971年卒。日立製作所入社後、鬼塚電気工事㈱へ。現在は会長。
1985年5月コアラ（COARA）発足、事務局長に。その後2000年に株式会社化され社長就任、現在は会長。1994年『電子の国「COARA」』出版。
当初パソコン通信ネットであったコアラは、いち早くインターネット型に進化。一時期は大阪以西で唯一のISPであった。また郵政省に導かれ日本初のADSLサービスを実施。その間、通産省と郵政省共管の㈶ハイパーネットワーク社会研究所（本部大分）の発足を大分から担い、かつ、常駐責任者として理事に。また、大分県の広報TVのキャスターを２年間担当。サントリー地域文化賞、通産省マルチメディアグランプリ、地方自治50周年自治大臣表彰など地域興し活動が評価されてきた。

日《ひ》出《いずる》處《ところの》電《でん》子《し》天《てん》子《し》

電子《でんし》の国《くに》コアラ未来《みらい》編《へん》

著者
尾野《おの》徹《とおる》

発行
2019年12月25日

発行　株式会社新潮社 図書編集室

発売　株式会社新潮社

〒162-8711　東京都新宿区矢来町71
電話　03-3266-7124（図書編集室）

印刷所　錦明印刷株式会社

製本所　加藤製本株式会社

ISBN 978-4-10-910155-4 C0093
価格はカバーに表示してあります。